Diogenes Taschenbuch 22463

de
te
be

Stendhal

Meister-erzählungen

Mit einem Nachwort von Maurice Bardèche

Diogenes

Diese Auswahl ist den beiden Bänden
Eine Geldheirat und *Die Äbtissin von Castro*,
beide Diogenes Verlag, Zürich 1981, entnommen
Der Liebestrank wurde von Arthur Schurig,
Vania Vanini von Franz Hessel, alle anderen
Erzählungen von M. von Musil übersetzt
Die Ausgabe folgt der Edition
Albert Langen/Georg Müller Verlag,
München 1921–24
Das Nachwort von Maurice Bardèche ist
eine gekürzte Fassung der im Band
Über Stendhal (Diogenes 1981) erschienenen
deutschen Erstausgabe
Maurice Bardèche, ›Stendhal romancier‹ (1947),
übersetzt von Angela von Hagen
Umschlagillustration:
Jean-Auguste-Dominique Ingres,
›Madame Moitessier‹, 1856
(Ausschnitt)
Foto: Archiv für Kunst und
Geschichte, Berlin

Veröffentlicht als Diogenes Taschenbuch, 1992

www.diogenes.ch
30/02/52/2
ISBN 3 257 22463 X

Inhalt

Der Liebestrank

In einer dunklen regnerischen Nacht des Sommers 182* kam der junge Leutnant Liéven vom 96. Regiment, das in Bordeaux steht, aus dem Kaffeehause. Er hatte sein gesamtes bares Geld verspielt, und da er ein armer Schlucker war, so ärgerte er sich über seine Torheit.

In dieser Stimmung schritt er — es mochte etwa zwei Uhr sein — durch die Stille einer der ödesten Gassen des Stadtviertels Lormond, als er plötzlich Lärm hörte. Krachend flog eine Haustür auf; ein menschliches Wesen stürzte heraus und fiel ihm gerade vor die Füße. Es herrschte aber eine derartige Stockdunkelheit, daß er sich alle diese Vorgänge nur aus den Geräuschen zusammenreimen konnte. Die zu vermutenden Verfolger der Person blieben offenbar im Hause zurück, weil sie die Tritte des Vorüberkommenden vernommen hatten.

Der Offizier lauschte einen Augenblick. Er hörte Stimmengeflüster hinter der Türe; indessen zeigte sich niemand. Der ganze Vorfall war ihm widerwärtig, dennoch hielt er es für seine Pflicht, dem am Boden liegenden Menschen aufzuhelfen.

Jetzt erst nahm er wahr, daß dieser nur ein Hemd anhatte, und trotz der tiefen Dunkelheit kam es ihm vor, als erkenne er langes aufgelöstes Haar. Es war also ein weibliches Wesen. Das war eine Entdeckung, die dem Leutnant durchaus nicht behagte.

Es war der Wiederaufgerichteten sichtlich nicht möglich, ohne fremde Hilfe zu gehen. Abermals mußte sich der Offizier die Pflichten der Menschlichkeit vorhalten. Am liebsten wäre er auf und davon gelaufen. Er überdachte, welche Unannehmlichkeiten er am morgigen Tage auf dem Polizeiamte haben werde. Wenn seine Kameraden von der Geschichte erführen, war er ihren Witzen ausgesetzt. Am Ende konnte gar ein ironischer Bericht in die Tageszeitungen kommen.

„Ich werde das Frauenzimmer vor die nächste Haustüre setzen“, nahm er sich vor. „Dann klingle ich und mache mich schleunigst aus dem Staube.“

Schon war er im Begriff, dies auszuführen, da hörte er, daß die Aufgefundene auf Spanisch etwas sagte. Von dieser Sprache verstand er keine Silbe. Aber vielleicht gerade darum erwuchs ihm aus den wenigen bedeutungslosen Worten, die ihm ins Ohr drangen, ein märchenhaftes Hirngespinst. Mit einem Male dachte er nicht mehr an die Polizei noch an sonst welche mißlichen Dinge. Die Wahrscheinlichkeit war, daß er eine von Trunkenbolden mißhandelte Dirne vor sich hatte; aber seine Phantasie zauberte ihm die romantische Pforte zu einem seltsamen Liebesabenteuer vor.

Liéven stützte Leonore — so hieß die junge Frau — und sagte ihr ein paar Trostworte.

„Hoffentlich ist sie nicht mordshäßlich“, dachte er dabei im stillen.

Dieser Zweifel gab ihm seine Besonnenheit zurück. Seine romanhaften Ideen verflogen. Jetzt machte er tatsächlich den Versuch, die Unglückliche an der nächsten

Türschwelle sitzen zu lassen. Aber darauf ließ sich die Fremde nicht ein.

„Nehmen Sie mich noch ein Stück mit!“ bat sie mit einem stark fremdländischen Akzent.

„Haben Sie etwa Angst vor Ihrem Manne?“ fragte er.

„Nein, nein! Ich bin meinem Manne davongelaufen, meinem Mann, der mich anbetete, meinen von aller Welt geachteten Mann, um zu meinem Geliebten zu gehen. Der hat mich auf das Roheste behandelt, nicht mein Mann ...“

Bei diesen Worten vergaß der Offizier vollends das Polizeiamt und die etwaigen unangenehmen Folgen eines fragwürdigen Abenteuers.

„Man hat mich ausgeplündert, Herr Leutnant“, fuhr Leonore alsbald fort. „Aber ich merke eben, daß mir dieser Ring mit einem kleinen Diamanten verblieben ist. Zweifellos würde ich in irgendeinem Gasthof Aufnahme finden. Nur fürchte ich, dort zum Gespött zu werden, denn ich muß Ihnen gestehen: ich habe nichts auf dem Leibe als mein Hemd. Wenn Zeit dazu wäre, würde ich Sie auf den Knien bitten, mich aus Barmherzigkeit irgendwo anders unterzubringen und mir von der ersten besten Frau ein abgetragenes altes Kleid zu kaufen. Sobald ich nur halbwegs etwas anhabe, geleiten Sie mich bis zur Tür einer kleinen Herberge. Weiter will ich Ihre edelmütige Hilfe dann nicht in Anspruch nehmen. Jetzt aber bitte ich Sie herzlich: lassen Sie eine Unglückselige nicht im Stich!“

Alles das brachte sie in mangelhaftem Französisch vor.

„Gnädige Frau“, sagte der junge Offizier in einem Tone, der ihr Mut machte. „Ich will alles tun, was Sie wünschen. Zunächst ist es für uns beide die Hauptsache, daß wir keiner Patrouille in die Arme laufen, die nicht von meinem Regiment ist. Mein Name ist Liéven, Leutnant bei den 96ern. Wenn man uns auf die Wache brächte, müßten wir bis zum Morgen dort verbleiben — und morgen amüsiert sich ganz Bordeaux über uns."

Er spürte, wie Leonore, der er seinen Arm gereicht hatte, erbebte.

„Sie fürchtet sich vor einem Skandal", dachte er bei sich. „Das spricht für sie." Und laut fügte er hinzu: „Ziehen Sie, bitte, meinen Mantel an. Ich werde Sie zu mir führen."

„Du mein Gott!" stöhnte sie.

Er redete ihr zu:

„Gnädige Frau, ich werde kein Licht anstecken. Das verspreche ich Ihnen bei meiner Ehre. Sie sollen unumschränkte Herrin meines Zimmers sein. Ich selbst werde sofort wieder fortgehen und erst morgen früh um sechs Uhr wiederkehren. Das muß ich allerdings unbedingt, denn um diese Zeit kommt mein Bursche. Der wäre imstande, so lange an die Tür zu klopfen, bis ihm aufgemacht wird ... Seien Sie unbesorgt, Sie haben es mit einem Ehrenmanne zu tun." Bei sich dachte er noch: „Ob sie wohl hübsch ist?"

Vor seinem Hause angelangt, schloß er die Haustür auf. Wo die Treppe begann, stolperte die Fremde, der es schwer fiel, sich im Dunkeln an einem ihr neuen Orte zurechtzufinden.

Beim Hinauftappen flüsterten die beiden. Im ersten Stock erschien die Wirtin, keine unüble Frau, in ihrer Türe, eine kleine Lampe in der Hand.

„Schämen Sie sich nicht, ein Weibsbild in mein Haus mitzubringen!" zeterte sie.

Liéven blies ihr rasch das Licht aus.

„Ruhe, Frau Saucède!" gebot er ihr. „Oder ich ziehe

morgen früh aus. Sie sollen zehn Franken bekommen, wenn Sie keinem Menschen etwas erzählen. Ich werde gleich wieder gehen.“ Leise flüsterte er ihr noch zu: „Es ist die Frau Oberst!“

Im Scheine des Lichts hatte er einen flüchtigen Blick auf seine Begleiterin geworfen und ein wunderschönes Gesicht erblickt.

Die Stube des Leutnants lag im zweiten Stock. Beim Aufschließen der Türe zitterte Liéven die Hand.

„Ich bitte einzutreten, gnädige Frau!“ sagte er zu der Frau im Mantel und Hemd. „Drinnen auf dem Tische finden Sie Streichhölzer. Zünden Sie sich den Leuchter an! Dann schließen Sie die Türe von innen. Ich betrachte Sie als meine Schwester ... Und, wie gesagt, früh um sechs komme ich wieder. Die nötigen Kleider bring ich Ihnen mit.“

„Jesus Maria!“ rief die schöne Spanierin.

Der junge Mann ging.

Als er am andern Tage an der Türe klopfte, fühlte er sich tollverliebt. Er hatte seinen Burschen vor dem Hause abgelauert, damit die Fremde nicht zu zeitig geweckt werde. Sodann hatte er ihr in der Nachbarschaft ein Stübchen gemietet und die nötigen Kleider sowie einen Hut besorgt.

Leonore kam an die Türe, öffnete aber nicht.

„Wenn Sie befehlen, werde ich Sie nie sehen!“ sagte er ihr durch die Türe.

„Sie sind ein edler Mensch“, war die Antwort. „Aber ich bitte Sie doch, die Kleider, die Sie mir so gütig bringen, vor der Türe niederzulegen. Wenn Sie gegangen sind, hole ich mir alles herein.“

„Leben Sie wohl, gnädige Frau!“ sagte Liéven und schickte sich an wieder zu gehen.

Bei all ihrem Kummer war Leonore entzückt über diesen prompten Gehorsam. Fast im Tone vertrauter Freundschaft sagte sie darauf:

„Wenn Sie können, Herr Leutnant, so kommen Sie in einer halben Stunde wieder!“

Als er sich wieder einstellte, fand er in der Tat eine bildschöne Frau, wie er noch nie in seinem Leben einer gleichen begegnet war. Seine Freude stieg ins Grenzenlose. Entzückt schaute er ihre Arme, ihren Hals, ihre Hände, und vor allem ihre großen schwarzen sprechenden Augen. Es funkelte Energie in ihnen, ungewöhnliche harte Energie. Es lag etwas Unerbittliches in ihnen, nur durch Leid und Verzweiflung etwas gemildert. Das Alter der jungen Frau schätzte er auf höchstens zwanzig Jahre.

Liéven war ein junger Mann aus guter Familie, der sich noch zwingen mußte, vor Frauen, in die er verliebt war, Mut zu haben. Er war also voll Ehrerbietung und machte in seinem armseligen Hauswesen die Honneurs so gut er nur konnte. Keins von beiden sagte etwas. Aber die unverhohlene große Bewunderung des jungen Offiziers bereitete Leonoren bei ihrem Herzeleid Vergnügen.

„Sie sind mein Wohltäter“, begann sie endlich. „Und ich hoffe, trotz Ihrer und meiner Jugend bleiben Sie zu mir so ritterlich wie bisher.“

Der maßlos verliebte Offizier stotterte ein paar sinnlose Worte, aber er bewahrte so viel Selbstbeherrschung, daß er sich das Glück versagte, offen von seiner Liebe zu reden. Übrigens lag in Leonorens Augen etwas so Gebieterisches, und trotz ihrer ärmlichen Kleidung war ihre Vornehmheit so unverkennbar, daß er schon dadurch zur Besonnenheit ermahnt ward.

„Es geschieht mir schon recht“, schalt er sich. „Ich bin ja immer der größte Narr der Welt!“

Er ergab sich seiner Schüchternheit und verlor sich in die himmlische Wollust, Leonore anzuschauen, ohne etwas dabei zu sagen. Es war das beste, was er tun konnte; denn dieses Verhalten beruhigte die schöne Spanierin allmählich. Es war freilich sehr drollig, wie die beiden einander so schweigsam anblickten.

Nach geraumer Zeit geleitete Liéven Leonore nach dem Zimmer, das er für sie gemietet hatte. Seine Erregung, aber auch sein Glück, verdoppelte sich, als sie zu ihm sagte:

„Wie wird das enden?“

Mit dem höchsten Ungetüm erklärte er ihr:

„Um Ihnen einen Dienst zu erweisen, ginge ich durchs Feuer! Ich habe das Zimmer übrigens auf den Namen von Frau Leutnant Liéven gemietet. Sie gelten somit für meine Frau.“

„Für Ihre Frau?“ unterbrach sie ihn fast ärgerlich.

„Entweder mußte ich so sagen oder Sie müßten sich ausweisen können. Haben wir einen Paß? Nein!“

Dieses *wir* bereitete ihm innige Freude. Er hatte der Unbekannten hundert Franken für den Ring eingehändigt, den sie ihn zu verkaufen gebeten hatte. So viel war er ungefähr wert. Als das Frühstück gebracht wurde, bat sie ihn, sich mit an den Tisch zu setzen.

Nach dem Frühstück sagte sie zu ihm:

„Sie haben sich mir sehr hochherzig erwiesen. Verlassen Sie mich jetzt gütigst! Ich werde Ihnen immerdar von Herzen dankbar sein.“

„Ich gehorche Ihnen“, erwiderte Liéven und erhob sich. Das Herz stand ihm still.

Mit einem Male wurde die Fremde nachdenklich. Da sagte sie:

„Bleiben Sie! Sie sind noch sehr jung, aber schließlich bedarf ich eines Beschützers. Wer weiß, ob ich noch einmal einen so ritterlichen Mann finde. Sollten Sie übrigens Gefühle für mich hegen, auf die ich keine Rechte mehr habe, so dürfte die Erzählung meines Vergehens Ihre Verehrung rasch zerstören und jede Teilnahme an mir Verworfenen in Ihnen töten. Ich bin die schlimmste Sünderin, noch dazu eine, die ihre Schuld niemandem zuschieben kann. Ich darf mich über keinen Menschen beklagen, am wenigsten über Don Gui Ferrandez, meinen Mann.

„Hören Sie mich an!

„Mein Mann ist einer jener unglücklichen Spanier, die vor zwei Jahren hier in Frankreich Zuflucht gesucht haben. Wir sind beide aus Cartagena. Er sehr reich, ich blutarm. Am Abende vor meiner Hochzeit sagte er mir unter vier Augen: ‚Ich bin mehrfacher Millionär und meine Liebe zu dir ist die tollste Leidenschaft meines ganzen Lebens. Wäge und wähle! Wenn ich dir als Gatte zu alt bin, so will ich deiner Familie gegenüber alle Schuld des Bruches auf mich nehmen.' Das war vor vier Jahren. Ich war fünfzehn Jahre alt und hatte nichts im Sinne als den Kummer darüber, daß die Meinen durch die Revolution der Cortes in tiefe Armut geraten waren. Ich liebte meinen Bräutigam nicht, aber ich heiratete ihn.

„Wahrscheinlich haben Sie geglaubt, als Sie mich heute nacht halbnackt in einer so armseligen Gasse fanden, Sie erbarmten sich einer Dirne. Ach, ich bin viel schlechter als das. Ich bin eine Verbrecherin.

„Kaum war ich Don Guis Frau, als seine Eifersucht mehr und mehr zutage trat. Zunächst hatte er ja keinen Anlaß, aber offenbar ahnte er die Möglichkeit. Er ahnte meine Verderbnis. Ich war so töricht, mich über den Argwohn meines Mannes zu ärgern. Meine Eigenliebe war verletzt. Ach, ich Unglückliche!"

Sie brach in Tränen aus.

„Und wenn Sie sich auch der größten Verbrechen beschuldigen," sagte Liéven, „ich bleibe Ihnen ergeben immerdar bis in den Tod. Wenn wir polizeiliche Verfolgung zu erwarten haben, so sagen Sie mir das rasch, damit ich Ihnen unverzüglich alles zur Flucht vorbereiten kann."

„Flucht?" wiederholte sie. „Wie soll ich durch dieses Land kommen, dessen Sitten und Gebräuche ich nur mangelhaft kenne, dessen Sprache ich nur radebreche, wie Sie hören? Dies und andre Dinge müssen mich verraten. Der erste Schutzmann, der meinen Paß sehen will, wird mich verhaften. Ohne Zweifel sucht mich die hiesige Polizei bereits. Mein Mann wird eine hohe Belohnung ausgesetzt haben, damit man mich findet. Lassen Sie mich, Herr Leutnant! Gehen Sie!"

Aber nach einem Moment des Zögerns fuhr sie fort:

„Ich will noch freimütiger mit Ihnen reden. Ich bete einen Andern an. Einen Mann, der nicht mein Gatte ist. Und was für einen Mann! Einen Unmenschen, den Sie verachten würden. Er hat schlecht an mir gehandelt. Aber er braucht mir nur ein einziges Wort der Reue zu sagen, so fliege ich in seine Arme, nein, nein: so liege ich zu seinen Füßen!

„Sie haben mich nicht danach gefragt, aber in meiner Schmach und Schande will ich wenigstens meinen Wohltäter nicht belügen und betrügen. Ich achte Sie, ich bewundere Sie, ich bin voll inniger Dankbarkeit zu Ihnen. Aber niemals könnte ich Sie lieben!"

Liéven wurde sehr traurig. Schließlich sagte er tonlos:

„Gnädige Frau, deuten Sie die Traurigkeit, die mit einem Male mein Herz ergriffen hat, nicht falsch! Ich denke nicht daran, Sie im Stiche zu lassen. Ich überlege mir nur, wie wir den Nachforschungen der Polizei am besten entgehen können. Am sichersten scheint mir: Sie bleiben vorläufig hier in Bordeaux versteckt. Nach einiger Zeit aber werde ich Ihnen eine Schiffskarte verschaffen, und zwar sollen Sie an Stelle einer Dame reisen, die Ihnen gleichaltrig ist... wenn sie auch nicht so schön ist wie Sie..."

Als er dies sagte, hatten seine Augen alles Feuer verloren.

Leonore fuhr fort zu erzählen:

„Don Gui Ferrandez wurde der Partei verdächtig, die Spanien vergewaltigt. Eines Tages verließen wir zu Schiff Cartagena und all unsere Liegenschaften. Trotzdem ist mein Mann immer noch sehr reich. Er besitzt hier in Bordeaux, wo er sein Geschäft weiterführt, ein prächtiges Haus. Aber wir leben gänzlich für uns. Mein Mann wünscht durchaus nicht, daß ich geselligen Umgang suche. Seit den letzten zwei Jahren schützt er politische Gründe vor. Er dürfe nicht mit Liberalen verkehren. Ich habe seitdem keine zwei Besuche gemacht. Ich kam vor Langerweile beinahe um. Mein Mann ist ein anständiger großmütiger Mensch. Nur mißtraut er aller Welt. Er ist ein fürchterlicher Schwarzseher.

„Zu unserm Unglück gab er vor etwa einem Vierteljahr meiner Bitte nach, eine Loge im *Variété* zu mieten. Er wählte die ungünstigste, die Proszeniumsloge, damit ich den Blicken der jungen Herren im Zuschauerraum entzogen wäre. Man sieht von ihr aus fast nur die Bühne. Unter anderem trat eine neapolitanische Voltigeurtruppe auf... Ach, wie werden Sie mich verachten!"

„Gnädige Frau," entgegnete Liéven, „ich höre Ihnen aufmerksamst zu, aber ich denke dabei eigentlich nur an mein eigenes Leid. Der, den Sie lieben, der ist glücklicher als ich."

„Jedenfalls haben Sie von dem berühmten Mayral gehört...", fuhr Leonore mit niedergeschlagenen Augen fort.

„Dem spanischen Kunstreiter?" fragte Liéven erstaunt. „Gewiß, ganz Bordeaux ist zu ihm hingelaufen. Ein geschickter und schmucker Bursche!"

„Ja, und ich bildete mir ein, er sei auch kein gemeiner Mensch. Wenn er seine Kunststücke am Pferde zeigte, schaute er unverwandt zu mir hin. Wir besuchten die Vorstellung öfters. Eines Tages, als mein Mann gerade hinausgegangen war, trat er dicht an meine Loge und sagte auf spanisch: ‚Ich bin Kapitän der Armee des Marquesito. Ich bete Sie an!'

„Von einem Kunstreiter geliebt zu werden, das ist etwas Abscheuliches. Aber es ist eine Schande, dies nicht als abscheulich zu empfinden. In den nächsten Tagen gewann ich es über mich, das Theater zu meiden. Ich war tiefunglücklich.

„Eines Tages sagte meine Kammerjungfer zu mir: ‚Gnädige Frau, Herr Ferrandez ist ausgegangen. Dieser Brief ist für die gnädige Frau abgegeben worden.' Es war ein Liebesbrief von Mayral. Er erzählte mir seine Lebensgeschichte. Er sei ein armer Offizier, durch Not gezwungen, als Artist aufzutreten. Mir zuliebe wolle er dies Handwerk aber gern aufgeben. Sein wahrer Name sei Don Rodrigo Pimentel.

„Von neuem besuchte ich das *Variété*. Ich glaubte an Mayrals Leidengeschichte. Ich las seine Briefe voll Entzücken. Schließlich schrieb ich ihm auch welche. Ich habe ihn leidenschaftlich geliebt, so leidenschaftlich, daß mich nichts ernüchtern konnte, selbst die traurigsten Entdeckungen nicht ..."

Wiederum begann Leonore heftig zu weinen.

„Ich sehnte mich danach, mit ihm sprechen zu können. Einen Argwohn hatte ich freilich. Wenn er wirklich Offizier vom Korps des Marquesito gewesen wäre, so hätte er stolzer und selbstbewußter sein müssen. Er schrieb mir mehrfach, er fürchte, daß ich ihn nicht ernst nähme, da er nur ein armer Kunstreiter sei.

„Vor etwa acht Wochen bekam mein Mann die Nachricht, eins seiner Schiffe sei bei Royan an der Strommündung festgefahren. Sofort entschloß er sich, am nächsten Tage an Ort und Stelle zu reisen. Abends im Theater machte ich Mayral ein längst verabredetes Zeichen. Daraufhin holte er sich, während wir noch in der Loge saßen, bei unsrer Pförtnersfrau, die von ihm bestochen war, einen Brief, den ich dort niedergelegt hatte. Als er dann auftrat, sah ich, daß er voller Freude war. Ich hatte die Schwachheit gehabt, ihm zu schreiben, daß ich ihn in der nächsten Nacht in einem nach dem Garten zu gelegenen Zimmer des Erdgeschosses erwartete.

„Mein Mann fuhr gegen Mittag mit dem Dampfschiff nach Royan. Es war ein heißer Tag, mitten im Hochsommer. Abends erklärte ich meiner Kammerjungfer, ich wolle im Erdgeschoß, im Schlafzimmer meines Mannes, schlafen. Dort merke man die gräßliche Hitze nicht so sehr.

„Es war gegen ein Uhr nachts. Ich lauerte auf Mayral. Da klopfte es plötzlich stark gegen die Tür. Es war mein Mann. Auf halbem Wege nach Royan hatte er sein Schiff erblickt, das ruhig die Gironde hinauf nach Bordeaux zu steuerte.

„Mein Mann trat in das Zimmer, merkte aber nichts von meinem Schrecken und meiner Verwirrung. Er lobte nur meinen guten Einfall, das kühlere Zimmer zum Schlafen gewählt zu haben, und legte sich neben mich zur Ruhe.

„Stellen Sie sich meine Aufregung vor. Zum Unglück war auch noch Vollmond. Es dauerte keine Stunde, als ich Mayral draußen im Garten kommen hörte. Die Fenstertür des anstoßenden Kabinetts stand offen. Ich hatte vergessen, sie nach der überraschenden Ankunft meines Mannes zu schließen. Ebenso war die Tür vom Kabinett in das Schlafzimmer weit auf.

„Es war hell wie am Tage. Ich höre, wie Mayral das Kabinett betritt. Schon steht er dicht am Bett, an der Seite, wo ich liege. Zum Glück sagt er kein Wort. Ich mache mit dem Kopf ein Zeichen. Mehr wage ich an der Seite eines eifersüchtigen Gatten nicht.

„Es mißlingt mir, Mayral begreiflich zu machen, daß unerwartet ein Zwischenfall eingetreten ist. Endlich aber sieht er, daß neben mir jemand schläft. Er zieht den Dolch.

„Vor Schreck fahre ich in die Höhe. Mayral flüstert mir ins Ohr: ‚Ihr Liebster! Ich verstehe. Ich komme zur rechten Zeit. Oder wollten Sie sich den Spaß machen, einen lumpigen Voltigeur zum Narren zu haben? Passen Sie auf! Dem Kerlchen da werde ich's besorgen!‘ — ‚Es ist mein Mann!‘ beteuerte ich und hielt ihm die Hand fest. — ‚Ihr Mann? Den habe ich doch mittags in das Dampfschiff nach Royan einsteigen sehen. Unsereiner ist nicht so blöd, alles zu glauben. Steh jetzt auf und komm mit in das Kabinett nebenan! Ich will es! Sonst wecke ich das Murmeltier da. Dann werde ich ja gleich wissen, wer es ist. Ich bin stark und behend und habe einen Dolch. Wenn ich auch nur ein armseliger Gaukler bin, werde ich ihm doch beibringen, welch übel Ding es ist, mich zum Narren zu halten. Ich muß dich haben. Zum Donnerwetter! Dann ist er der Geprellte.‘ — In diesem Augenblick wachte mein Mann auf. Schlaftrunken fragte er: ‚Wer sagt da, er müsse dich haben?‘ — Mayral hatte sich neben mich in das Bett gelegt und hielt mich fest umschlungen. Bei meines Mannes halbwacher Bewegung duckte er sich aber vorsichtig nieder. Ich reckte einen Arm aus, als sei ich durch die Worte meines Gatten erwacht, und sagte ihm allerlei, woraus Mayral merkte, daß es wirklich mein Mann und kein zweiter Liebhaber war. Endlich schlief Gui wieder ein. Er glaubte geträumt zu haben. Ich versprach Mayral alles, was er wollte. Sein blanker Dolch lag auf dem Bette und funkelte im Mondenlichte. Mayral verlangte, ich solle mit ihm in das Kabinett nebenan gehen. ‚Ich glaube schon, es ist dein Mann. Aber eine alberne Rolle spiele ich trotzdem‘, knirschte er wütend.

„Als ich ihm in das Kabinett folgen wollte, erwachte mein Mann von neuem, aber er faßte nicht den geringsten Argwohn. Verliebt, wie er allezeit in mich war, küßte und liebkoste er mich und schloß mich in seine Arme.

„Mayral, der im Kabinett stand und lauschte, bildete sich ein, mehr aus gekränkter Eitelkeit denn aus Liebe, ich hätte ihn nur hergelockt, damit er Zeuge der Liebkosungen meines Mannes sein sollte. Jeden Augenblick dachte ich, er müsse mit dem Dolche in der Hand ins Gemach treten und meinen Mann ermorden. Er ist zu allem fähig.

„Erst nach einer Stunde ging er. Ehe er im Garten verschwand, stieß er aus Wut mit dem Dolchgriff eine der großen Scheiben der Fenstertüre des Kabinetts entzwei.

„Ich erbebte. Mein Mann sprang aus dem Bett. Er fand nichts. Mayral war geräuschlos geflohen.

„Ich schrieb Mayral mehrere Briefe. Er antwortete nicht. Ja, er würdigte mich im *Variété* keines Blickes ...“

Sie hielt inne.

„Gewiß ermüde ich Sie“, fuhr sie fort, in Gedanken verloren. „Sie sollen aber bis auf das Letzte wissen, wie verworfen und schlecht ich bin.

„Vor acht Tagen kündete Mayrals Truppe ihre Abreise an. Ich war wahnsinnig verliebt in diesen Mann, der mich seit drei Wochen, seit dem Tage des verunglückten Stelldicheins in unserm Hause, nicht mehr beachtete und es unter seiner Würde hielt, mir auf meine Briefe zu antworten. Am vergangenen Montag lief ich nun dem besten aller Ehemänner weg. Ja, ich bestahl ihn noch, ich, die ich ihm kein bißchen Mitgift zugebracht hatte, nichts als mein treuloses Herz! Ich steckte die Diamanten ein, die er mir nach und nach geschenkt hatte, dazu aus seinem Schreibtische drei oder vier Rollen mit je fünfhundert Franken. Ich fürchtete, Mayral könnte sich verdächtig machen, wenn er Diamanten verkaufte ...“

An dieser Stelle ihres Berichtes wurde Donna Leonora über und über rot. Liéven war bleich und fassungslos geworden. Jedes einzelne Wort von ihr drang wie ein Dolchstoß in sein Herz, und doch geschah es, in seltsamer Bizarrerie, daß die Liebe, die sein Herz durchglühte, mit jedem ihrer Worte mächtiger ward. Seiner nicht mehr Herr, erfaßte er Leonorens Hand. Sie entzog sie ihm nicht.

„Was bin ich für eine niedrige Kreatur!“ dachte er bei sich. „Ich bin selig, diese Hand halten zu dürfen, während Leonore offen von ihrer Liebe zu einem Andern mit mir spricht! Sie läßt mir ihre Hand aus Gleichgültigkeit oder aus Zerstreutheit. Ach, ich bin ein Mensch ohne das geringste Feingefühl!"

Leonore erzählte weiter, gänzlich mit sich selbst beschäftigt:

„Am letzten Dienstag, also vor vier Tagen, frühmorgens um zwei Uhr, bin ich entflohen. Am Abend vorher beging ich die Niederträchtigkeit, meinem Manne und dem Pförtner einen Schlaftrunk zu verabreichen ... In dem Haus, aus dem ich heute nacht stürzte, als Sie gerade vorbeikamen, wohnte Mayral. Als ich in jener Nacht zu ihm kam, fragte ich ihn: ‚Glaubst du nun, daß ich dich liebe?' Ich war glückselig. Als ich ihm am andern Morgen meine Diamanten und mein Geld zeigte, entschloß er sich, seine Truppe zu verlassen und mit mir nach Spanien zu entfliehen. Aber du mein Gott! Ich merkte an seiner Unkenntnis gewisser Eigentümlichkeiten, die wir Spanier haben, daß er keiner war. Ich mußte mir sagen: Offenbar bin ich im Begriffe, mein Schicksal an das eines obskuren Artisten zu hängen. Pah! Was tut's? Wenn er mich nur liebt! Er ist nun einmal der Herr meines Lebens. Ich will seine Dienerin, sein treues Weib sein! Er soll seinen Beruf behalten. Ich bin jung. Wenn es sein muß, erlerne ich auch sein Handwerk. Wenn wir einmal nichts mehr verdienen, weil wir alt geworden sind, dann sterbe ich ihm zur Seite im Elend. Zu beklagen bin ich auch dann nicht. Denn ich habe gelebt und geliebt ... Toll war ich! Wahnsinnig! Pervers!"

Liéven verteidigte sie:

„Man darf nicht vergessen, das Sie bei Ihrem altersschwachen Ehemanne vor Langerweile umkamen. Er ließ Sie ja nirgends hin. In meinen Augen rechtfertigt dies so manches. Sie sind erst neunzehn Jahre alt, er neunundfünfzig. Wie viele Frauen gibt es hierzulande, die hochgeachtet sind und doch viel Schlimmeres begangen haben — und in der Tiefe ihres Herzens keine so edelmütige Reue verspüren wie Sie!"

Diese und ähnliche Redensarten schienen die schwerbedrückte Leonore sichtlich ein wenig zu erleichtern. Sie fuhr fort:

„Drei Tage bin ich bei Mayral geblieben. Jeden Abend verließ er mich und ging in seine Vorstellung. Gestern abend sagte er zu mir beim Weggehen: ‚Es wäre nicht unmöglich, daß die Polizei eine Hausdurchsuchung macht. Ich will deshalb dein Geld und deine Diamanten bei einem sicheren Freunde unterbringen.' Um ein Uhr nachts kam er heim, später als sonst. Ich hatte auf ihn gewartet und war vor Angst beinahe gestorben, daß er beim Voltigieren verunglückt sein könnte. Er gab mir einen Kuß, verließ aber mein Zimmer sehr bald wieder. Zu meinem Glück hatte ich die Kerze wieder angezündet, die er mir bei Weggang ausgeblasen hatte. Lange nachher, als ich bereits im Schlafe gewesen war, trat ein Mann an mein Bett. Ich merkte es sofort. Es war nicht Mayral. Ich griff nach meinem Dolch. Der Feigling bekam Angst, warf sich mir zu Füßen und bat mich um Erbarmen. ‚Wenn Sie mir etwas tun,' jammerte er, ‚so kommen Sie auf das Schafott!' Der Mensch widerte mich an. ‚Mit was für Pack habe ich mich eingelassen!' sagte ich mir. Ich hatte genügend Geistesgegenwart, ihm zu erklären, daß ich in Bordeaux die besten Beziehungen hätte und daß ich ihn dem Staatsanwalt ausliefern würde, wenn er mir nicht sofort die volle Wahrheit eingestehe. ‚Sehr gern', gab er mir zur Antwort. ‚Ich habe Ihnen nichts geraubt, weder Ihr Geld noch

Ihre Brillanten! Mayral hat Bordeaux eben verlassen. Er flieht mit der ganzen Beute nach Paris. Mit ihm die Frau unsres Direktors. Er hat sie ihrem Manne für fünfundzwanzig Ihrer schönen Goldfüchse abgekauft. Mir hat er zwei gegeben. Hier sind sie. Ich gebe sie Ihnen zurück, wenn Sie sie mir nicht aus Anstand lassen. Er hat mir das Geld gegeben, damit ich Sie solange wie möglich hier festhalte. Er braucht zwanzig bis dreißig Stunden Vorsprung.' — ,Ist er Spanier?' fragte ich. — ,Er ... Spanier? Er ist aus San Domingo. Dort ist er durchgebrannt, nachdem er seinen Herrn gemordet und ausgeraubt hat.' — ,Warum ist er heute nacht noch einmal zurückgekommen?' fragte ich weiter. ,Sagen Sie mir das, oder mein Onkel bringt Sie ins Zuchthaus!' — ,Ich zauderte, hierher zu gehen und Sie zu bewachen. Da redete Mayral mir vor, Sie seien ein sehr schönes Weib. ,Du legst dich einfach statt meiner in ihr Bett', sagte er. ,Das gibt einen Mordsspaß! Sie hat mich früher einmal veralbert. Jetzt veralbern wir sie.' Als ich das hörte, machte ich mit. Aber da ich keinen rechten Schneid hatte, hat er die Postkutsche vor der Tür halten lassen und ist mit heraufgekommen, um Sie in meinem Beisein zu umarmen. Als er bei Ihnen im Bett war, habe ich mich daneben versteckt gehalten ...'"

Leonore begann zu schluchzen und vermochte nicht mehr zu sprechen. Endlich berichtete sie weiter:

„Der junge Artist erzählte mir sodann eine Menge ebenso wahre wie für mich schmerzliche Einzelheiten aus Mayrals Lebensführung. Ich war in Verzweiflung. Vielleicht hat er mir einen *Liebestrank* eingegeben, denn ich bin nicht fähig, ihn zu hassen. Auch heute noch nicht. Ich bete ihn an ..."

Sie unterbrach sich und starrte versonnen vor sich hin.

„Seltsame Verblendung!“ dachte Liéven bei sich. „Eine so kluge junge Frau glaubt an Liebeshexerei!“

„Schließlich verließ mich der junge Mensch plötzlich, kam aber nach etwa einer Stunde mit einem seiner Kollegen wieder. Ich mußte mich zur Wehr setzen und wir gerieten in ein Handgemenge. Vielleicht wollten sie mir ans Leben, obgleich sie angeblich etwas ganz andres von mir forderten. Es gelang mir, die Haustüre zu erreichen. Ohne Sie hätten sie mich wahrscheinlich noch auf der Straße verfolgt.“

Je mehr Liéven sah, daß Leonore wahnsinnig in den Verbrecher verliebt war, um so mehr wuchs seine eigene Leidenschaft. Sie weinte viel. Er küßte ihr die Hände. So ging es Tag um Tag.

Einmal, als er ihr seine Liebe in verschwommenen Worten andeutete, fragte sie ihn:

„Mein einziger bester Freund, was glauben Sie? Wenn es mir gelänge, Mayral zu beweisen, daß ich niemals die Absicht gehabt noch den Versuch gemacht habe, ihn zum Narren zu halten: glauben Sie, daß er mich dann wieder lieben könnte?“

„Ich habe sehr wenig Geld“, erwiderte der Offizier. „Aus Langerweile bin ich Spieler geworden. Aber der Bankier, der mir das Geld auszahlt, das mir mein Vater hin und wieder schickt, leiht mir vielleicht drei- bis vierhundert Franken, wenn ich ihn sehr darum bitte. Schlimmstenfalls verschreibe ich mich Tod und Teufel. Für Sie tue ich alles. Mit dem Gelde können Sie nach Paris reisen.“

Leonore warf sich ihm um den Hals.

„Heilige Madonna!“ rief sie aus. „Warum kann ich Sie nicht lieben! Und Sie, Sie verzeihen mir meine grauenhafte Tollheit?“

„Ganz und gar! Ich würde Sie trotzdem mit Freuden zur Frau nehmen und Ihnen mein ganzes Leben weihen und der glücklichste Mann auf Erden sein!"

„Aber wenn mir eines Tages Mayral von neuem begegnete: ich wäre so toll und so schlecht, Sie im Stiche zu lassen und ihm zu Füßen zu fallen."

Liéven wurde zornesrot.

„Es gibt nur ein Mittel, mich zu heilen", beteuerte er unter wilden Küssen. „Den Tod!"

„Nein!" bat sie. „Töte dich nicht, mein Freund!"

Leutnant Liéven ward nicht mehr gesehen.

Leonore ist in das Kloster der Ursulinerinnen gegangen.

Vanina Vanini

Es war an einem Frühlingsabend des Jahres 1829. Ganz Rom war in Bewegung: der berühmte Bankier, Herzog von B***, gab einen Ball in seinem neuen Palazzo am Venetianischen Platz. Alles, was die Künste Italiens, der Luxus von Paris und London hervorbringen können an Herrlichkeiten, hatte sich vereinigt zur Verschönerung dieses Palastes. Der Zustrom war gewaltig. Die sonst so zurückhaltenden schönen Blondinen des englischen Adels hatten sich eifrig um die Ehre einer Einladung zu diesem Ball beworben; sie kamen in Menge. Die schönsten Frauen Roms stritten mit ihnen um den Schönheitspreis. Ein junges Mädchen — der Glanz ihrer Augen und ebenholzschwarzen Haare verkündeten die Römerin — trat am Arm ihres Vaters ein; alle Blicke folgten ihr. Ein seltsamer Stolz lag in jeder ihrer Bewegungen.

Die Fremden waren sichtlich verblüfft von der Pracht dieses Balles. „Kein König in Europa", sagten sie, „gibt Feste, die diesem nahekommen."

Die Könige haben keinen Palast von römischer Architektur; sie sind gezwungen, die großen Damen ihres Hofes einzuladen; der Herzog von B*** fordert nur hübsche Frauen auf. An diesem Abend war er glücklich gewesen in seinen Einladungen; die Männer schienen geblendet. Man wollte entscheiden, wer unter so vielen bemerkenswerten Frauen die schönste wäre; man schwankte kurze Zeit; aber schließlich wurde die Fürstin Vanina Vanini, das junge Mädchen mit dem schwarzen Haar und den Feueraugen zur Königin des Balles ausgerufen. Alsbald verließen die Fremden und die jungen Römer alle andern Salons und drängten in den, wo sie sich aufhielt.

Auf den Wunsch ihres Vaters, des Fürsten Asdrubale Vanini, hatte sie zunächst mit zwei oder drei regierenden Fürsten Deutschlands getanzt. Sie nahm sodann die Aufforderungen einiger sehr schöner und sehr vornehmer Engländer an, deren steifes Wesen sie langweilte. Mehr Gefallen fand sie offenbar daran, den jungen Livio Savelli zu quälen, der sehr verliebt schien. Er war der glänzendste junge Mann von Rom und aus fürstlichem Haus; aber, hätte man ihm einen Roman zu lesen gegeben, er hätte das Buch nach der zwanzigsten Seite weggeworfen und erklärt, es machte ihm Kopfweh. Das war ein Nachteil in Vaninas Augen.

Gegen Mitternacht verbreitete sich auf dem Ball eine Neuigkeit, die starken Eindruck machte. Ein junger, in der Engelsburg gefangen gehaltener Carbonaro war am selben Abend in einer Verkleidung entflohen; bei der letzten Gefängniswache angekommen, hatte er in romantisch mutwilliger Kühnheit die Soldaten mit einem Dolch angegriffen, war aber selbst verwundet worden; und nun folgten die Häscher der Spur seines Blutes durch die Straßen; man hoffte ihn einzufangen.

Während diese Begebenheit erzählt wurde, führte Don Livio gerade Vanina vom Tanze auf ihren Platz zurück; geblendet von ihrer Schönheit und ihren Erfolgen und beinah wahnsinnig vor Liebe, sagte er:

„Vergeben Sie die Frage — wer könnte Ihnen überhaupt gefallen?"

„Der junge Carbonaro, der eben entsprungen ist," antwortete ihm Vanina, „der hat doch wenigstens mehr getan, als geboren zu werden."

Der Fürst Don Asdrubale näherte sich seiner Tochter. Don Asdrubale ist reich: seit zwanzig Jahren hat er nicht mit seinem Intendanten abgerechnet, so daß der ihm seine eignen Einkünfte zu hohem Zinsfuße leiht. Wenn man ihm auf der Straße begegnet, könnte man ihn für einen alten Schauspieler halten; es würde einem nicht auffallen, daß er fünf, sechs mächtige Ringe mit dicken Diamanten an den Händen trägt. Seine beiden Söhne sind Jesuiten geworden und dann im Irrsinn gestorben. Er hat sie vergessen; aber daß seine einzige Tochter Vanina nicht heiraten will, verdrießt ihn sehr. Sie ist schon neunzehn Jahre alt und hat die glänzendsten Partien ausgeschlagen. Aus welchem Grunde? Demselben, der Sulla dazu brachte, abzudanken: Verachtung für die Römer.

Am Tag nach dem Balle bemerkte Vanina, daß ihr Vater, sonst der nachlässigste Mensch, der sich nie im Leben die Mühe gegeben hatte, einen Schlüssel in die Hand zu nehmen, umständlich die Tür zu einer kleinen Treppe verschloß, welche zu einigen Zimmern im dritten Stockwerk des Palastes führte. Die Fenster dieser Zimmer gingen auf eine Terrasse mit Orangenbäumen. Vanina hatte einige Besuche in der Stadt zu machen; als sie zurückkam, war das Hauptportal des Palais durch die Vorbereitungen zu einer Illumination versperrt; der Wagen fuhr durch die Hinterhöfe. Vanina hob die Augen und sah mit Erstaunen, daß ein Fenster der Räume, welche ihr Vater so sorgfältig abgeschlossen hatte, offen stand. Sie entledigte sich ihrer Gesellschaftsdame, stieg in den Giebelstock hinauf und suchte so lange, bis sie ein kleines vergittertes Fenster fand, das auf die Terrasse mit den Orangenbäumen ging.

Zwei Schritt vor ihr war das offene Fenster, das sie gesehen hatte. Die Stube war bewohnt, aber von wem nur?

Andern Tages verschaffte sich Vanina einen Schlüssel zur Terrassentür.

Schleichend wie ein Marder kam sie an das Fenster, das noch offen war. Ein Laden verbarg sie. Hinten im Zimmer stand ein Bett und in dem Bett lag jemand. Erst wollte sie sich zurückziehen; aber dann bemerkte sie ein Frauenkleid, das auf einen Stuhl geworfen war. Als sie die Person im Bette schärfer ins Auge faßte, sah sie, daß diese blond und offenbar sehr jung war. Sie zweifelte nicht mehr daran, daß es eine Frau wäre. Das Kleid auf dem Stuhl war blutbesudelt; auch an den Frauenschuhen, die auf einem Tisch standen, war Blut. Die Unbekannte machte eine Bewegung; Vanina nahm wahr, daß sie verwundet war. Ein großes blutbeflecktes Sütck Linnen bedeckte ihre Brust; das Linnen war nur mit Bändern festgemacht; diesen Verband konnte nicht die Hand eines Wundarztes angelegt haben. Vanina bemerkte, daß ihr Vater sich täglich gegen vier Uhr in seine Gemächer einschloß und sodann die Unbekannte besuchte; bald kam er wieder herunter, stieg in den Wagen und fuhr zur Gräfin Vitteleschi. Sobald er fort war, ging Vanina hinauf auf die kleine Terrasse, von wo sie die Unbekannte beobachten konnte. Ihr Gemüt war erregt zugunsten dieser jungen so unglücklichen Frau; sie suchte ihr Abenteuer zu erraten. Das blutige Kleid auf dem Stuhl schien von Dolchstichen zerrissen zu sein. Vanina konnte die Risse zählen. Eines Tages sah sie die Unbekannte genauer;

ihre blauen Augen waren zum Himmel gerichtet; sie schien zu beten. Bald füllten Tränen die schönen Augen; und der jungen Fürstin wurde es schwer, nicht zu ihr zu sprechen. Am nächsten Tage wagte es Vanina, sich vor der Ankunft ihres Vaters auf der kleinen Terrasse zu verstecken. Sie sah Don Asdrubale bei der Unbekannten eintreten; er trug ein Körbchen mit Speisen. Der Fürst sah besorgt aus und redete nicht viel. Er sprach so leise, daß Vanina, obwohl die Glastür offen war, seine Worte nicht verstehen konnte. Er ging gleich wieder.

„Diese arme Frau muß schreckliche Feinde haben," sagte sich Vanina, „wenn mein Vater, der doch so sorglos ist, sich niemandem anzuvertrauen wagt und die Mühe nimmt, täglich hundertzwanzig Stufen zu steigen."

Als Vanina eines Abends den Kopf sachte dem Fenster der Unbekannten näherte, begegnete sie ihren Augen, und alles ward entdeckt. Vanina warf sich auf die Knie und rief:

„Ich liebe Sie, ich bin Ihnen ergeben!"

Die Unbekannte winkte ihr, einzutreten.

„Können Sie mir verzeihen?" rief Vanina. „Wie beleidigend muß Ihnen meine dumme Neugier vorkommen! Ich schwöre Ihnen Verschwiegenheit, und wenn Sie es verlangen, werde ich nie wiederkommen."

„Wen müßte es nicht glücklich machen, Sie zu sehen?" sagte die Unbekannte. „Bewohnen Sie dies Palais?"

„Gewiß", erwiderte Vanina. „Aber ich sehe, Sie kennen mich nicht: ich bin Vanina, Don Asdrubales Tochter."

Die Unbekannte sah sie verwundert an, errötete heftig und sagte dann:

„Gewähren Sie mir die Hoffnung, daß Sie mich alle Tage besuchen werden; aber ich wünschte, daß der Fürst nicht um Ihre Besuche wüßte."

Vaninas Herz schlug heftig; das Benehmen der Unbekannten schien ihr voll Vornehmheit. Diese arme junge Frau hatte ohne Zweifel irgendeinen Mächtigen beleidigt. Hatte sie vielleicht in einem Anfall von Eifersucht ihren Liebhaber getötet? Eine gewöhnliche Ursache konnte Vanina ihrem Mißgeschick nicht zutrauen. Die Unbekannte sagte ihr, daß sie an der Schulter eine Wunde bekommen hatte bis in die Brust und die ihr viel Schmerz machte. Oft hatte sie den Mund voll Blut.

„Und Sie haben keinen Wundarzt!" rief Vanina.

„In Rom", sagte die Unbekannte, „müssen, wie Sie wissen, die Wundärzte der Polizei genau Bericht erstatten über alle Verwundungen, die sie behandeln. Der Fürst geruht, eigenhändig meine Wunden hier mit dieser Leinwand zu verbinden."

Die Unbekannte vermied es mit großer Feinheit, ihren Unfall rührend darzustellen; Vanina liebte sie inbrünstig. Nur eins verwunderte die junge Fürstin: mitten in einer sicherlich recht ernsthaften Unterhaltung hatte die Unbekannte Mühe, eine plötzliche Lachlust zu unterdrücken.

„Ich wäre glücklich," sagte Vanina, „Ihren Namen zu wissen."

„Ich heiße Clementina."

„Liebe Clementina, morgen um fünf Uhr will ich Sie besuchen."

Am Tage danach fand Vanina ihre neue Freundin sehr krank.

„Ich will Ihnen einen Wundarzt bringen," sagte Vanina und küßte sie.

„Lieber will ich sterben", sagte die Unbekannte. „Sollte ich meine Wohltäter bloßstellen?"

„Der Wundarzt von Monsignore Savelli-Catanzara, dem Gouverneur von Rom, ist der Sohn eines Bedienten von uns", erwiderte lebhaft Vanina; „er ist uns ergeben, und durch seine Stellung hat er niemand zu fürchten. Mein Vater glaubt nicht an seine Treue; ich werde ihn holen lassen."

Ich will keinen Wundarzt!" rief die Unbekannte mit einer Heftigkeit, die Vanina überraschte. „Kommen Sie zu mir, und sollte Gott mich zu sich rufen, so werde ich glücklich in Ihren Armen sterben."

Am nächsten Tage ging es ihr schlechter.

„Wenn Sie mich lieben," sagte Vanina im Weggehen, „so lassen Sie einen Arzt kommen."

„Wenn er kommt, ist mein Glück dahin."

„Ich lasse ihn holen", erwiderte Vanina.

Wortlos hielt die Unbekannte sie zurück, nahm ihre Hand und bedeckte sie mit Küssen. Es gab ein langes Schweigen; die Unbekannte hatte Tränen in den Augen. Schließlich ließ sie Vaninas Hand los und sagte mit einer Miene, als ginge sie in den Tod:

„Ich habe Ihnen ein Geständnis zu machen. Vorgestern, als ich sagte, ich hieße Clementina, habe ich gelogen; ich bin ein unglücklicher Carbonaro ..."

Erstaunt schob Vanina ihren Stuhl zurück. Bald erhob sie sich.

„Ich fühle," fuhr der Carbonaro fort, „daß dies Geständnis mir das einzige Gut raubt, das mich noch an das Leben fesselt; aber es ist unter meiner Würde, Sie zu täuschen. Ich heiße Pietro Missirilli; ich bin neunzehn Jahre alt; mein Vater ist ein armer Wundarzt aus Sant-Angelo-in-Vado, ich bin Carbonaro. Man hat unsere letzte Venta überrascht; ich bin in Fesseln aus der Romagna nach Rom geführt worden. Dreizehn Monate verbrachte ich tief in einem Verlies, wo Tag und Nacht eine Lampe brannte. Eine mitleidige Seele hat den Einfall gehabt, mich befreien zu lassen. Man verkleidete mich als Frau. Als ich das Gefängnis verließ und bei der Wache des letzten Tores vorbeikam, schimpfte ein Soldat auf die Carbonari; ich habe ihm eine Ohrfeige gegeben. Ich versichere Ihnen, daß es kein eitles Bravourstück von mir war, sondern einfach Geistesabwesenheit. Nachts in den Straßen Roms, nach diesem törichten Streich verfolgt, von Bajonettstößen verwundet, schon meine Kräfte verlierend, dringe ich in ein Haus ein, dessen Tür offen steht; ich höre, wie die Soldaten mir nachkommen, ich springe in einen Garten hinab, falle ein paar Schritt vor einer lustwandelnden Dame hin."

„Gräfin Vitteleschi, die Freundin meines Vaters", sagte Vanina.

„Wie? Hat sie es Ihnen gesagt?" rief Missirilli. „Nun, wie dem auch sei, diese Dame, deren Namen nie ausgesprochen werden darf, rettete mir das Leben. Während die Soldaten bei ihr eintraten, um mich zu ergreifen, ließ mich Ihr Vater in seinem Wagen wegfahren. — Ich fühle mich sehr schlecht: seit einigen Tagen hindert mich dieser Bajonettstich in der Schulter am Atmen. Ich werde sterben, verzweifelt sterben, da ich Sie nicht wiedersehen soll."

Vanina hatte ungeduldig zugehört; sie ging rasch fort: Missirilli fand kein Mitleid in diesen schönen Augen, nur verletzter Hochmut lag in ihnen.

Nachts erschien ein Wundarzt; er war allein. Missirilli war verzweifelt; er fürchtete, Vanina nie wiederzusehn. Er stellte dem Wundarzt Fragen; der ließ ihn zur Ader, ohne zu antworten. Die folgenden Tage das gleiche Schweigen. Pietros Augen wichen nicht von dem Fenster zur Terrasse, durch das Vanina einzutreten pflegte; er war sehr unglücklich. Einmal glaubte er gegen Mitternacht jemanden im Schatten auf der Terrasse zu bemerken: war es Vanina?

Jede Nacht kam Vanina und drückte ihre Wange an die Scheibe.

„Wenn ich zu ihm spreche," sagte sie sich, „bin ich verloren! Nein, niemals darf ich ihn wiedersehn!"

Als sie diesen Entschluß gefaßt hatte, erinnerte sie sich wider Willen an die Freundschaft, die sie zu diesem Jüngling ergriffen hatte, als sie ihn so töricht für eine Frau hielt. Nach so süßer Vertraulichkeit sollte sie ihn also vergessen! In ihren vernünftigsten Momenten erschrak Vanina vor dem Wechsel, der sich in ihrem Denken vollzog. Seit Missirilli sich zu erkennen gegeben hatte, waren ihr alle Dinge, an die sie sonst zu denken pflegte, wie mit einem Schleier verhüllt und in die Ferne gerückt.

Ehe eine Woche um war, trat Vanina, blaß und bebend, mit dem Wundarzt in das Zimmer des jungen Carbonaro. Sie wollte ihm sagen, daß er den Fürsten veranlassen müßte, sich durch einen Bedienten vertreten zu lassen. Sie blieb keine zehn Sekunden; aber einige Tage später kam sie wieder mit dem Wundarzt, aus Menschlichkeit. Dann eines Abends, als es Missirilli schon viel besser ging und Vanina nicht mehr den Vorwand hatte, für sein Leben zu fürchten, wagte sie es, allein zu kommen. Bei ihrem Anblick war Missirilli auf dem Gipfel des Glücks, aber er suchte, seine Liebe zu verbergen; vor allem wollte er nicht von der einem Manne geziemenden Würde abweichen. Vanina war mit geröteter Stirne und vor Liebesworten bangend bei ihm eingetreten: es verwirrte sie, als er sie mit edler und ergebener, aber kühler Freundschaft empfing. Als sie ging, versuchte er nicht, sie zurückzuhalten.

Als sie einige Tage danach wiederkam, dasselbe Benehmen, dieselben Versicherungen ehrerbietiger Ergebenheit, ewiger Dankbarkeit. Da gab es für sie kein Übermaß im Zaum zu halten, und Vanina fragte sich, ob sie allein liebte. Dieses bisher so stolze junge Mädchen fühlte mit Bitterkeit die ganze Größe ihres Wahnsinns. Sie spielte Heiterkeit und sogar Kühle und kam seltener, aber sie konnte es nicht über sich gewinnen, den jungen Kranken nicht mehr zu sehen.

Missirilli fühlte brennende Liebe, aber in dem Gedanken an seine niedere Herkunft und an das, was er sich schuldig war, hatte er sich gelobt, sich nicht zu Liebesreden zu verstehen, es sei denn, daß Vanina acht Tage lang nicht zu ihm käme. Nach und nach verging der Stolz der jungen Fürstin.

„Gut," sagte sie sich schließlich, „wenn ich ihn sehe, so tue ich es für mich, um mir Freude zu machen, und nie werde ich ihm meine Zuneigung bekennen."

Sie machte Missirilli lange Besuche, und er sprach mit ihr, wie er es hätte tun können, wenn zwanzig Personen zugegen gewesen wären. Einmal, nachdem sie den Tag damit verbracht hatte, ihn zu verabscheuen und sich fest zu versprechen, noch kälter und strenger mit ihm zu sein als gewöhnlich, sagte sie ihm am Abend, daß sie ihn liebte. Bald hatte sie ihm nichts mehr zu verweigern.

Ihre Tollheit war groß, aber Vanina war vollkommen glücklich. Missirilli dachte nicht mehr an das, was er seiner Manneswürde schuldig zu sein glaubte; er liebte, wie man zum ersten Male liebt mit neunzehn Jahren und in Italien. In der Gewissenhaftigkeit der Liebe aus Leidenschaft ging er so weit, der jungen stolzen Fürstin einzugestehen, welche Politik er getrieben hatte, um von ihr geliebt zu werden. Er war von dem Übermaß seines Glückes überrascht. Vier Monate vergingen im Fluge. Eines Tages gab der Wundarzt dem Kranken seine Freiheit wieder. „Was soll ich tun?“ dachte Missirilli. „Verborgen bleiben bei einer der schönsten Römerinnen? Die erbärmlichen Tyrannen, die mich dreizehn Monate gefangen hielten, mich nie das Tageslicht sehen ließen, werden glauben, meinen Mut gebrochen zu haben! Italien, du bist wahrhaftig unglücklich, wenn dich deine Kinder um so Geringes im Stiche lassen!“

Vanina zweifelte nicht daran, daß es Pietros größtes Glück wäre, für immer an sie gefesselt zu bleiben; er schien ja so glücklich; aber in seiner Seele hallte ein bitteres Wort des Generals Bonaparte wider und bestimmte seine ganze Haltung zu den Frauen. Als der General Bonaparte im Jahre 1796 Brescia verließ, sagten die Stadtväter, die ihn zum Tore geleiteten, zu ihm, daß die Brescianer mehr als alle andern Italiener die Freiheit liebten.

„Ja,“ antwortete er, „sie lieben es, zu ihren Liebchen davon zu sprechen.“

Missirilli sagte mit ziemlich gezwungener Miene zu Vanina:

„Sobald es Nacht wird, muß ich fort!“

„Sieh zu vor Tagesanbruch ins Palais zurückzukommen; ich werde dich erwarten.“

„Bei Tagesanbruch werde ich schon mehrere Meilen von Rom fern sein.“

„Sehr gut,“ sagte Vanina kalt, „und wohin gehst du?“

„In die Romagna, mich zu rächen.“

„Da ich reich bin," erwiderte Vanina mit der ruhigsten Miene, „so wirst du, hoffe ich, Waffen und Geld von mir annehmen."

Missirilli sah sie einige Augenblicke an, ohne die Miene zu verziehen: dann warf er sich in ihre Arme und rief:

„Seele meines Lebens, du machst mich alles vergessen, selbst meine Pflicht. Aber je edler dein Herz ist, um so mehr mußt du mich verstehen."

Vanina weinte sehr, und es wurde verabredet, daß er Rom erst am übernächsten Tage verlassen sollte.

„Pietro," sagte sie am nächsten Tage, „oft hast du mir gesagt, daß ein Mann von Ansehen, ein römischer Fürst zum Beispiel, der über viel Geld verfügen könnte, imstande wäre, der Sache der Freiheit die größten Dienste zu leisten, wenn jemals Österreich fern von uns in irgendeinen großen Krieg verwickelt wird."

„Zweifellos", sagte Pietro erstaunt.

„Nun gut! Du bist kühn; dir fehlt nur eine hohe Stellung; ich biete dir meine Hand an und zweihunderttausend Lire Einkommen. Ich nehme es auf mich, die Einwilligung meines Vaters zu erreichen."

Pietro warf sich ihr zu Füßen; Vanina strahlte vor Freude.

„Ich liebe dich leidenschaftlich," sagte er, „aber ich bin ein armer Diener des Vaterlandes; je unglücklicher Italien ist, um so treuer muß ich ihm bleiben. Um Don Asdrubales Einwilligung zu erreichen, müßte ich mehrere Jahre hindurch eine traurige Rolle spielen. Vanina, ich weise deine Hand zurück."

Missirilli mußte sich beeilen, Wort zu halten; der Mut wollte ihm versagen.

„Mein Unglück", rief er, „ist, daß ich dich mehr liebe als das Leben, und daß es für mich die schlimmste

Strafe ist, Rom zu verlassen. Ach, warum ist Italien nicht schon befreit von den Barbaren! Mit welcher Lust ginge ich mit dir zu Schiff, um in Amerika zu leben!"

Vanina erstarrte. Dies Ausschlagen ihrer Hand hatte ihren Stolz überrascht; aber bald warf sie sich Missirilli in die Arme.

„Nie bist du mir so liebenswert erschienen," rief sie; ja, mein kleiner Landbader, ich bin dein für immer. Du bist ein großer Mann, wie unsere Ahnen, die Römer."

Alle Zukunftsbilder, alle trübseligen Einflüsterungen des gesunden Menschenverstandes verschwanden; es war ein Augenblick vollkommener Liebe. Als man wieder vernünftig reden konnte, sagte Vanina:

„Ich werde fast ebensobald wie du in der Romagna sein. Ich lasse mir die Bäder der Toretta verordnen. Ich werde das Schloß beziehen, das wir in San Nicolo bei Forli besitzen..."

„Dort will ich mein Leben mit dir verbringen", rief Missirilli.

„Mein Los ist von nun an, alles zu wagen", fuhr Vanina fort und seufzte. „Ich werde zugrunde gehn für dich, aber es tut nichts. Wirst du ein entehrtes Mädchen lieben können?"

„Bist du nicht mein Weib," sprach Missirilli, „das ich immer verehren werde? Ich werde dich zu lieben, dich zu schützen verstehen."

Vanina mußte in Gesellschaft gehen. Kaum hatte sie Missirilli verlassen, so fing er an, sein Benehmen barbarisch zu finden.

„Was ist das, das Vaterland?" fragte er sich. „Es ist nicht ein Wesen, dem wir Dank schulden für eine Wohltat und das leiden würde, uns verfluchen könnte, wenn wir undankbar sind. Vaterland, Freiheit, das ist wie mein

Mantel, etwas, das mir nützt, das ich mir kaufen muß, wenn ich es nicht vom Vater geerbt habe... aber ich liebe am Ende Freiheit und Vaterland nur, weil diese beiden Dinge mir nützlich sind. Wenn ich nichts mit ihnen anfangen kann, wenn sie für mich wie ein Mantel im Monat August sind, was hilft es mir, sie zu kaufen, noch dazu zu solch hohem Preise? Vanina ist so schön! Sie hat einen so seltenen Geist! Man wird ihr zu gefallen suchen; sie wird mich vergessen. Welche Frau hat jemals nur Einen geliebt? Diese römischen Fürsten, die ich als Staatsbürger verachte, haben vor mir soviel voraus! Sie müssen sehr liebenswert sein! Ach, wenn ich weggehe, vergißt sie mich, und ich verliere sie für immer."

Mitten in der Nacht kam Vanina zu ihm; er erzählte ihr, in welche Unsicherheit er versunken war, wie er gegen das große Wort Vaterland aus Liebe zu ihr gestritten hatte. Vanina war glückselig.

„Müßte er bedingungslos wählen zwischen dem Vaterland und mir," sagte sie sich, „ich würde siegen."

Die Glocke der nahen Kirche schlug drei Uhr; der Augenblick des letzten Lebewohls kam. Pietro riß sich aus den Armen seiner Freundin. Schon stieg er die kleine Treppe hinab, da sagte Vanina mit verhaltenen Tränen lächelnd:

„Hätte dich ein armes Weib vom Lande gepflegt, tätest du nichts, um ihr zu danken? Versuchtest du nicht, es zu bezahlen? Die Zukunft ist ungewiß, du reisest mitten unter deine Feinde; gib mir drei Tage zum Danke, als wäre ich ein armes Weib, dem du die Pflege bezahlen wolltest."

Missirilli blieb. — Endlich verließ er Rom. Mit Hilfe eines von einer ausländischen Gesandtschaft gekauften Passes gelangte er zu seiner Familie. Es gab große Freude; man hatte ihn tot geglaubt. Seine Freunde wollten zur Feier seiner glücklichen Ankunft ein oder zwei Karabinieri (so heißen die Gendarmen im Kirchenstaat) töten.

„Laßt uns nicht ohne Notwendigkeit einen Italiener töten, der mit Waffen umzugehen weiß," sagte Missirilli, „unser Vaterland ist keine Insel wie das glückliche England; uns fehlen Soldaten, um der Einmischung der Könige Europas zu widerstehen."

Einige Zeit danach wurde Missirilli von den Karabinieri heftig verfolgt: er tötete zwei von ihnen mit der Pistole, die Vanina ihm gegeben hatte. Man setzte einen Preis auf seinen Kopf.

Vanina erschien nicht in der Romagna: Missirilli glaubte sich vergessen. Seine Eitelkeit war verletzt. Er fing an, über den Standesunterschied nachzudenken, der ihn von seiner Geliebten trennte. In einem Augenblick der Rührung und des Heimwehs nach dem vergangenen Glück kam ihm der Gedanke, nach Rom zurückzukehren und zu sehen, wie es Vanina ginge. Schon war dieser tolle Gedanke im Begriff, über das, was er für seine Pflicht hielt, zu triumphieren, da läutete eines Abends die Glocke einer Bergkirche das Angelus auf seltsame Art, als wäre der Glöckner nicht recht bei der Sache. Das war ein Zusammenkunftssignal für die Venta der Carbonari, welcher Missirilli sich bei seiner Ankunft in die Romagna angeschlossen hatte. In derselben Nacht fanden sich alle in einer bestimmten Einsiedelei im Walde ein. Die beiden Einsiedler waren mit Opium betäubt und merkten nicht, zu welchem Zwecke ihr Häuschen diente. Missirilli, der in trüben Gedanken ankam, erfuhr, daß der Anführer der Venta gefangen worden war und daß er, ein junger Mensch von kaum zwanzig

Jahren, zum Oberhaupt einer Venta gewählt werden sollte, zu der Männer von über fünfzig Jahren zählten, die schon seit Murats Feldzug im Jahre 1815 an den Verschwörungen teilhatten. Als ihm diese unverhoffte Ehre zuteil wurde, fühlte Pietro sein Herz schlagen. Sobald er allein war, beschloß er, nicht mehr an die junge Römerin zu denken, die ihn vergessen hatte, und alle seine Gedanken der Pflicht zu weihen, Italien von den Barbaren zu befreien.

Zwei Tage später las Missirilli in dem Bericht über die ein- und abreisenden Personen, den man ihm als dem Oberhaupte der Venta vorlegte, daß die Prinzessin Vanina auf ihrem Schloß San Nicolo eingetroffen war. Der Anblick dieses Namens brachte seiner Seele mehr Verwirrung als Freude. Umsonst wähnte er, dem Vaterlande seine Treue dadurch zu sichern, daß er es über sich gewann, nicht gleich am Abend selbst zum Schlosse San Nicolo zu eilen; das Bild Vaninas, die er vernachlässigte, hinderte ihn seine Pflichten in vernünftiger Art zu erfüllen. Am nächsten Tage sah er sie; sie liebte ihn wie in Rom. Ihr Vater, der sie verheiraten wollte, hatte ihre Abreise verzögert. Sie brachte zweitausend Zechinen mit. Diese unvorhergesehene Hilfe diente in hervorragender Weise der Erhöhung seines Ansehens in der neuen Würde. Man ließ in Korfu Dolche anfertigen; man gewann den Privatsekretär des Legaten, welcher mit der Verfolgung der Carbonari beauftragt war. So bekam man die Liste der Pfarrer, die der Regierung Spionendienste leisteten.

Um diese Zeit wurden die Vorbereitungen zu einer Verschwörung fertig, die weniger tollkühn war, als die meisten, die in dem unglücklichen Italien gewagt worden sind. Es ist hier nicht am Platze, auf die Einzelheiten einzugehen. Nur soviel will ich sagen: hätte das Unternehmen Erfolg gekrönt, so konnte Missirilli einen guten Teil des Ruhmes für sich beanspruchen. Durch seine Tatkraft hätten sich mehrere tausend Aufständige auf ein gegebenes Signal erhoben und in Waffen die Ankunft höherer Führer erwartet. Der entscheidende Moment nahte, als, wie das immer geschieht, die Verschwörung durch die Verhaftung der Führer lahm gelegt wurde.

Kaum war Vanina in der Romagna, so hatte sie den Eindruck, daß die Liebe zum Vaterland ihren Geliebten jede andre Liebe vergessen machte. Das reizte den Hochmut der jungen Römerin. Umsonst versuchte sie, vernünftig zu sein; ein finsterer Gram kam über sie: sie überraschte sich dabei, daß sie die Freiheit verfluchte. Eines Tages, als sie nach Forli zu Missirilli kam, war sie ihres Schmerzes, den bisher ihr Stolz gemeistert hatte, nicht mehr Herr.

„Wahrhaftig," sagte sie zu ihm, „du liebst mich wie ein Gatte, ich habe auf mehr gerechnet."

Bald flossen ihre Tränen; aber es waren Tränen der Scham, daß sie sich bis zu Vorwürfen herabgelassen hatte. Missirilli blieb diesen Tränen gegenüber geistesabwesend. Plötzlich kam Vanina der Gedanke, ihn zu verlassen und nach Rom zurückzukehren. Sie fand eine qualvolle Freude darin, sich für die Schwäche, die sie zum Sprechen gebracht hatte, zu bestrafen. Nach wenigen Minuten des Schweigens war ihr Entschluß gefaßt; sie hätte sich Missirillis unwürdig gefunden, wenn sie ihn nicht verließ. Sie genoß in Gedanken seine schmerzliche Überraschung, wenn er sie vergeblich neben sich suchen würde. Aber bald ergriff sie schmerzhaft der Gedanke, daß sie nicht die Liebe des Mannes hatte gewinnen können, für den sie soviel Tollkühnes getan. Da brach sie das Schweigen und machte alle Anstrengungen, um ein Liebeswort aus ihm zu locken. Er sagte ihr mit zerstreuter Miene sehr zärtliche Dinge; wenn er aber von seinen politischen Unternehmungen sprach, hatte er einen viel herzlicheren Ton; mit Schmerz rief er aus:

„Ach! wenn es diesmal nicht glückt, wenn die Regierung wieder alles entdeckt, verlasse ich unsere Sache."

Vanina blieb still. Seit einer Stunde fühlte sie, daß sie den Geliebten zum letzten Male sah. Das Wort, das er ausgesprochen, gab ihrem Geist eine verhängnisvolle Erleuchtung. Sie überlegte:

Die Carbonari haben von mir mehrere tausend Zechinen erhalten. An meiner Aufopferung für die Verschwörung kann man nicht zweifeln.

Sie fuhr aus ihrer Versonnenheit nun auf, um Pietro zu sagen:

„Willst du vierundzwanzig Stunden mit mir auf dem Schloß San Nicolo zusammen sein? Eure Versammlung heute abend bedarf deiner Gegenwart nicht. Morgen früh können wir in San Nicolo spazieren gehen; das wird deine Erregung beruhigen und dir alle Kaltblütigkeit geben, die du in diesem ernsten Moment brauchst."

Pietro ging darauf ein.

Vanina verließ ihn, um die Vorbereitungen für ihre Reise zu treffen und schloß ihn wie gewöhnlich in das kleine Zimmer ein, in dem sie ihn verborgen hatte.

Sie eilte zu einer ihrer früheren Kammerfrauen, die sich nach Forli verheiratet hatte, wo sie einen kleinen Handel betrieb. Dort angekommen, schrieb sie hastig auf den Rand eines Gebetbuches, das sie im Zimmer fand, genau Angaben über den Ort, wo die Venta der Carbonari sich in der Nacht desselben Tages vereinigen sollte. Sie schloß ihre Denunziation mit den Worten: „Diese Venta besteht aus neunzehn Mitgliedern; hier ihre Namen und Adressen.“ Die folgende Liste war sehr genau bis auf den einen Punkt, daß der Name Missirilli ausgelassen war. Nachdem sie dies geschrieben, sagte sie zu der Frau, deren sie sicher war:

„Bring dies Buch zum Kardinal-Legaten; er soll das Geschriebene lesen und dir das Buch wiedergeben. Hier sind zehn Zechinen; wenn jemals der Kardinal deinen Namen erfährt, ist es dein sicherer Tod; aber du rettest mir das Leben, wenn du den Legaten die Seite lesen lässest, die ich geschrieben habe.“

Alles gelang vortrefflich. Aus Furcht benahm sich der Legat nicht als großer Herr. Er erlaubte der Frau aus dem Volke, die ihn sprechen wollte, mit Maske vor ihm zu erscheinen unter der Bedingung, daß ihr die Hände gefesselt würden. So wurde die Händlerin vor den hohen Herrn geführt, der sich hinter einem Riesentisch mit grünem Tuche verschanzt hatte.

Der Legat las die Seite im Gebetbuch, das er aus Furcht vor einem scharfen Gift weit von sich weghielt. Er gab es der Händlerin zurück und ließ niemanden ihr nachgehn. Weniger als vierzig Minuten, nachdem sie ihren Geliebten verlassen hatte, erschien Vanina, die ihre frühere Kammerfrau hatte zurückkommen sehn, wieder vor Missirilli, den sie von nun an ganz ihr eigen glaubte. Sie erzählte ihm von einer außerordentlichen Bewegung in der Stadt; man bemerkte Patrouillen von Karabinieri in Straßen, in die sie sonst nie kamen.

„Wenn du mir glauben willst,“ fügte sie hinzu, „so reisen wir am besten gleich nach San Nicolo.“

Missirilli war einverstanden. Sie gingen zu Fuß bis zu dem Wagen der jungen Prinzessin, in dem ihre Gesellschaftsdame, eine zuverlässige und gutbezahlte Vertraute, eine halbe Stunde vor der Stadt wartete.

Auf dem Schlosse San Nicolo angekommen, war Vanina, verstört von ihrem seltsamen Unternehmen, doppelt zärtlich zu dem Geliebten. Aber indem sie ihm von Liebe sprach, hatte sie das Gefühl, Komödie zu spielen. Gestern bei dem Verrat war ihr keine Reue in den Sinn gekommen. Jetzt, während sie ihn in ihren Armen hielt, sagte sie sich:

„Es gibt ein Wort, das man ihm sagen kann, und wird dieses Wort ausgesprochen, so muß er mich augenblicklich und für immer verabscheuen."

Mitten in der Nacht drang ein Bedienter ungestüm in ihr Zimmer ein. Dieser Mensch war Carbonaro, wovon sie nichts ahnte. Missirilli hatte also Geheimnisse vor ihr, selbst in solchen Kleinigkeiten. Sie erschauerte. Dieser Mann brachte Missirilli die Nachricht, daß in der Nacht in Forli die Häuser von neunzehn Carbonari umzingelt und sie selbst, als sie von der *Venta* zurückkamen, festgenommen wurden. Trotz des unerwarteten Überfalles hatten sich neun gerettet. Zehn konnten die Karabinieri in die Festung der Zitadelle bringen. Beim Eintritt in diese hatte sich einer durch einen Sturz in den tiefen Brunnen getötet.

Vanina verlor die Fassung; glücklicherweise bemerkte Pietro es nicht; er hätte ihr Verbrechen in ihren Augen lesen können.

„In diesem Augenblick," fügte der Bediente hinzu, „bildet die Garnison von Forli eine Kette durch alle Straßen. Jeder Soldat ist nur so weit vom nächsten entfernt, daß er zu ihm sprechen kann. Die Einwohner können nur dort von einer Seite der Straße zur andern hinüber, wo ein Offizier steht."

Als dieser Mann hinausgegangen war, hatte Pietro nur einen Augenblick des Nachdenkens. Dann sagte er: „Für den Moment ist nichts zu machen."

Vanina verging; sie zitterte unter den Blicken ihres Geliebten.

„Was hast du nur so ungewöhnliches?" fragte er. Dann dachte er an etwas andres und sah sie nicht mehr an. Gegen Mittag wagte sie es, ihm zu sagen:

„Da ist nun wieder eine Venta entdeckt; ich denke, nun wirst du für einige Zeit ruhig sein."

„Sehr ruhig", antwortete Missirilli mit einem Lächeln, das sie schaudern machte.

Sie mußte einen Auslandsbesuch bei dem Dorfpfarrer von San Nicolo machen, der ein Spion der Jesuiten sein konnte. Als sie um sieben Uhr zum Essen heimkam, fand sie das kleine Zimmer, in dem ihr Liebhaber verborgen gewesen, verlassen. Außer sich, lief sie ihn suchend durch das ganze Haus; er war nicht zu finden. Verzweifelt kehrte sie in das kleine Zimmer zurück; nun erst bemerkte sie einen Zettel; sie las:

„Ich werde mich dem Legaten stellen; ich verzweifle an unsrer Sache; der Himmel ist gegen uns. Wer hat uns verraten? Offenbar der Unglückliche, der in den Brunnen gesprungen ist. Da mein Leben dem armen Italien nutzlos ist, will ich nicht, daß meine Kameraden, wenn sie sehen, daß ich allein nicht verhaftet bin, auf den Gedanken kommen können, ich habe sie verkauft. Leb wohl; wenn Du mich liebst, trachte mich zu rächen. Verdirb, vernichte den Schurken, der uns verraten hat, und wäre es mein eigner Vater."

Vanina fiel in einen Stuhl, halb ohnmächtig und in quälendes Weh versunken. Sie konnte kein Wort sprechen; ihre Augen waren trocken und brannten.

Endlich warf sie sich auf die Knie.

„Großer Gott!“ rief sie, „nimm mein Gelübde an; ja, ich werde den Schurken bestrafen, der verraten hat; aber zuvor muß Pietro die Freiheit wieder bekommen.“

Eine Stunde später war sie auf dem Wege nach Rom. Seit langem drängte ihr Vater sie, zurückzukommen. Während ihrer Abwesenheit hatte er ihre Heirat mit dem Fürsten Livio Savelli eingeleitet. Gleich nach ihrer Ankunft sprach er ihr mit Zagen davon. Zu seinem großen Erstaunen war sie vom ersten Wort an einverstanden. Am selben Abend stellte ihr der Vater bei der Gräfin Vitteleschi Don Livio fast offiziell vor; sie sprach viel mit ihm. Er war sehr elegant und hatte die schönsten Pferde; aber obwohl man ihm viel Geist zusprach, galt er doch für so oberflächlich, daß die Regierung keinerlei Verdacht auf ihn hatte. Vanina meinte, wenn sie ihn zunächst verliebt machte, könnte er ihr als bequemer Agent dienen. Da er Neffe des Monsignore Savelli-Catanzara, des Gouverneurs von Rom und Polizeiministers, war, vermutete sie, daß die Spione nicht wagen würden, ihm nachzuspüren.

Nachdem sie einige Tage den liebenswürdigen Don Livio gut behandelt hatte, erklärte ihm Vanina, er könnte nie ihr Gatte werden; er wäre für sie zu oberflächlich.

„Wenn Sie nicht solch ein Kind wären, sagte sie zu ihm, so hätten die Beamten Ihres Oheims keine Geheimnisse für Sie. Zum Beispiel was hat man beschlossen in betreff der Carbonari, die letzthin in Forli entdeckt wurden?“

Zwei Tage später kam Don Livio mit der Mitteilung zu ihr, alle in Forli ergriffenen Carbonari wären entsprungen. Sie heftete ihre großen schwarzen Augen mit dem bitteren Lächeln tiefster Verachtung auf ihn und würdigte ihn den ganzen Abend keines Wortes. Zwei Tage darauf bekannte ihr Don Livio errötend, daß man ihn zunächst getäuscht habe.

„Aber," sagte er, „ich habe mir einen Schlüssel zum Arbeitszimmer meines Oheims verschafft; ich habe aus den Papieren, die ich dort fand, ersehen, daß eine Kongregation oder Kommission, bestehend aus den namhaftesten Kardinälen und Prälaten, sich in aller Heimlichkeit versammelt und berät über die Frage, ob man diese Carbonari in Rom oder Ravenna aburteilen soll. Die neun in Forli ergriffenen Carbonari und ihr Oberhaupt, ein gewisser Missirilli, der die Dummheit begangen hat, sich zu stellen, werden in diesem Moment auf dem Kastell San Leo gefangen gehalten."

Bei dem Worte Dummheit kniff Vanina den Fürsten heftig.

„Ich will selbst die amtlichen Schriftstücke sehn," sagte sie, „und mit Ihnen in das Arbeitszimmer Ihres Oheims gehn; Sie werden schlecht gelesen haben."

Bei diesen Worten erschrack Don Livio; Vanina bat ihn um etwas fast Unmögliches; aber das bizarre Wesen dieses jungen Mädchens verdoppelte seine Liebe. Wenige Tage später konnte Vanina, als Mann verkleidet, in einer niedlichen Livree in den Farben des Hauses Savelli eine halbe Stunde über den geheimsten Papieren des Polizeiministers verbringen. Heftiges Glück ergriff sie, als sie den täglichen Bericht über den Angeklagten Pietro Missirilli entdeckte. Ihre Hände zitterten, als sie dies Papier hielten. Beim Anblick seines Namens war sie einer Ohnmacht nahe. Als sie das Palais des Gouverneurs von Rom verließen, erlaubte Vanina dem Don Livio, sie zu küssen.

„Sie bestehen die Proben gut," sagte sie, „denen ich Sie unterwerfe."

Nach solch einem Worte hätte der junge Fürst den Vatikan in Brand gesteckt, um Vanina zu gefallen. An diesem Abend war ein Ball bei dem französischen Gesandten: sie tanzte viel und fast immer mit Don Livio. Er war trunken von Glück, es raubte ihm jede Überlegung.

„Mein Vater ist bisweilen seltsam," sagte Vanina eines Tages zu ihm, „heute Morgen hat er zwei seiner Leute fortgejagt, die mit Tränen zu mir gekommen sind. Der eine hat mich gebeten, bei Ihrem Oheim, dem Gouverneur von Rom untergebracht zu werden; der andre, welcher unter der Franzosenherrschaft Artillerist war, möchte auf der Engelsburg angestellt sein."

„Ich nehme beide in meinen Dienst," sagte lebhaft der junge Fürst.

„Habe ich Sie darum gebeten?" erwiderte hochmütig Vanina. „Ich wiederhole Ihnen wörtlich die Bitte dieser armen Leute; sie sollen das bekommen, was sie wünschen und nichts andres."

Das war äußerst schwierig. Monsignore Cantazara war durchaus kein leicht zugänglicher Mann und nahm in sein Haus nur Leute auf, die ihm wohlbekannt waren. Mitten in einem Leben, das dem Anschein nach von allen Genüssen erfüllt war, fühlte sich Vanina elend, gefoltert von Gewissensqualen. Der schleppende Gang der Ereignisse war ihr tödlich. Der Agent ihres Vaters hatte ihr Geld verschafft. Sollte sie das Vaterhaus verlassen, in die Romagna gehen und versuchen, ihren Geliebten zu befreien? So töricht dieser Plan war, sie war schon im Begriff, sich an seine Ausführung zu machen; da hatte der Zufall Mitleid mit ihr.

Don Livio sagte ihr: „Die zehn Carbonari der *Venta* Missirilli sollen nach Rom überführt werden, unter dem

Vorbehalt, nach ihrer Verurteilung in der Romagna hingerichtet zu werden. Das hat mein Oheim heute abend beim Papst durchgesetzt. Sie und ich sind die einzigen in Rom, die um dies Geheimnis wissen. Sind Sie zufrieden?"

„Sie werden ein Mann," antwortete Vanina; „schenken Sie mir Ihr Porträt."

Einen Tag bevor Missirilli nach Rom kommen sollte, reiste Vanina unter einem Vorwand nach Città Castellana. In dem Gefängnis dieser Stadt läßt man die Carbonari übernachten, die man von der Romagna nach Rom überführt. Sie sah Missirilli morgens, als er das Gefängnis verließ; er war in Ketten auf einem Karren; er erschien ihr sehr bleich, aber durchaus nicht entmutigt. Eine alte Frau warf ihm ein Veilchenbukett zu; Missirilli dankte lächelnd.

Vanina hatte ihren Geliebten gesehn; alle ihre Gedanken schienen aufgefrischt; sie hatte neuen Mut. Schon vor langem hatte sie dem Abbate Cari, dem Anstaltspfarrer der Engelsburg, in die ihr Geliebter gebracht werden sollte, eine schöne Beförderung verschafft; sie hatte den braven Priester zum Beichtiger genommen. Es ist nichts Geringes in Rom, Beichtvater einer Fürstin zu sein, deren Oheim der Goüverneur ist.

Der Prozeß der Carbonari von Forli war nicht lang. Um sich für die Überführung derselben nach Rom, die sie nicht hindern konnten, zu rächen, setzten die Ultras die Kommission, welche die Carbonari richten sollte, aus den ehrgeizigsten Prälaten zusammen. Vorsitzender der Kommission war der Polizeiminister.

Das Gesetz gegen die Carbonari ist klar; die von Forli konnten sich keinerlei Hoffnung machen; gleichwohl verteidigten sie ihr Leben mit allen möglichen Ausflüchten. Die Richter verurteilten sie nicht nur zum Tode, mehrere stimmten sogar für grausame Strafen, Handabhacken usw. Der Polizeiminister, dessen Glück gemacht war (denn man verläßt diesen Posten nur, um den Kardinalshut aufzusetzen) hatte keine Bedürfnis nach abgehackten Händen: er ging mit dem Urteilsspruch zum Papste und ließ die Strafe aller Verurteilten in einige Jahre Gefängnis umwandeln. Nur Pietro Missirilli war ausgenommen. In diesem jungen Mann sah der Minister einen gefährlichen Fanatiker, und außerdem war er schon wegen der bereits erwähnten Ermordung der beiden Carabinieri zum Tode verurteilt. Vanina erfuhr das Urteil und die Strafmilderung wenige Augenblicke, nachdem der Minister vom Papste zurückkam.

Als am nächsten Tage Monsignore Catanzara gegen Mitternacht in sein Palais heimkehrte, war sein Kammerdiener nicht da; der Minister wunderte sich, läutete mehrere Male; endlich erschien ein alter einfältiger Bedienter; ungeduldig entschloß sich der Minister, sich selbst auszukleiden. Er verschloß die Tür; es war sehr heiß; er nahm sein Gewand und warf es als Bündel auf einen Stuhl. Aber er hatte zu kräftig geschleudert, und das Gewand flog über den Stuhl fort und schlug gegen den Musselinvorhang des Fensters, darin zeichneten sich die Formen einer Menschengestalt ab. Rasch sprang der Minister an sein Bett und ergriff eine Pistole. Als er wieder zum Fenster kam, trat ein sehr junger Mann, in seine Livree gekleidet, vor ihn, die Pistole in der Hand. Bei diesem Anblick hob der Minister die Pistole ans Auge, im Begriff, zu schießen. Da sagte der junge Mann lachend:

„Aber, Monsignore, erkennen Sie Vanina Vanini nicht?"

„Was bedeutet dieser schlechte Scherz?“ rief der Minister zornig.

„Lassen Sie uns kühl und vernünftig sein“, sagte das junge Mädchen. „Zunächst: Ihre Pistole ist entladen.“

Verwundert vergewisserte sich der Minister davon; dann zog er einen Dolch aus der Tasche des Unterkleides.

Vanina sagte mit reizend gebieterischem Ausdruck: „Setzen wir uns, Monsignore.“ Und sie nahm ruhig auf einem Kanapee Platz.

„Sind Sie wenigstens allein?“ fragte der Minister.

„Ganz allein, ich schwöre es Ihnen!“ rief Vanina.

Davon überzeugte sich nun der Minister sorgfältig: er ging rings durch das Zimmer und sah überall nach; sodann setzte er sich auf einen Stuhl drei Schritte von Vanina.

„Was könnte mir daran liegen,“ sagte Vanina mit sanfter und ruhiger Miene, „einem maßvollen Manne nach dem Leben zu trachten, der wahrscheinlich durch einen schwächlichen Hitzkopf ersetzt werden würde, der sich und die andern zugrunde richten könnte?“

„Was wollen Sie also, mein Fräulein?“ sagte der Minister verdrossen. „Dieser Auftritt sagt mir durchaus nicht zu und darf nicht andauern.“

„Was ich hinzuzufügen habe,“ erwiderte Vanina mit Hoheit und hatte mit einmal nicht mehr ihre liebenswürdige Miene, „ist für Sie wichtiger als für mich. Man will, daß der Carbonaro Missirilli mit dem Leben davonkomme; wird er hingerichtet, so überleben Sie ihn nicht um eine Woche. Ich habe an all dem kein Interesse; die Tollheit, über die Sie sich beklagen, habe ich begangen, zunächst, um mich zu belustigen, und dann, um einer meiner Freundinnen dienlich zu sein.“ Dann fuhr Vanina wieder mit ihrer Gesellschaftsmiene fort: „Ich habe einem Mann von Geist einen Dienst leisten wollen, einem Manne, der bald mein Oheim sein und nach allem Anschein den Glanz seines Hauses hoch erheben wird."

Der Minister gab die ärgerliche Miene auf; die Schönheit Vaninas trug ohne Zweifel zu diesem raschen Wechsel bei. Man kannte in Rom den Geschmack des Monsignore Catanzara für die hübschen Frauen, und in ihrer Verkleidung als Lakai des Hauses Savelli mit den straff anliegenden Seidenstrümpfen, einer roten Weste, der himmelblauen Weste mit Silberborde und mit der Pistole in der Hand, war Vanina hinreißend.

„Liebe künftige Nichte," sagte der Minister, schon dem Lachen nahe, „Sie begehen da eine große Tollheit und es wird nicht Ihre letzte sein."

„Ich hoffe, daß eine so einsichtsvolle Persönlichkeit mein Geheimnis wahren wird," antwortete Vanina, „und besonders Don Livio gegenüber, und um Sie hierzu zu bewegen, mein lieber Oheim, werde ich, wenn Sie dem Schützling meiner Freundin das Leben schenken, Ihnen einen Kuß geben."

Indem sie die Unterhaltung in dem halb scherzhaften Ton fortsetzte, mit dem die römischen Damen die größten Angelegenheiten zu behandeln verstehen, gelang es Vanina, dieser Zusammenkunft, welche mit der Pistole in der Hand begonnen hatte, die Stimmung eines Besuchs zu geben, den die junge Fürstin Savelli ihrem Oheim, dem Gouverneur von Rom, macht.

Monsignore Catanzara wies zwar mit Stolz den Gedanken zurück, sich durch Einschüchterung etwas aufdrängen zu lassen, aber er war nun doch so weit, seiner Nichte alle Schwierigkeiten auseinanderzusetzen, auf die er bei dem Versuche, Missirillis Leben zu retten, stoßen würde. Indem er dies besprach, ging der Minister mit

Vanina im Zimmer auf und ab; er nahm eine Karaffe mit Limonade und füllte ein Kristallglas. In dem Augenblick, als er es an die Lippen setzen wollte, nahm es Vanina ihm fort, hielt es einige Zeit in der Hand und ließ es dann wie in Gedanken aus dem Fenster fallen. Gleich darauf nahm der Minister ein Schokoladenplätzchen aus einer Bonbonnière. Vanina entriß es ihm und sagte lachend:

„Geben Sie doch acht, alles bei Ihnen ist vergiftet; denn man wollte Ihren Tod. Ich aber habe die Begnadigung meines künftigen Oheims durchgesetzt, um nicht mit ganz leeren Händen in die Familie Savelli einzutreten."

Monsignore Catanzara war höchst erstaunt; er dankte seiner Nichte und gab große Hoffnung für das Leben Missirillis.

„Unser Handel ist fertig!" rief Vanina, „und zum Beweise hier den Lohn." Und sie küßte ihn.

Der Minister nahm den Lohn.

„Sie müssen wissen, meine liebe Vanina," sagte er dann, „ich ich liebe das Blutvergießen nicht. Übrigens bin ich, obwohl ich Ihnen vielleicht recht alt erscheine, noch jung und kann noch zu einer Zeit am Leben sein, wo das heute vergossene Blut ein Makel sein wird."

Es schlug zwei Uhr, als Monsignore Catanzara Vanina bis zur kleinen Gartentür begleitete.

Als am übernächsten Tage der Minister in ziemlicher Verlegenheit über sein Vorhaben vor dem Papst erschien, sagte Seine Heiligkeit zu ihm:

„Vor allem habe ich Sie um eine Begnadigung zu ersuchen. Einer der Carbonari von Forli ist zum Tode verurteilt geblieben; diese Vorstellung raubt mir den Schlaf: man muß diesen Menschen retten."

Als der Minister sah, daß der Papst seinen Entschluß

gefaßt hatte, machte er viele Einwände und setzte schließlich ein Motu proprio auf, das der Papst, gegen das Herkommen, unterzeichnete.

Vanina hatte gedacht, daß sie vielleicht die Begnadigung ihres Geliebten erreichen könnte, daß man aber versuchen würde, ihn zu vergiften. Seit gestern hatte Missirilli von ihrem Beichtiger, dem Abbate Cari, einige kleine Pakete Schiffszwieback erhalten, mit dem Wink, die Gefängniskost nicht anzurühren.

Als Vanina nachher erfahren hatte, daß die Carbonari von Forli nach dem Kastell San Leo überführt werden sollten, wollte sie versuchen, Missirilli bei seinem Aufenthalt in Città Castellana zu sehen; sie traf vierundzwanzig Stunden vor den Gefangenen in dieser Stadt ein; dort fand sie den Abbate Cari, der mehrere Tage vor ihr angekommen war. Er hatte es beim Kerkermeister durchgesetzt, daß Missirilli Mitternachts in der Kapelle des Gefängnisses die Messe hören könnte. Man ging noch weiter: wenn Missirilli sich freiwillig die Arme und Beine mit einer Kette fesseln ließe, würde der Kerkermeister zurückbleiben an der Tür der Kapelle, von wo aus er den Gefangenen, für den er verantwortlich war, immer sehen konnte, ohne indessen hören zu können, was er sprach.

Endlich erschien der Tag, der über Vaninas Schicksal entscheiden sollte. Vom Morgen ab schloß sie sich in der Gefängniskapelle ein. Wer könnte die Gedanken in Worte fassen, die sie diesen langen Tag hindurch bewegten? Liebte Missirilli sie genug, um ihr zu verzeihen? Sie hatte seine *Venta* verraten, aber ihm hatte sie das Leben gerettet. Als in dieser gefolterten Seele die Vernunft die Oberhand gewann, schöpfte Vanina die Hoffnung, er würde darauf eingehen, mit ihr Italien zu verlassen: hatte sie gesündigt, so war es aus Liebesübermaß.

Als es vier Uhr schlug, hörte sie von fern das Getrappel der Pferde der Karabinieri auf dem Pflaster. Der Laut jedes Trittes schien in ihrem Herzen widerzuhallen. Bald unterschied sie das Rollen der Karren, auf denen die Gefangenen befördert wurden. Sie machten auf dem kleinen Platz vor dem Gefängnis halt; sie sah, wie zwei Karabinieri Missirilli heraushoben, der allein auf einem Karren und so mit Ketten belastet war, daß er sich nicht rühren konnte. Wenigstens lebt er, sagte sie sich mit Tränen in den Augen, sie haben ihn noch nicht vergiftet! Der Abend war qualvoll; die Altarlampe, die sehr hoch angebracht war und für die der Kerkermeister mit Öl kargte, erhellte allein die düstere Kapelle. Vaninas Augen irrten über die Grabsteine einiger großer Herren des Mittelalters, die im Gefängnis nebenan gestorben waren. Ihre Steinbilder hatten grimmige Mienen.

Längst hatten alle Geräusche aufgehört; Vanina war verloren in düstere Gedanken. Kurz nach dem Mitternachtsläuten glaubte sie ein leises Geräusch zu hören, wie den Flug einer Fledermaus. Sie versuchte einen Schritt und sank halb ohnmächtig an die Balustrade des Altars. Im selben Augenblick erschienen zwei Phantome in ihrer Nähe, die sie nicht hatte kommen hören. Es war der Kerkermeister mit Missirilli, den soviel Ketten belasteten, daß er wie von ihnen eingewickelt war. Der Kerkermeister öffnete eine Laterne und stellte sie so neben Vanina auf die Balustrade des Altars, daß er seinen Gefangenen deutlich sehen konnte. Dann zog er sich in den Hintergrund nahe der Tür zurück. Kaum war der Kerkermeister fort, so stürzte sich Vanina Missirilli an die Brust. Während sie die Arme um ihn schlang, fühlte sie nichts als kalte kantige Ketten. Wer hat ihm diese Ketten gegeben? dachte sie. Es machte sie nicht glücklich, ihren Geliebten zu küssen. Diesem Schmerze folgte ein zweiter stechenderer; sie glaubte einen Augenblick, Missirilli wüßte ihr Verbrechen, so eisig war sein Empfang.

„Liebe Freundin," sagte er endlich, „ich bedaure die Liebe, die Sie für mich hegen; umsonst denke ich nach, womit ich Ihr Gefühl verdient habe. Wir kehren besser, glauben Sie mir, zu christlicheren Gefühlen zurück und vergessen die Trugbilder, die uns ehedem in die Irre geführt haben; ich kann Ihnen nicht angehören. Das beständige Mißgeschick, das meine Unternehmen verfolgt hat, kommt vielleicht von dem Zustande der Todsünde, in dem ich mich beständig befunden habe. Und auch wenn man nur auf den Rat der Menschenklugheit hörte, warum wurde ich nicht in jener Unglücksnacht von Forli mit meinen Freunden verhaftet? Warum war ich im Augenblicke der Gefahr nicht auf meinem Posten? Warum hat meine Abwesenheit den grausamsten Verdacht rechtfertigen können? Ich hatte eine andre Leidenschaft als die für die Freiheit Italiens."

Vanina konnte sich nicht von ihrer Bestürzung über die Veränderung Missirillis erholen. Ohne sichtlich abgemagert zu sein, hatte er das Aussehn eines Dreißigjährigen. Vanina schrieb diese Veränderung der schlechten Behandlung, die er in der Gefangenschaft erlitten, zu und brach in Tränen aus.

„Ach!" sagte sie, „die Kerkermeister hatten doch so fest versprochen, daß sie dich mit Güte behandeln würden."

In Wirklichkeit hatte die Nähe des Todes alle religiösen Grundsätze, die mit der Leidenschaft für die Freiheit Italiens vereinbar waren, im Herzen des jungen Carbonaro wieder auferweckt. Nach und nach bemerkte Vanina, daß die erstaunliche Veränderung, die sie bei ihrem Geliebten wahrnahm, rein geistig war und keineswegs die Wirkung schlechter körperlicher Behandlung. Ihr Schmerz, den sie auf dem Gipfel glaubte, wuchs nun noch mehr.

Missirilli schwieg. Vanina schien nahe daran, vor Schluchzen zu ersticken. Er sagte dann, nun selbst ein wenig bewegt:

„Wenn ich auf Erden etwas liebte, so wärest du es, Vanina; aber, gottlob, ich habe nur noch ein Ziel in meinem Leben; ich werde sterben im Gefängnis oder bei dem Versuch, Italien die Freiheit zu geben."

Wieder gab es ein Schweigen; Vanina konnte offenbar nicht sprechen; sie versuchte es vergeblich. Missirilli fuhr fort:

„Die Pflicht ist grausam, meine Freundin; aber wenn es nicht ein wenig Mühsal gäbe, sie zu erfüllen, wo bliebe das Heldentum? Gib mir dein Wort, daß du nicht versuchen wirst, mich wiederzusehen."

Soweit es ihm die enge Kette erlaubte, bewegte er das Handgelenk ein wenig und streckte Vanina die Finger hin.

„Wenn ein Mann, der Ihnen teuer war, Ihnen einen Rat geben darf, so heiraten Sie ruhig den verdienstvollen Mann, den Ihr Vater Ihnen bestimmt. Machen Sie ihm keine peinlichen Geständnisse; aber suchen Sie andrerseits auch nicht, mich wiederzusehn; wir wollen von nun an einander fremd sein. Sie haben eine beträchtliche Summe für den Dienst des Vaterlandes vorgestreckt; wird es jemals von seinen Tyrannen befreit, so wird Ihnen diese Summe getreulich aus der Staatskasse zurückgezahlt werden."

Vanina war zerschmettert. Während er zu ihr sprach, hatte Pietros Auge nur in dem Moment geleuchtet, als er das *Vaterland* nannte.

Endlich kam der jungen Fürstin der Stolz zu Hilfe; sie hatte sich mit Diamanten und kleinen Feilen versehen. Ohne Missirilli zu antworten, reichte sie ihm diese hin.

„Es ist meine Pflicht, dies anzunehmen," sagte er, „denn ich muß versuchen zu entkommen; aber ich werde Sie nie wiedersehen, ich schwöre es angesichts Ihrer neuen Wohltaten. Leben Sie wohl, Vanina; versprechen Sie, mir niemals zu schreiben, nie zu versuchen, mich zu sehen; lassen Sie mich ganz dem Vaterlande; ich bin tot für Sie: leben Sie wohl."

„Nein," erwiderte Vanina wütend, „ich will, daß du weißt, was ich getan habe, geleitet von der Liebe, die ich für dich fühlte."

Dann erzählte sie ihm all ihre Schritte von dem Augenblick an, als Missirilli das Schloß San Nicolo verlassen hatte, um sich dem Legaten zu stellen. Als dieser Bericht zu Ende war, sagte Vanina:

„All das ist nichts: ich habe mehr getan aus Liebe zu dir."

Dann sagte sie ihm ihren Verrat.

„Ungeheuer!" rief Pietro wütend, warf sich auf sie und suchte sie mit seinen Ketten zu erschlagen.

Es wäre ihm gelungen, wenn nicht der Kerkermeister beim ersten Schrei herbeigeeilt wäre. Er ergriff Missirilli.

„Da, Ungeheuer, ich will dir nichts schulden", sagte Missirilli zu Vanina, warf ihr, soweit es seine Ketten erlaubten, die Feilen und Diamanten hin und entfernte sich, so rasch er nur konnte.

Vanina blieb vernichtet. Sie kam nach Rom zurück; und die Zeitung meldet ihre Vermählung mit dem Fürsten Don Livio Savelli.

Die Fürstin von Campobasso

Ich übersetze aus einem italienischen Chronisten den genauen Bericht über die Liebschaft einer römischen Fürstin mit einem Franzosen. Es war im Jahre 1726, und alle Mißbräuche des Nepotismus blühten damals in Rom; niemals war der Hof glänzender gewesen. Benedikt XIII. Orsini regierte, oder vielmehr: es leitete sein Neffe, der Fürst Campobasso unter seinem Namen alle Geschäfte. Von allen Seiten strömten Fremde nach Rom; italienische Fürsten, spanische Granden, noch reich an Gold der Neuen Welt, kamen in Menge, und wer reich und mächtig war, stand dort über den Gesetzen. Galanterie und Verschwendung schienen die einzige Beschäftigung aller dieser Fremden aller Nationen zu sein.

Des Papstes beide Nichten, die Gräfin Orsini und die Fürstin Campobasso genossen vor allen die Macht ihres Oheims und die Huldigungen des Hofs. Ihre Schönheit hätte sie aber auch aus den untersten Schichten der Gesellschaft hervorgehoben. Die Orsini, wie man sie familiär in Rom nannte, war heiter und, wie man hier sagt, disinvolta, die Campobasso zärtlich und fromm, aber diese zärtliche Seele war der gewalttätigsten Leidenschaften fähig. Obgleich sie nicht erklärte Feindinnen waren und nicht nur jeden Tag sich am päpstlichen Hof trafen, sondern sich auch oft besuchten, waren diese Damen Rivalinnen in allem: Schönheit, Ansehen und Glücksgütern.

Gräfin Orsini, weniger hübsch, aber glänzend, ungezwungen, beweglich und für Intrigen begeistert, hatte Liebhaber, die sie wenig kümmerten und nicht länger als einen Tag beherrschten. Ihr Glück war, zweihundert Menschen in ihren Salons zu sehn und unter ihnen als Königin zu glänzen. Sie lachte über ihre Kusine Campobasso, welche die Ausdauer gehabt hatte, sich drei Jahre hindurch mit einem spanischen Herzog zu kompromittieren, um ihm schließlich sagen zu lassen, daß er Rom binnen vierundzwanzig Stunden zu verlassen habe, wenn ihm sein Leben lieb sei. „Seit diesem großen Hinauswurf", sagte die Orsini, „hat meine erhabene Kusine nicht mehr gelächelt. Seit einigen Monaten ist es klar, daß die arme Frau vor Langweile oder vor Liebe stirbt, aber ihr gewitzter Gatte rühmt dem Papst, unserm Oheim, diese Langweile als hohe Frömmigkeit. Bald aber wird sie diese Frömmigkeit dazu bringen, eine Pilgerfahrt nach Spanien zu unternehmen."

Indes war die Campobasso weit davon, ihren spanischen Herzog zu vermissen, der sie während seiner Herrschaft tödlich gelangweilt hatte. Hätte sie ihn vermißt, würde sie ihn zurückgerufen haben, denn sie besaß jenen in Rom nicht seltenen Charakter, ebenso natürlich und unmittelbar in der Gleichgültigkeit wie in der Leidenschaft zu sein. In ihrer exaltierten Frömmigkeit bei ihren kaum dreiundzwanzig Jahren und in der Blüte aller Schönheit widerfuhr es ihr, daß sie sich eines Tags vor ihrem Oheim auf die Knie warf und ihn um den päpstlichen Segen bat, der — was nicht genug bekannt ist — ohne jede vorhergehende Beichte von allen Sünden freispricht, mit Ausnahme zweier oder dreier Todsünden. Der gute Benedikt XIII. aber weinte vor Zärtlichkeit: „Erhebe dich, meine Nichte, du hast meinen Segen nicht notwendig, denn du giltst mehr als ich in den Augen des Herrn."

Aber trotz seiner Unfehlbarkeit täuschte sich Seine Heiligkeit hierin, wie übrigens ganz Rom. Die Campobasso war kopflos verliebt und ihr Geliebter teilte ihre Leidenschaft; und dennoch war sie sehr unglücklich. Schon seit mehreren Monaten traf sie fast jeden Tag den Chevalier von Sénecé, den Neffen des Herzogs von Saint-Aignan, welcher damals Botschafter Ludwigs XV. in Rom war.

Sohn einer der Mätressen Philipps von Orléans, war der junge Sénecé stets Gegenstand der ausgewähltesten Gunstbezeugungen gewesen. Schon lange Oberst, obgleich er kaum zweiundzwanzig Jahre zählte, hatte er einige anmaßende Gewohnheiten, doch ohne Unverschämtheit. Natürliche Fröhlichkeit, das Verlangen, sich immer zu unterhalten und alles unterhaltsam zu finden, Unbesonnenheit, Mut und Güte zeichneten seinen Charakter eigentümlich aus, von dem man freilich damals lobend nur hätte sagen können, daß er in allem ein Musterbeispiel des Charakters seiner Nation war. Diese nationale Eigenart hatte vom ersten Augenblick an die Campobasso berückt. „Ich mißtraue Ihnen, Sie sind Franzose", hatte sie ihm gesagt, „aber ich sage Ihnen etwas im voraus: Den Tag, wo man in Rom wissen wird, daß ich Sie manchmal im Geheimen empfange, werde ich überzeugt sein, daß Sie selber das verbreitet haben, und ich werde Sie nicht mehr lieben."

So mit der Liebe spielend verstrickte sich die Campobasso in eine wütende Leidenschaft. Auch Sénecé liebte sie; aber es waren schon acht Monate her, daß dieses Verhältnis dauerte, und die Zeit, welche die Leidenschaft einer Italienerin verdoppelt, tötet die eines Franzosen.

Die Eitelkeit des Chevalier tröstete ihn ein wenig über seine Langeweile: er hatte schon zwei oder drei Bildnisse der Campobasso nach Paris geschickt. Er übertrug die Gleichgültigkeit seines Charakters gegen Güter und Vorteile aller Art, mit denen er seit seiner Kindheit überschüttet worden war, auch auf die Interessen der Eitelkeit, die sonst die Herren seiner Nation gewöhnlich sehr besorgt hüten.

Sénecé verstand nicht im geringsten den Charakter seiner Geliebten; deshalb belästigten ihn öfters ihre Seltsamkeiten. So hatte er jedesmal an allen kirchlichen Feiertagen, wie am Festtag der Heiligen Balbina, deren Namen sie trug, die Verzückungen und die Selbstanklagen einer glühenden und wahren Frömmigkeit auszuhalten. Sénecé hatte seine Geliebte nicht die Religion vergessen lassen, wie dies bei den gewöhnlichen Frauen Italiens vorkommt; er hatte sie nur mit starker Kraft besiegt, und der Kampf erneuerte sich immer wieder.

Dieses Hindernis, das erste, das dem mit allen Gaben des Glückes überschütteten jungen Mann in seinem Leben begegnet war, hielt die Gewohnheit lebendig, zärtlich und zuvorkommend gegen die Fürstin zu sein; von Zeit zu Zeit erachtete er es für seine Pflicht, sie zu lieben. Sénecé hatte nur einen Vertrauten in seinem Botschafter, dem Herzog von Saint-Aignan, dem er durch die Campobasso manchen Dienst leisten konnte. Außerdem war ihm die Bedeutung, die er durch seine Liebesaffäre in den Augen des Botschafters gewann, außerordentlich schmeichelhaft. Die Campobasso, ganz anders als er, war dagegen von der gesellschaftlichen Stellung ihres Liebhabers gar nicht berührt. Geliebt oder nicht geliebt zu sein war alles für sie. „Ich opfere ihm meine ewige Seligkeit,“ sagte sie, „und er, der ein Häretiker, ein Franzose ist, kann mir nichts, was dem gleicht, opfern." Aber sobald der Chevalier erschien, füllte seine gefällige und dabei so ungezwungene Heiterkeit die Seele der Campobasso mit Entzücken und bezauberte sie. Bei seinem Anblick verschwand alles, was sie sich ihm zu sagen vorgenommen hatte, und alle trüben Gedanken. Dieser für diese hochmütige Seele so neue Zustand hielt noch lange an, nachdem Sénecé gegangen war. Und schließlich fand sie, daß sie fern von Sénecé weder denken noch leben könne.

Während in Rom durch zwei Jahrhunderte die Spanier in Mode gewesen waren, begann man sich damals ein wenig den Franzosen zuzuneigen. Man begann, einen Charakter zu verstehn, der Vergnügen und Heiterkeit überall hinbrachte, wo er sich zeigte, und diesen Charakter gab es damals nur in Frankreich; seit der Revolution von 1789 gibt es ihn nirgends mehr. Denn eine so beständige Frohmütigkeit braucht Unbekümmertsein, Sorglosigkeit, und es gibt für niemand mehr heute eine sichere Zukunft in Frankreich, nicht einmal für geniale Menschen, falls es solche gäbe. Es herrscht erklärter Krieg zwischen Menschen vom Schlage Sénecés und der Masse der Nation. Auch Rom war damals vom heutigen Rom sehr verschieden. Um 1726 hatte man keine Ahnung von dem, was sich siebenundsechzig Jahre später ereignen sollte, als das von einigen Geistlichen aufgehetzte Volk den Jakobiner Basseville umbrachte, der, wie er sagte, die Hauptstadt der christlichen Welt zivilisieren wollte.

Durch Sénecé hatte die Campobasso zum erstenmal die Vernunft verloren, hatte sich, aus Gründen, die vom gesunden Menschenverstand nicht gebilligt werden, bald im Himmel befunden, bald im fürchterlichen Unglück.

Nun hatte Sénecé auch die Religion besiegt; nun mußte sich diese Liebe, welche für diese strenge und wahre Frau weit größere und ganz andere Bedeutung als die Vernunft hatte, schnell in die wildeste Leidenschaft steigern.

Die Fürstin hatte einen Monsignore Ferraterra begünstigt und seine Laufbahn erleichtert. Wie wurde ihr zumute, als dieser Ferraterra ihr mitteilte, daß Sénecé nicht nur öfter als üblich zur Orsini gehe, sondern daß die Gräfin seinetwegen den berühmten Kastraten fortgeschickt habe, der seit mehreren Wochen ihr offizieller Liebhaber gewesen war!

Hier beginnt, was wir zu erzählen haben: An dem Abend des Tages, wo die Campobasso diese verhängnisvolle Nachricht erhalten hatte.

Sie saß reglos in einem hohen Lehnstuhl aus goldfarbenem Leder. Neben ihr, auf einem kleinen schwarzen Marmortisch standen auf hohen Füßen zwei silberne Lampen, Meisterwerke des Cellini, und erleuchteten kaum das Dunkel eines weitläufigen Saales im Erdgeschoß ihres Palastes. Kaum, daß Licht auf die Gemälde an den Wänden fiel, die nachgedunkelt waren; denn die Zeit der großen Maler lag damals schon weit zurück.

Der Fürstin gegenüber und fast zu ihren Füßen zeigte der junge Sénecé auf einem kleinen Stuhl aus Ebenholz, mit Ornamenten aus massivem Gold verziert, seine elegante Person. Die Fürstin hatte den Blick auf ihn gerichtet; sie war ihm nicht entgegengeeilt, als er eintrat, hatte sich nicht in seine Arme gestürzt und nicht ein Wort an ihn gerichtet.

Im Jahre 1726 war Paris schon Königin des reichen und eleganten Lebens. Sénecé ließ durch Kuriere regelmäßig alles kommen, was die Reize eines der hübschesten Männer Frankreichs hervorheben konnte. Trotz der für einen Mann seines Ranges natürlichen Sicherheit, noch dadurch verstärkt, daß er seine ersten Waffengänge mit den Schönheiten am Hof des Regenten unter der Leitung des berühmten Canillac, seines Oheims, eines der Roués dieses Fürsten gehabt hatte, konnte man eine leichte Verlegenheit in Sénecés Zügen bemerken. Das schöne blonde Haar der Fürstin war etwas in Unordnung; die großen schwarzblauen Augen sahen den Mann starr an; ihr Ausdruck war schwer zu deuten. Dachte sie an tödliche Rache? War es nur der tiefe Ernst leidenschaftlicher Liebe?

„Also Sie lieben mich nicht mehr?" sagte sie endlich leise. Ein langes Schweigen folgte dieser Kriegserklärung.

Es wurde der Fürstin schwer, sich der reizenden Anmut Sénecés zu entziehen, der ihr, machte sie ihm keine Szene, tausend Torheiten sagen würde; aber sie besaß zu großen Stolz, um die Auseinandersetzung hinauszuschieben. Eine Kokette ist aus Eigenliebe eifersüchtig, eine galante Frau aus Gewohnheit; aber eine Frau, die wahr und leidenschaftlich liebt, hat das ganze Bewußtsein ihres Rechtes. Diese Art, der römischen Leidenschaft eigen, amüsierte Sénecé sehr; er sah darin Tiefe und Unbestimmtheit; man glaubte, die unverhüllte Seele zu schauen. Der Orsini fehlte dieser Reiz der Campobasso.

Aber da diesmal das Schweigen so lange anhielt, sah der junge Franzose, der nicht die Kunst verstand, in die verborgenen Gefühle eines italienischen Herzens einzudringen, darin einen Schein von Ruhe und Vernunft, und das machte ihn arglos. Zudem drückte ihn gerade in diesem Augenblick ein Kummer. Als er das unterirdische Gewölbe durchschritt, das von einem benachbarten Haus in diesen Saal des Palastes Campobasso führte, hatten sich einiges Spinngewebe auf die ganz frische Stickerei seines entzückenden, gestern aus Paris gekommenen Anzugs gelegt. Das verursachte ihm Unbehagen und außerdem waren ihm Spinnen schrecklich.

Da er im Auge der Fürstin Ruhe zu lesen glaubte, dachte er, ob es nicht besser sei, eine Aussprache zu vermeiden und den Vorwurf sanft abzubiegen, statt ihm zu entgegnen; aber durch die Mißstimmung, die er fühlte, mehr zum Ernst geneigt, sagte er sich: ‚Wäre dies nicht günstigste Gelegenheit, die Wahrheit durchblicken zu lassen? Sie selber hat die Frage gestellt, also ist die halbe Peinlichkeit schon erledigt. Ich bin ja sicher nicht für die Liebe geschaffen. Ich habe zwar nie etwas so Schönes wie diese Frau mit ihren sonderbaren Augen gesehen, aber sie hat schlechte Gewohnheiten. Sie läßt mich durch widerliche, unterirdische Gewölbe kommen. Immerhin ist sie die Nichte des Herrschers, zu dem mich mein König geschickt hat. Und mehr noch, sie ist blond in einem Land, wo alle Frauen dunkel sind; das ist eine große Seltenheit. Täglich höre ich ihre Schönheit von Leuten in den Himmel heben, deren Zeugnis unverdächtig ist und die nicht im Entferntesten ahnen, mit dem glücklichen Besitzer dieser Reize zu sprechen. Was die Macht betrifft, die ein Mann über seine Geliebte haben soll, brauche ich nicht beunruhigt zu sein. Wollte ich mir die Mühe nehmen, ein Wort zu sagen, so verließe sie ihr Haus, ihre Goldmöbel, ihren königlichen Oheim, und all das würde sie tun, um sich in Frankreich in die tiefste Provinz zu vergraben und auf einem meiner Güter kümmerlich und kläglich zu leben... Morbleu, die Aussicht auf solches Opfer begeistert mich nur zu dem festen Beschluß, es niemals von ihr zu verlangen. Die Orsini ist ja viel weniger hübsch; sie liebt mich, wenn sie mich überhaupt liebt, grade ein wenig mehr als den Kastraten Butafoco, den ich sie gestern wegschicken hieß; aber sie hat Lebensart, sie versteht zu leben, man kann im Wagen bei ihr vorfahren. Und ich bin sicher, daß sie mir nie eine Szene machen wird; sie liebt mich dazu nicht genug.'

Während des langen Schweigens hatte der starre Blick der Fürstin die hübsche Stirn des jungen Franzosen nicht verlassen.

‚Ich werde ihn nicht mehr sehen', sagte sie sich. Und plötzlich warf sie sich in seine Arme und bedeckte mit Küssen die Stirn und die Augen, die sich nicht mehr mit Glück füllten, wenn sie von ihnen erblickt wurde. Der Chevalier würde es sich nie vergeben haben, hätte er nicht in diesem Augenblick jeden Plan eines Bruchs fallen gelassen. Aber seine Geliebte war zu tief aufgewühlt, um ihre Eifersucht zu vergessen. Wenige Augenblicke nachher betrachtete Sénecé sie mit Verwunderung. Tränen des Zornes liefen ihr über die Wangen. ‚Wie!' sagte sie sich, ‚ich erniedrige mich so tief, daß ich von seiner Veränderung spreche; ich werfe sie ihm vor, ich, die ich mir geschworen hatte, es niemals zu bemerken! Und das ist noch nicht genug Niedrigkeit, ich muß auch noch der Leidenschaft nachgeben, die mir dieses entzückende Gesicht einflößt! Ah, verächtlich, verächtlich! Es muß ein Ende nehmen.'

Sie trocknete die Tränen und schien wieder beruhigter. „Chevalier, wir müssen ein Ende machen", begann sie ruhig; „Sie besuchen häufig die Gräfin..." Da erbleichte sie. Und nach einer Weile: ... — „Wenn du sie liebst, geh alle Tage hin, meinetwegen! Aber komm nicht mehr hierher.“ Sie hielt wie gegen ihren Willen an. Sie erwartete ein Wort des Chevaliers; das Wort wurde nicht gesprochen. Mit einem kleinen krampfhaften Zucken preßte sie durch die Zähne: „Das soll mein Todesurteil sein, und das Ihre.“

Diese Drohung wirkte entscheidend auf die zage Seele des Chevaliers, der bis dahin über die unvorhergesehene Krisis nach solcher Hingabe nur erstaunt war. Er begann zu lachen.

Ein plötzliches Rot bedeckte die Wangen der Fürstin, die wie Scharlach wurden. ‚Der Zorn wird sie ersticken,‘ dachte der Chevalier, ‚sie wird einen Schlaganfall bekommen.‘ Er näherte sich, um ihr Kleid aufzuschnüren, sie stieß ihn mit einer Festigkeit und Kraft zurück, die er nicht gewohnt war. Sénecé erinnerte sich später, daß er bei diesem Versuch, sie in seine Arme zu schließen, sie mit sich selbst hatte sprechen hören. Er zog sich ein wenig zurück, unnötig, denn sie schien ihn nicht mehr zu sehen. Mit tiefer Stimme sprach sie, als wäre sie hundert Meilen von ihm entfernt: „Er beleidigt mich, er fordert mich heraus. Bei seiner Jugend und mit der seinem Volke eigentümlichen Indiskretion wird er sicher der Orsini alle Unwürdigkeiten, zu denen ich mich erniedrige, erzählen. Ich bin meiner nicht sicher, ich kann nicht dafür einstehen, daß ich diesem Gesicht gegenüber unempfindlich bleibe.“ Hier folgte ein neues Schweigen, das dem Chevalier sehr langweilig vorkam. Die Fürstin erhob sich endlich und sagte in einem klagenden Ton: „Man muß ein Ende machen.“

Sénecé, der durch die Wiederversöhnung den Glauben an den Ernst der Aussprache verloren hatte, sagte einige scherzhafte Worte über ein Abenteuer, von dem in Rom viel gesprochen wurde.

„Verlassen Sie mich, Chevalier," unterbrach ihn die Fürstin, „ich fühle mich nicht wohl ..."

‚Diese Frau langweilt sich,' dachte Sénecé, indem er sich beeilte, ihr zu gehorchen, ‚und nichts ist so ansteckend wie die Langweile.' Die Fürstin war ihm bis zum Ende des Saals mit den Blicken gefolgt. ‚Und ich war im Begriff, unbesonnen das Geschick meines Lebens zu entscheiden!' sagte sie mit einem Lächeln. ‚Zum Glück haben mich seine Scherze ernüchtert! Wie dumm ist doch dieser Mensch! Wie kann ich ein Wesen lieben, das mich so wenig versteht? Er will sich und mich mit einem scherzhaften Wort amüsieren, wenn es sich um mein Leben und um das seine handelt!' Sie erhob sich. ‚Wie seine Augen schön waren, als er das Wort sagte! Man muß zugeben, die Absicht des armen Chevaliers war liebenswürdig; er hat meinen unglücklichen Charakter erkannt; wollte mich den trüben Schmerz, der mich bewegt, lieber vergessen lassen, statt mich nach seiner Ursache zu fragen. Ach, der liebenswürdige Franzose! Habe ich denn das Glück gekannt, bevor ich ihn liebte?'

Und sie gab sich mit Entzücken den Gedanken an die Vorzüge ihres Geliebten hin. Aber allmählich gingen diese ihre Gedanken auf die Reize der Gräfin Orsini über, und ihre Seele stürzte ins Dunkel. Qualen der furchtbaren Eifersucht ergriffen sie. Schon seit zwei Monaten beunruhigte sie eine unheilvolle Vorahnung. Ihre einzigen erträglichen Augenblicke waren jene, welche sie mit dem Chevalier verbrachte und doch sprach sie, wenn sie nicht in seinen Armen lag, fast immer gereizt mit ihm.

Der Abend wurde schrecklich. Ganz erschöpft und fast ein wenig durch den Schmerz beruhigt, kam ihr der

Einfall, mit dem Chevalier zu sprechen. ,Er hat mich wohl gereizt gesehen, aber er weiß nicht den Grund. Vielleicht liebt er die Gräfin nicht. Vielleicht geht er nur zu ihr, weil ein Fremder die Gesellschaft des Landes, in dem er sich befindet, sehen muß und besonders die Familie des Herrschers. Wenn ich mir Sénecé offiziell vorstellen lasse, und er frei und offen zu mir kommen kann, vielleicht wird er ebensogern ganze Stunden bei mir, wie bei der Orsini verbringen.'

Aber wieder kam der wildeste Zorn über sie. ,Nein, ich würde mich erniedrigen, wenn ich ihn spreche; er wird mich nur verachten, und das wird mein ganzer Gewinn sein. Das leichtfertige Wesen der Orsini, das ich Närrin so verachtet habe, ist ja wirklich angenehmer als mein Charakter, gar in den Augen eines Franzosen! Ich bin bestimmt nur dazu geschaffen, mich mit einem Spanier zu langweilen. Was gibt es auch Sinnloseres als immer nur schwer und ernst zu sein! Als ob, was das Leben mit sich bringt, dies nicht selber schon genügend wäre! Gott, was wird aus mir, wenn ich nicht mehr den Chevalier habe, der mir das Leben gibt, und das Feuer mir ins Herz senkt, das mir fehlt!'

Sie hatte Befehl gegeben, niemanden vorzulassen, aber dieser Befehl galt nicht für den Monsignore Ferraterra, der ihr zu berichten kam, was man bis ein Uhr morgens bei der Orsini getrieben habe. Dieser Prälat hatte bisher aus besten Kräften den Abenteuern der Fürstin gedient; aber seit diesem Abend zweifelte er nicht daran, daß Sénecé der Geliebte der Gräfin Orsini werden würde, wenn er es nicht schon war.

,Die fromme Fürstin wird mir mehr nützen', dachte er bei dieser Beobachtung, ,als die galante. Immer wird es sonst einen geben, den sie mir vorzieht, nämlich ihren

Liebhaber; und ist eines Tages dieser Liebhaber ein Römer, so kann er einen Onkel haben, den man zum Kardinal machen muß. Wenn ich sie bekehre, muß sie vor allem und mit dem ganzen Feuer ihres Wesens an den denken, der ihre Seele lenkt, was kann ich nicht alles durch sie von ihrem Oheim erhoffen!' Und der ehrgeizige Prälat verlor sich in köstliche Zukunftsträume; er sah die Fürstin, wie sie sich ihrem Oheim zu Füßen warf, um für ihn den Kardinalshut zu erbitten. Der Papst würde ihm für das, was er eben zu unternehmen im Begriff war, sehr dankbar sein müssen. Sobald die Fürstin bekehrt wäre, würde er Benedikt XIII. die unwiderleglichen Beweise ihrer Liebschaft mit dem jungen Sénecé vorlegen. Religiös, aufrichtig und die Franzosen verabscheuend, wird der Papst ewige Dankbarkeit für den tatkräftigen Prälaten haben, der einer Intrige, die Seiner Heiligkeit so mißliebig, ein Ende bereitet hat. Dieser Ferraterra gehörte dem Hochadel Ferraras an, war reich und über fünfzig Jahre alt. Durch die so deutliche Vision des Kardinalshutes angeregt, wagte er seine Rolle bei der Fürstin jäh zu ändern. Vorher, während der zwei Monate, da Sénecé sie vernachlässigte, war es dem Prälaten zu gefährlich erschienen, den Franzosen anzugreifen; denn er hielt Sénecé, den er schlecht verstand, für ehrgeizig.

Der Leser würde die genaue Wiedergabe der Zwiesprache, welche die junge Fürstin, toll vor Liebe und Eifersucht, mit dem ehrgeizigen Prälaten hatte, sehr lang finden. Ferraterra hatte mit einer vollen Eröffnung der traurigen Wahrheit begonnen; und nach solchem heftigen Anfang wurde es ihm nicht schwer, alle Gefühle der Religion und der leidenschaftlichen Frömmigkeit wiederzuerwecken, die im Herzen der jungen Römerin nur eingeschlummert waren; sie besaß den wahren Glauben. „Jede gottlose Leidenschaft muß mit Unglück und Schande enden“, sagte nun der Prälat.

Es war heller Tag, als er den Palast Campobasso verließ. Er hatte der neu Bekehrten das Versprechen abgefordert, an diesem Tag Sénecé nicht zu empfangen. Dieses Versprechen war der Fürstin nicht schwer gefallen: sie glaubte, daß sie fromm sei und fürchtete zugleich, in den Augen des Chevaliers durch eine Schwäche verächtlich zu erscheinen. Ihr Entschluß hielt bis vier Uhr stand: das war die Zeit der Besuche des Chevaliers. Er ging durch die Gasse hinter dem Garten des Palastes Campobasso und sah das Signal, das die Unmöglichkeit einer Zusammenkunft bekanntgab; er eilte, sehr zufrieden damit, zur Gräfin Orsini.

Die Campobasso fühlte den Wahnsinn fast über sich Herr werden. Die sonderbarsten Gedanken und Entschlüsse hetzten sie. Plötzlich lief sie die breite Treppe wie im Irrsinn hinunter, stieg in den Wagen und rief dem Kutscher zu: „Palazzo Orsini“.

Das Übermaß ihres Unglücks trieb sie wie gegen ihren Willen zu ihrer Kusine. Sie fand sie inmitten einer Gesellschaft von etwa fünfzig Personen. Was Rom an Geist und Ehrgeiz besaß und im Hause Campobasso nicht Zutritt hatte, kam im Hause Orsini zusammen. Das Erscheinen der Fürstin Campobasso wurde ein Ereignis; respektvoll zog man sich zurück; aber sie geruhte, es nicht zu bemerken; sie blickte nur auf ihre Rivalin, bewunderte sie. Jeder Reiz ihrer Kusine war ein Dolchstoß in ihr Herz. Nach den ersten Redensarten der Höflichkeiten nahm die Orsini, welche ihre Kusine schweigsam und zerstreut sah, ihre glänzende und heitere Unterhaltung wieder auf.

‚Wie viel besser ihre Heiterkeit zu dem Chevalier paßt, als meine tolle und langweilige Leidenschaft!' sagte sich die Campobasso. Und in einer unerklärlichen, aus Haß und Bewunderung gemischten Verzückung fiel sie der Gräfin um den Hals. Sie sah nur die Reize ihrer Kusine; in der Nähe wie aus der Entfernung erschienen sie ihr gleich anbetungswürdig. Sie verglich ihr Haar mit dem eignen, ihre Augen, ihren Teint. Nach dieser seltsamen Prüfung faßte sie Ekel und Abscheu vor sich selbst. Alles an ihrer Rivalin schien ihr anbetungswürdig und ihr überlegen zu sein.

Unbeweglich und düster saß die Campobasso gleich einer Basaltstatue inmitten dieser gestikulierenden und lärmenden Menge. Man kam, man ging; all dieser Lärm störte und verletzte sie. Aber wie geschah ihr, als sie plötzlich Herrn von Sénecé melden hörte! Sie waren zu Anfang ihres Verhältnisses übereingekommen, daß er in Gesellschaft sehr wenig mit ihr sprechen solle, so wie es einem ausländischen Diplomaten zukommt, der nicht öfter als zwei- oder dreimal im Monat die Nichte des Souveräns trifft, bei dem er beglaubigt ist.

Sénecé begrüßte sie mit gewohntem Respekt und mit Ernst; dann nahm er, wieder zu der Orsini zurückgekehrt, den heiteren, fast intimen Ton auf, den man im Gespräch mit einer geistvollen Frau anschlägt, von der man gern und fast täglich empfangen wird. Die Campobasso war niedergeschmettert: ‚Die Gräfin zeigt mir, wie ich hätte sein sollen', sagte sie sich. ‚Ich sehe, wie man sein muß, und trotzdem werde ich es niemals können!' Sie sank auf die letzte Stufe des Unglücks, in die ein menschliches Geschöpf geworfen werden kann; sie war fast entschlossen, Gift zu nehmen. Alle Wonnen aus Sénecés Liebe kamen dem Übermaß des Schmerzes nicht gleich, der sie während einer langen Nacht verzehrte. Man könnte sagen, die römischen Frauen haben eine Fähigkeit und Energie zum Leiden, die andern Frauen unbekannt bleiben.

Andern Tages kam Sénecé wieder vorbei und sah fortweisende Zeichen. Er ging vergnügt weiter, trotzdem war er leicht verletzt. ‚Also hat sie mir neulich meinen Abschied gegeben? Ich muß sie weinen sehen', sagte sich seine Eitelkeit. Er empfand eine leichte Spur von Liebe, da er eine so schöne Frau und Nichte des Papstes für immer verlieren sollte. Er kroch durch den unsauberen Kellergang, der ihm solchen Widerwillen verursachte, und drang gewaltsam in den großen Saal des Erdgeschosses, wo die Fürstin ihn zu empfangen pflegte.

„Sie wagen es hierher zu kommen?" rief die Fürstin erstaunt.

‚Das Erstaunen ist nicht aufrichtig', dachte der junge Franzose. ‚Sie hält sich in diesem Raum nur auf, wenn sie mich erwartet.'

Der Chevalier ergriff ihre Hand; sie zitterte. In ihre Augen kamen Tränen; sie erschien dem Chevalier so schön, daß er einen Augenblick lang an Liebe dachte. Und sie vergaß alle Eide, die sie während zweier Tage dem Glauben geschworen hatte, warf sich in seine Arme. ‚Und dieses Glück soll künftig die Orsini genießen!' ... Sénecé, der wie gewöhnlich die römische Seele falsch verstand, glaubte, sie wolle sich in guter Freundschaft von ihm trennen und wünsche den Besuch in guter Form. 'Es ziemt sich nicht für mich als Attaché der königlichen Gesandtschaft, die Nichte des Souveräns, bei dem ich akkreditiert bin, zur Todfeindin, die sie sein würde, zu haben.' Sehr stolz über diese glückliche Lösung begann Sénecé, ihr vernünftig zuzureden. „Sie würden in angenehmster Harmonie leben; warum sollten sie nicht sehr glücklich sein? Was könnte man ihm denn auch vorwerfen? Die Liebe würde einer guten und zärtlichen Freundschaft Platz machen. Er bitte inständig um das Vorrecht, von Zeit zu Zeit an diesen Ort hier zurückkommen zu dürfen; ihre Beziehungen würden immer zarte bleiben ..." Zuerst verstand ihn die Fürstin nicht. Als sie ihn endlich mit Entsetzen begriff, blieb sie unbeweglich stehen, mit starrem Blick. Da unterbrach sie ihn bei der letzten Wendung von den zarten Beziehungen mit einer Stimme, die aus der Tiefe der Brust zu kommen schien, sagte langsam Wort für Wort:

„Das heißt, Sie finden mich hübsch genug, um mich als Dirne in Ihrem Dienst zu behalten?"

„Aber teure und liebe Freundin, ist Ihre Eigenliebe denn verletzt?" antwortete Sénecé, jetzt wirklich erstaunt. „Wie kann es Ihnen in den Sinn kommen, sich zu beklagen? Glücklicherweise ist unsere Beziehung niemals von irgend jemand geargwöhnt worden. Ich bin ein Ehrenmann; ich gebe Ihnen von neuem mein Wort, nie soll ein lebendes Wesen das Glück, das ich genossen habe, erfahren."

„Nicht einmal die Orsini?" fragte sie in einem so kühlen Ton, daß er den Chevalier wieder irreführte.

„Habe ich Ihnen jemals von den Frauen erzählt," meinte der Chevalier naiv, „die ich, bevor ich Ihr Sklave wurde, geliebt habe?"

„Trotz meiner Achtung vor Ihrem Ehrenwort will ich doch diese Gefahr nicht auf mich nehmen", sagte die Fürstin in einer entschiedenen Art, welche nun den jungen Franzosen doch etwas in Erstaunen setzte. „Adieu, Chevalier ..." Und als er ein wenig unsicher ging: „Komm, küsse mich!"

Sie war sichtlich gerührt. Dann wiederholte sie in einem bestimmten Ton: „Adieu Chevalier..."

Die Fürstin ließ Ferraterra holen. „Ich will mich rächen", sagte sie ihm. Der Prälat war entzückt. ‚Sie wird sich kompromittieren; sie gehört mir für immer.'

Zwei Tage später ging Sénecé, weil die Hitze drückend war, gegen Mitternacht auf den Corso, um Luft zu schöpfen. Ganz Rom war auf der Straße. Als er seinen Wagen wieder besteigen wollte, konnte ihm sein Bedienter kaum antworten: er war betrunken. Der Kutscher war verschwunden; der Bediente meldete stammelnd, der Kutscher sei mit einem Feind in Streit geraten.

„Ah, mein Kutscher hat Feinde!" sagte Sénecé lachend.

Beim Heimweg merkte er, kaum zwei oder drei Straßen über den Corso hinaus, daß er verfolgt werde. Vier oder fünf Männer hielten an, wenn er stehen blieb, schritten weiter, wenn er weiterging. ‚Ich könnte einen Bogen machen und durch eine andre Straße wieder auf den Corso kommen', dachte Sénecé. ‚Aber dieses Gesindel lohnt nicht die Mühe, und ich bin gut bewaffnet.' Er nahm seinen blanken Dolch in die Hand.

In solchen Gedanken durcheilte Sénecé zwei drei abgelegene und immer einsamere Gassen. Er hörte die Männer ihre Schritte beschleunigen. In diesem Augenblick sah er auf und erblickte grade vor sich eine kleine Kirche, die den Ordensbrüdern des Heiligen Franziskus gehörte; ihre Fenster warfen einen befremdlichen Schein ins Dunkel. Er stürzte zur Türe und pochte heftig mit seinem Dolchgriff dagegen. Die Männer, die ihn verfolgten, waren fünfzig Schritt entfernt von ihm. Nun kamen sie auf ihn zugelaufen. Ein Mönch öffnete; Sénecé stürzte in die Kirche; der Mönch schloß schnell die Türe zu. Im gleichen Augenblick schlugen die Meuchelmörder mit den Füßen gegen die Türe. „Die Gottlosen!“ sagte der Mönch. Sénecé gab ihm eine Zechine. „Sicher wollten sie mir ans Leben“, sagte er.

In dieser Kirche brannten mindestens tausend Kerzen.

„Wie? Ein Gottesdienst zu dieser Stunde?“ fragte er den Mönch.

„Eccellenza, es ist ein Dispens von Seiner Eminenz dem Kardinal-Vikar.“

Die ganze enge Vorhalle dieser kleinen Kirche San Francesco a Ripa war in ein prächtiges Mausoleum umgewandelt; man sang die Totenmesse.

„Wer ist gestorben? Ein Fürst?“ fragte Sénecé.

„Ohne Zweifel,“ antwortete der Priester, „denn es ist mit nichts gespart worden; aber dies alles, Wachs und Silber, ist vergeudet, denn der Herr Dekan hat uns gesagt, daß der Verblichene in Unbußfertigkeit gestorben ist.“

Sénecé trat näher. Er sah ein Wappenschild in französischer Form und seine Neugier verdoppelte sich; er trat ganz dicht heran und erkannte sein eigenes Wappen mit dieser lateinischen Inschrift:

Nobilis homo Johannes Norbertus Senece eques decessit Romae.

„Der hohe und mächtige Herr Jean Norbert von Sénecé, Chevalier, gestorben zu Rom.“

‚Ich bin wohl der erste Mensch‘, dachte Sénecé, ‚der die Ehre hat, seinem eigenen Begräbnis beizuwohnen. Ich weiß nur vom Kaiser Karl V., der sich dies Vergnügen geleistet hat. Aber in dieser Kirche ist für mich nicht gut bleiben.‘

Er gab dem Sakristan noch eine Zechine. „Mein

Vater," sagte er ihm, „lassen Sie mich durch eine Hintertür Ihres Klosters hinaus."

„Sehr gern", sagte der Mönch.

Kaum auf der Straße, begann Sénecé, in jeder Hand eine Pistole, mit äußerster Schnelligkeit zu laufen. Bald hörte er hinter sich Leute, die ihn verfolgten. An seinem Haus angelangt, sah er die Tür verschlossen und einen Mann davor. ‚Jetzt heißt es stürmen", dachte der junge Franzose und wollte den Mann mit einem Pistolenschuß töten, als er seinen Kammerdiener erkannte.

„Mach die Tür auf!" schrie er ihn an.

Sie war offen. Rasch traten sie ein und schlossen sie wieder.

„Ach, gnädiger Herr, ich habe Sie überall gesucht; es gibt sehr traurige Neuigkeiten. Der arme Jean, Ihr Kutscher, ist von Messerstichen durchbohrt worden. Die Leute, die ihn getötet haben, stießen Verwünschungen gegen Sie aus. Gnädiger Herr, man will Ihnen ans Leben!"

Während noch der Diener sprach, schlugen acht Feuergewehrschüsse durch ein Gartenfenster. Sénecé brach tot neben seinem Diener zusammen; sie waren von mehr als zwanzig Kugeln durchbohrt.

Zwei Jahre später wurde die Fürstin Campobasso als das Muster höchster Frömmigkeit in Rom verehrt, und seit geraumer Zeit war Monsignor Ferraterra Kardinal.

Die Cenci

Molières Don Juan ist ohne Zweifel galant, doch vor allem ist er ein Mann der guten Gesellschaft. Bevor er sich der unwiderstehlichen Leidenschaft überläßt, die ihn zu hübschen Frauen zieht, hält er darauf, einem bestimmten Ideal zu gleichen; er will der Mann sein, der am Hof eines galanten und geistvollen jungen Königs unumschränkt bewundert würde.

Mozarts Don Juan ist schon weit natürlicher und viel weniger französisch; er denkt weniger an die Meinung der andern über ihn, denkt nicht vor allem daran, zu scheinen, wie der Baron Foeneste d'Aubigné sagte.

Wir besitzen aus Italien nur zwei Porträte des Don Juan, so wie er diesem schönen Lande im sechzehnten Jahrhundert zu Beginn der wiedergeborenen Zivilisation erschienen ist.

Von diesen beiden Porträten kann ich das eine durchaus nicht bekanntgeben, denn das Jahrhundert ist zu prüde; man muß sich an das große Wort erinnern, das Lord Byron unzählige Male wiederholt hat: This age of cant. Diese so langweilige Heuchelei, die niemand täuscht, hat den ungeheuren Vorteil, daß die Dummen etwas zu reden haben; es entrüstet sie, daß man gewagt hat, über etwas zu sprechen; es entrüstet sie, daß man gewagt hat, über etwas zu lachen, usw. Der Nachteil ist, daß das Bereich der Geschichte dadurch unendlich verengt wird.

Hat der Leser den guten Geschmack, es mir zu gestatten, so werde ich ihm in aller Bescheidenheit eine historische Aufzeichnung über den zweiten Don Juan vorlegen, von dem es im Jahre 1837 möglich ist, zu sprechen; er hieß Francesco Cenci.

Don Juan zu ermöglichen, muß es die Heuchelei in der Welt geben. Im Altertum wäre Don Juan eine Wirkung ohne Ursache gewesen; die eher heitere Religion ermahnte die Menschen zum Genuß: wie hätte sie also jemand auszeichnen, ja verdammen können, der in einer Lust seine einzige Aufgabe sieht? Nur die herrschende Regierung sprach von Enthaltsamkeit; aber wohl verstanden, sie verbot bloß Dinge, die dem Vaterland schaden konnten, und nichts, was nur den einzelnen schädigte.

Jeder, der Geschmack an Frauen fand und reich war, konnte in Athen ein Don Juan sein, ohne daß jemand daran etwas auszusetzen gefunden hätte. Niemand nannte dies Leben ein Jammertal und daß es verdienstvoll sei, zu leiden.

Ich glaube nicht, daß der athenische Don Juan so leicht hätte zum Verbrecher werden können wie der Don Juan der modernen Welt; ein großer Teil des Vergnügens des modernen Don Juan besteht darin, die öffentliche Meinung herauszufordern, womit er schon in seiner Jugend damit beginnt, daß er sich einbildet, nur gegen die Heuchelei anzukämpfen.

Gesetze zu übertreten in einer Monarchie Louis XV., auf einen Dachdecker einen Flintenschuß abzufeuern und ihn von seinem Dach herunterrollen zu lassen — ist das nicht ein Beweis, daß man in der Gesellschaft um den Fürsten lebt, daß man zum besten Ton gehört und daß man sich sonst was aus dem Richter macht, der ja ein Bürgerlicher ist? Seinem Richter zu spotten — ist das nicht der erste Schritt des kleinen werdenden Don Juan?

Bei uns sind die Frauen nicht mehr Mode, und das ist der Grund für die Seltenheit der Don Juane. Aber wenn es deren gäbe, würden sie immer mit sehr natürlichen Vergnügungen beginnen und ihren Ruhm darin suchen, den Ideen zu trotzen, die ihnen in der Vernunft nicht begründet zu sein scheinen, trotzdem sie den festen Glauben ihrer Zeitgenossen bilden. Erst viel später, wenn er pervers zu werden beginnt, findet der Don Juan eine erlesene Wollust darin, Meinungen zu bekämpfen, die ihm selber richtig und vernünftig scheinen.

Dieser Übergang muß bei den Alten sehr schwierig gewesen sein; erst unter den römischen Kaisern und nach Tiberius findet man Freigeister, welche die Verderbnis um ihrer selbst willen lieben, das heißt: wegen des Vergnügens, den vernünftigen Ansichten ihrer Zeitgenossen Trotz zu bieten.

Daher sehe ich in der christlichen Religion die Voraussetzungen für die satanische Rolle des Don Juan. Ist es doch diese Religion, welche die Welt lehrte, daß die Seele eines armen Sklaven, eines Gladiators an Fähigkeit und an Würde der des Cäsar selber völlig ebenbürtig sei; daher muß man der christlichen Lehre für das Auftauchen zarter Gefühle dankbar verpflichtet sein. Ich zweifle übrigens nicht daran, daß früher oder später diese Gefühle auch ohne die christliche Lehre im Busen der Völker aufgetaucht wären — ist doch die Äneide schon um vieles zarter, gefühlsreicher als die Ilias.

Die Lehre Jesu war die der zeitgenössischen arabischen Philosophen, und das einzig Neue, das in der Welt infolge der vom heiligen Paul gepredigten Lehren eingeführt wurde, ist eine Armee von Priestern, die gänzlich von den übrigen Bürgern getrennt sind und sogar diesen entgegengesetzte Interessen haben.

Die einzige Aufgabe dieser Priestergilde war, das religiöse Empfinden zu pflegen und zu stärken; sie erfanden bezaubernde Gaukeleien und Kulte, um die Gemüter aller Klassen, vom ungebildeten Hirten bis zum blasierten Höfling im Gefühle zu bewegen; sie verstanden ihre Interessen mit den entzückenden Eindrücken der ersten Kindheit zu verknüpfen; sie ließen nicht die kleinste Pest oder das kleinste große Unglück vorübergehn, ohne daraus Nutzen zu ziehn, die Furcht und das religiöse Empfinden zu verdoppeln oder wenigstens eine schöne Kirche zu bauen, wie die Maria della Salute in Venedig.

Diese Kirche bringt das bewundernswerte Ereignis hervor: der heilige Papst Leo widersteht ohne jede materielle Macht dem wilden Attila und seinen barbarischen Scharen, die China, Persien und die Gallier in Schrecken versetzt hatten.

So hat die Kirche, wie die absolute, nur durch Chansons gemäßigte Macht, welche man die französische Monarchie nennt, sonderbare Dinge hervorgebracht, welche die Welt vielleicht niemals gesehn hätte, wenn sie diese beiden Einrichtungen hätte entbehren müssen.

Unter diese guten oder schlechten, immer aber sonderbaren und seltsamen Dinge, die Aristoteles, Polybius, Augustus und alle andern Köpfe des Altertums sehr in Erstaunen gesetzt hätten, stelle ich ohne Zögern den modernen Charakter des Don Juan. Er ist, wie ich meine, ein Produkt der asketischen Institutionen, welche die Päpste nach Luther geschaffen haben; denn Leo X. und sein Hof folgten noch ungefähr den Prinzipien der Religion Athens.

Molières Don Juan wurde zu Beginn der Regierung Ludwig XIV., am 15. Februar 1665 aufgeführt; dieser Fürst war damals noch nicht im geringsten fromm und trotzdem ließ die kirchliche Zensur die Szene des Armen im Walde streichen. Diese Zensur wollte, um sich Nachdruck zu verschaffen, dem so wunderbar unwissenden König einreden, daß das Wort Jansenist gleichbedeutend mit Republikaner sei.

Das Original ist von dem Spanier Tirso de Molina; eine italienische Truppe spielte gegen 1664 eine Nachdichtung davon in Paris und erregte Aufsehn. Das Stück ist vielleicht die am meisten gespielte Komödie der Welt, denn sie handelt vom Teufel und von der Liebe, von der Furcht vor der Hölle und von einer überschwenglichen Leidenschaft für eine Frau, von allem also, was es Schreckliches und Liebliches in den Augen der Menschen gibt, sofern sie nur aus dem Zustand der Wilden heraus sind.

Es ist nicht erstaunlich, daß das Bild des Don Juan durch einen spanischen Dichter in die Literatur eingeführt worden ist. Die Liebe nimmt eine große Stelle im Leben dieses Volks ein; sie ist da eine ernste Leidenschaft, imstande, mit Gewalt alle andern sich zu unterjochen, sogar die Eitelkeit. Ebenso ist es in Deutschland und in Italien. Wohl überlegt ist einzig und allein Frankreich vollkommen frei von dieser Leidenschaft, um derentwillen andere Nationen so viele Torheiten begehn, wie zum Beispiel ein armes Mädchen zu heiraten, unter dem Vorwand, daß sie hübsch und daß man in sie verliebt sei. Den Mädchen, welchen nichts als die Schönheit fehlt, fehlt es nicht an Bewunderern in Frankreich; wir sind unvorsichtige Leute. Anderswo sind sie darauf angewiesen, Nonne zu werden, weshalb die Klöster in Spanien unentbehrlich sind. Die Mädchen bekommen in diesem Lande keine Mitgift und dies Gesetz hat den Triumph der Liebe gesichert. Hat sich die Liebe in Frankreich nicht ins fünfte Stockwerk zurückgezogen, das heißt, zu den Mädchen, die sich ohne Vermittlung des Notars und der Familie verheiraten?

Man soll hier nicht an den Don Juan des Lord Byron denken, der nichts als ein Faublas ist: ein schöner, unbedeutender junger Mann, auf den sich die unwahrscheinlichsten Arten und Gattungen des Glücks stürzen.

Es war, wie gesagt, in Italien, und zwar erst im sechzehnten Jahrhundert, daß dieser sonderbare Charakter zum erstenmal auftauchte. Es war in Italien, und zwar im siebzehnten Jahrhundert, daß eine Fürstin sagte, als sie am Abend eines sehr heißen Tages mit Entzücken ein Eis nahm: ‚Wie schade, daß Gefrorenes zu essen nicht eine Sünde ist!‘

Diese Gefühlseinstellung bildet nach meiner Ansicht die Charaktergrundlage des Don Juan und dazu gehört, wie man sieht, die christliche Religion.

Ein neapolitanischer Autor meint dazu: „Ist es nichts, dem Himmel Trotz zu bieten und dabei zu glauben, daß im gleichen Augenblick Euch der Himmel zu Staub zermalmen kann?“ Davon, sagt man, rühre die unvergleichliche Wollust her, eine Nonne als Geliebte zu haben, eine von Frömmigkeit erfüllte Nonne, die weiß, daß sie Böses tut und Gott so leidenschaftlich um Verzeihung anfleht, wie sie leidenschaftlich sündigt.

Denken wir uns einen sehr perversen Christen, zu der Zeit in Rom geboren, als der strenge Pius V. sich anschickte, eine Menge kleiner religiöser Übungen wieder zu Ehren zu bringen oder neu zu erfinden, welche der einfachen Alltagsmoral völlig fremd sind, die ja nur das Tugend nennt, was den Menschen nützlich ist. Eine Inquisition, so unerbittlich, daß sie sich nur kurze Zeit in Italien halten konnte und bald nach Spanien flüchten mußte, war noch verstärkt worden und jagte aller Welt Schrecken ein. Jahre hindurch setzte man sehr harte Strafen auf die Unterlassung oder auf die öffentliche Mißachtung dieser kleinen und kleinlichen religiösen Übungen, die zum Rang heiligster religiöser Pflichten erhoben wurden. Jener perverse Römer, von dem wir sprachen, wird die Achseln gezuckt haben, als er die ganze Masse der Bürger vor den schrecklichen Gesetzen der Inquisition zittern sah.

‚Gut,' wird er sich gesagt haben, ‚ich bin der reichste Mann von Rom, dieser Hauptstadt der Welt, ich werde auch der kühnste sein; ich werde mich öffentlich über all das lustig machen, was diese Leute respektieren und was so wenig dem gleicht, was zu respektieren ist.'

Denn ein wirklicher Don Juan muß ein Mann von Herz sein und jenen lebhaften und klaren Verstand besitzen, der die Motive der Handlungen der Menschen durchschaut.

Francesco Cenci also wird sich gesagt haben: ‚Durch welche auffallenden Taten könnte ich, ein Römer, in Rom im Jahre 1527 geboren, genau während der sechs Monate, in denen die lutheranischen Soldaten des Connetable von Bourbon die gräßlichsten Entweihungen an den heiligen Dingen begingen — durch welche Taten könnte ich meinen Mut bemerkbar machen und mir so eindringlich wie möglich das Vergnügen bereiten, der öffentlichen Meinung Trotz zu bieten? Womit soll ich meine einfältigen Zeitgenossen in Erstaunen setzen? Wie kann ich mir das so lebhafte Vergnügen verschaffen, mich anders als die große Masse zu fühlen?'

Es konnte einem Römer, und dazu einem Römer jener Zeit nicht in den Sinn kommen, sich auf bloße Worte zu beschränken. Es gibt kein Land, wo prahlerische Worte mehr verachtet werden als in Italien.

*

Der Mann, der so zu sich sprechen konnte, Francesco Cenci, ist am 15. September 1598, unter den Augen seiner Tochter und seiner Frau getötet worden. Nichts Liebenswürdiges bleibt uns von diesem Don Juan zu erinnern. Sein Charakter wurde durch nichts, vor allem nicht durch die Manie, ein guter Gesellschafter zu sein, gemildert und verkleinert, wie bei dem Don Juan Molières. Er kümmerte sich um die andern Menschen nur, wenn er ihnen seine Überlegenheit beweisen, sich ihrer bedienen oder ihnen seinen Haß zeigen wollte. Denn der Don Juan findet nie Gefallen an Sympathiegefühlen, an süßen Träumereien oder an den Einbildungen eines zärtlichen Herzens. Er braucht vor allem Freuden, welche Triumphe sind, von andern bemerkt und nicht abstreitbar; er braucht die Liste, die der freche Leporello vor den Augen der unglücklichen Elvira aufrollt.

Der römische Don Juan hat sich gut vor der kindlichen Ungeschicklichkeit gehütet, den Schlüssel zu seinem Charakter zu geben und sich einem Lakaien anzuvertrauen, wie jener Don Juan bei Molière. Er hat ohne einen Vertrauten gelebt und hat nichts andres gesprochen, als was ihm für die Förderung seiner Pläne nützlich war. Niemand überraschte ihn in Augenblicken wirklicher Zärtlichkeit und entzückender Heiterkeit, wegen deren man dem Don Juan von Mozart viel verzeiht. Kurz: das Porträt, das ich hier hinsetzen werde, ist abstoßend.

Aus freier Wahl hätte ich nicht diesen Charakter nachgezeichnet. Ich hätte mich damit begnügt, ihn zu studieren; denn er ist dem Gräßlichen näher als dem Seltsamen. Aber Reisegefährten, denen ich nichts abschlagen konnte, baten mich darum. Ich hatte im Jahre 1823 das Glück, Italien zusammen mit liebenswürdigen unvergeßlichen Menschen zu sehn. Ich war gleich ihnen vom Bildnis der Beatrice Cenci hingerissen, das im Palazzo Barberini in Rom hängt.

Die Galerie dieses Palastes ist heute auf sieben oder acht Bilder zusammengeschmolzen, doch sind vier Meisterwerke darunter: zunächst das Porträt der berühmten Fornarina, der Geliebten Raffaels, von Raffaels eigener Hand.

Das zweite wertvolle Bildnis der Galerie ist vom Guido Reni: das Porträt der Beatrice Cenci, von dem es soviel schlechte Stiche gibt. Der große Maler hat um den Hals Beatrices ein Stück nichtssagenden Stoffs gelegt, und er hat sie mit einem Turban ausgestattet: er getraute sich wohl nicht, die Wahrheit bis zum Fürchterlichen zu treiben, indem er das Kleid, das sie sich für die Hinrichtung hatte machen lassen, getreu wiedergegeben hätte, und das Haar in der ganzen Unordnung eines sechzehnjährigen Mädchens, das sich der Verzweiflung überläßt. Der Kopf ist zart und schön, der Blick sehr sanft und die Augen sehr groß: sie haben den erstaunten Ausdruck einer Person, die im Augenblick heftigen Weinens überrascht wird. Die Haare sind blond und sehr schön. Dieser Kopf hat nichts von dem römischen Stolz und von dem Bewußtsein der eignen Kraft, wie man beides so oft in dem zuversichtlichen Blick einer Römerin antrifft, einer figlia del tevere, wie sie mit Stolz von sich selber sagen. Unglücklicherweise sind die Halbtöne dieses

Bildnisses während des langen Zeitraums, der uns von der Katastrophe trennt, brandig geworden.

Das dritte Bildnis der Galerie Barberini ist das der Lucrezia Petroni, der Stiefmutter von Beatrice, die mit ihr hingerichtet worden ist. Sie ist der Typus der römischen Matrone in ihrer natürlichen Schönheit und ihrem Stolz, der nicht, wie auf van Dycks Bildnissen, Stolz auf die gesellschaftliche Stellung ist. Die Züge sind groß und die Hautfarbe ist blendend weiß, die schwarzen Brauen sind scharf gezeichnet, der Blick ist gebieterisch und gleichzeitig von Wollust beschwert. Ihr Kopf bildet einen schönen Kontrast mit dem so sanften, einfachen, fast deutschen Aussehen ihrer Stieftochter.

Das vierte Bildnis, glänzend durch die Wahrheit und die Pracht seiner Farben, ist eines der Meisterwerke Tizians: eine griechische Sklavin, die Geliebte des berühmten Dogen Barberigo.

Fast alle Fremden, die nach Rom kommen, lassen sich alsbald nach der Galleria Barberini führen; besonders die Frauen sind von den Porträts der Beatrice Cenci und ihrer Stiefmutter angezogen. Ich habe die allgemeine Neugier geteilt; dann habe ich, wie jedermann, versucht, Einsicht in den berühmten Prozeß zu erhalten. Wer diese Möglichkeit hat, wird, wie ich glaube, erstaunt sein, in diesen Berichten, in denen alles, bis auf die Antworten der Angeklagten, lateinisch ist, fast gar keine Darstellung der Tatsachen zu finden. Vermutlich, weil im Rom des Jahres 1599 jeder die Tatsachen kannte. Ich habe die Erlaubnis erkauft, eine zeitgenössische Darstellung zu kopieren, und habe geglaubt, eine Übersetzung davon wagen zu können, ohne den Anstand zu verletzen; zum mindesten konnte diese Übersetzung im Jahre 1823 den Damen laut vorgelesen werden. Aber es hört, wie ich bemerken muß, der Übersetzer auf, treu zu sein, wenn es nicht mehr möglich ist: denn anders würde das Grauen leicht stärker sein als die Neugier.

Die traurige Rolle des wahren Don Juan, der sich keinem Ideal nachbilden will und der an die Meinung der Welt nur denkt, um sie herauszufordern, ist hier in ihrem ganzen Schrecken dargestellt. Das Übermaß seiner Verbrechen zwingt zwei Unglückliche, ihn vor ihren Augen töten zu lassen; diese beiden Frauen waren: die eine seine Gattin und die andre seine Tochter. Der Leser wird nicht zu entscheiden wagen, ob sie schuldig sind. Ihre Zeitgenossen fanden, daß man sie nicht mit dem Tode hätte strafen dürfen.

Ich bin überzeugt, daß die Tragödie von Galeoto Manfredi, der von seiner Frau getötet wurde, ein Stoff, den der große Dichter Monti behandelt hat, und viele andre häusliche Tragödien des fünfzehnten Jahrhunderts, die weniger bekannt und kaum in den Sonderurkunden der italienischen Städte eingetragen sind, mit einer ähnlichen Szene wie der im Schloß von Petrella endete.

Was folgt, ist die Übersetzung der zeitgenössischen Darstellung, sie ist in *römischem Italienisch* verfaßt und wurde am 14. September 1599 niedergeschrieben.

*

Das fluchwürdige Leben, das Francesco Cenci, in Rom geboren und einer unsrer wohlhabendsten Mitbürger, von jeher geführt hat, brachte ihn schließlich ins Verderben. Er hat seine Söhne, starke und mutige junge Leute, vorzeitig in den Tod gebracht, ebenso seine Tochter Beatrice, die, obwohl sie kaum sechzehn Jahre alt war, als sie zur Todesstrafe geführt wurde — es ist heute vier Tage her —, doch schon für eines der schönsten Wesen in den Staaten des Papstes und in ganz Italien galt. Man hört die Neuigkeit, daß Signor Guido Reni, einer der Schüler der bewundernswerten Bologneser Überlieferung, letzten Freitag das Porträt der armen Beatrice gemacht hat, also gerade am Tage vor ihrer Hinrichtung. Wenn dieser große Maler sich dieser Aufgabe in der gleichen Weise entledigt hat wie bei den andern Gemälden, die er in dieser Hauptstadt gemalt hat, wird sich die Nachwelt einen Begriff davon machen können, wie groß die Schönheit dieses außerordentlichen Mädchens gewesen ist. Damit aber auch die Erinnerung an ihr Unglück ohnegleichen und an die erstaunliche Kraft bewahrt bleibe, mit welcher diese wahrhaft römische Seele es zu bekämpfen wußte, habe ich beschlossen, das niederzuschreiben, was ich über die Begebenheiten, die sie in den Tod führten, erfahren konnte, und auch was ich selbst am Tage ihres stolzen Untergangs gesehen habe.

Die Personen, die mir meine Informationen gegeben haben, waren so gestellt, daß sie die geheimsten Umstände wußten, die selbst heute noch in Rom unbekannt sind, obwohl man seit sechs Wochen von nichts anderm als vom Prozeß der Cenci spricht. Ich werde mit Offenheit sprechen, sicher wie ich bin, daß aus meinem Bericht, den ich in angesehene Archive zu hinterlegen vermag, alle schöpfen werden. Mein einziger Kummer ist, daß ich — aber so will es die Wahrheit — gegen die Unschuld dieser armen Beatrice Cenci sprechen muß, die von allen, die sie kannten, ebenso angebetet und geachtet wurde, wie ihr schrecklicher Vater verhaßt und verabscheut war.

Dieser Mann, dem vom Himmel unleugbar erstaunlicher Scharfsinn aber auch Absonderlichkeit verliehen wurde, war der Sohn des Monsignore Cenci, welcher es unter Pius V. Ghislieri bis zur Stellung eines Schatzmeisters, Finanzministers, gebracht hatte. Dieser heilige Papst, der, wie man weiß, ganz mit seinem gerechten Haß gegen die Ketzer und mit der Wiedereinführung seiner bewunderungswürdigen Inquisition beschäftigt war, hatte für die weltliche Verwaltung seines Staates nur Verachtung, so daß sein Schatzmeister in den Jahren vor 1572, Monsignore Cenci, es möglich machen konnte, jenen schrecklichen Menschen, der sein Sohn und Beatrices Vater war, ein Einkommen von 160 000 Piastern zu hinterlassen. Außer diesem großen Vermögen hatte Francesco Cenci einen Ruf von Kühnheit und Klugheit, worin ihm in seinen jungen Jahren niemand in Rom gleichkam, und dieser Ruf verschaffte ihm um so mehr Geltung am Hofe des Papstes und beim ganzen Volke, als die verbrecherischen Handlungen, die man ihm zuzuschreiben begann, nur solcher Art waren, wie die Welt sie leicht verzeiht. Viele Römer erinnern sich noch mit bitterem Bedauern der Freiheit des Denkens und Handelns, die man zur Zeit Leos X. genoß, der uns 1513 genommen wurde, und auch unter dem 1549 verstorbenen Paul III. Schon unter diesem letzten Papst begann man von dem jungen Francesco Cenci zu sprechen wegen gewisser sonderbarer Liebschaften, die durch noch sonderbarere Mittel zum guten Gelingen geführt wurden.

Unter Paul III., also zu einer Zeit, wo man noch eine gewisse Redefreiheit genoß, sagten viele, daß Francesco Cenci ganz besonders lüstern auf absonderliche Ereignisse sei, die ihm *peripezie di nuove idee*, neue und beunruhigende Empfindungen verschaffen könnten. Man stützte sich dabei darauf, daß man in seinen Rechnungsbüchern Aufzeichnungen dieser Art gefunden hat:

„Für Abenteuer und peripezie von Toscanella 3500 Piaster (im Jahre 1837 etwa 60000 frcs.) *e non fu caro,* und es war nicht teuer."

Man weiß vielleicht in den andern Städten Italiens nicht, daß hier in Rom unser Schicksal und unsre Art des Lebens je nach dem Charakter des herrschenden Papstes wechseln. So war während dreizehn Jahren, unter dem guten Papst Gregor XIII. Buoncompagni, alles in Rom erlaubt; wer wollte, ließ seinen Freund erdolchen und wurde nicht verfolgt, wenn er sich in bescheidener Art zu benehmen wußte. Auf dieses Übermaß von Nachsicht folgte während der fünf Jahre, die der große Sixtus V. regierte, ein Übermaß von Strenge, und von diesem wurde, wie vom Kaiser Augustus gesagt: er hätte niemals kommen dürfen oder immer bleiben müssen. Damals wurden Unglückliche für zehn Jahre lang vergessene Mordtaten oder Vergiftungen hingerichtet, die sie zu ihrem Unglück früher einmal dem Kardinal Montalto, dem späteren Sixtus V. gebeichtet hatten.

Besonders viel wurde unter Gregor XIII. von Francesco Cenci gesprochen. Er hatte eine sehr reiche und in jeder Hinsicht zu einem so angesehenen Herrn passende Frau geheiratet, welche starb, nachdem sie ihm sieben Kinder geschenkt hatte. Kurz nach ihrem Tode heiratete er in zweiter Ehe Lucrezia Petroni, eine Frau von seltner Schönheit und vor allem berühmt durch die blendende Weiße ihrer Hautfarbe, aber sie war ein wenig zu beleibt, welcher Fehler unter Römerinnen so häufig ist. Von Lucrezia hatte er keine Kinder.

Das kleinste Laster, das man Francesco Cenci vorwerfen konnte, war sein Hang zu infamer Liebe, das größte war, daß er nicht an Gott glaubte. Sein ganzes Leben lang sah man ihn nicht in eine Kirche eintreten.

Dreimal wegen seiner schändlichen Liebschaften ins Gefängnis gebracht, machte er sich durch Geldspenden an die Günstlinge der zwölf Päpste, unter denen er der Reihe nach gelebt hat, immer wieder frei. Auf diese Weise verschenkte er 200 000 Piaster, das sind jetzt etwa 5 000 000 fr.

Ich habe Francesco Cenci erst gesehen, als er schon ergrautes Haar hatte, unter der Regierung des Papstes Buoncompagni, wo alles erlaubt war, was man zu tun wagte. Er war ein Mann von etwa fünf Fuß vier Zoll, sehr gut gebaut, obgleich zu mager; man hielt ihn für außerordentlich stark, vielleicht hatte er selbst dies Gerücht verbreitet; er hatte große ausdrucksvolle Augen, doch fiel das obere Augenlid ein wenig zu sehr herab, eine zu große und zu weit vorspringende Nase, schmale Lippen und ein Lächeln voll Anmut. Dies Lächeln wurde schrecklich, wenn er den Blick auf einen seiner Feinde heftete; wenn er nur etwas bewegt oder gereizt war, zitterte er heftig und in einer Weise, die ihm lästig wurde. Ich habe ihn in meiner Jugend, unter dem Papst Buoncompagni von Rom nach Neapel reiten sehen, ohne Zweifel wegen irgendeiner Liebesgeschichte; er ritt durch die Wälder von San Germano und La Faggiola, ohne sich um die Briganten zu kümmern und legte, wie man sagt, den Weg in weniger als zwanzig Stunden zurück. Er reiste stets allein und ohne jemanden vorher zu benachrichtigen; wenn sein erstes Pferd erschöpft war, kaufte oder raubte er ein andres. Wenn man ihm Schwierigkeiten machte, fand er jedoch keine Schwierigkeit darin, einen Dolchstoß auszuteilen. Aber es ist die volle Wahrheit, daß in meiner Jugend, als er also etwa achtundvierzig oder fünfzig Jahre alt war, niemand kühn genug war, ihm Widerstand zu leisten. Sein größtes Vergnügen war, seine Feinde herauszufordern.

Er war auf allen Straßen der Staaten seiner Heiligkeit wohlbekannt; er zahlte freigebig, aber war auch fähig, wenn ihn jemand beleidigt hatte, zwei oder drei Jahre danach einen seiner Meuchelmörder zu schicken, um den Beleidiger zu töten.

Die einzige tugendhafte Handlung, die er während seines langen Lebens vollbracht hat, bestand darin, im Hofe seines ausgedehnten Palastes am Tiber, eine dem heiligen Thomas geweihte Kirche zu erbauen, und auch zu dieser schönen Handlung wurde er nur durch den seltsamen Wunsch getrieben, die Gräber aller seiner Kinder vor Augen zu haben, welche er ausnehmend und in ganz unnatürlicher Weise haßte, schon seit ihrer zartesten Kindheit nämlich, wo sie ihn noch in keiner Weise beleidigt haben konnten.

„Dorthin will ich sie alle bringen", sagte er mit einem bittern Lächeln zu den Arbeitern, die er beim Bau seiner Kirche beschäftigte. Er schickte die drei älteren, Giacomo, Cristofo und Rocco zum Studium auf die Universität Salamanca in Spanien. Als sie erst dort in diesem fernen Land waren, machte es ihm ein boshaftes Vergnügen, ihnen gar kein Geld zukommen zu lassen, so daß diese unglücklichen jungen Leute, nach zahlreichen Briefen an ihren Vater, die alle unbeantwortet blieben, zu der elenden Notwendigkeit gezwungen waren, kleine Geldbeträge auszuborgen, um in ihre Heimat zurückzukehren, oder sich längs des Weges durchzubetteln.

In Rom fanden sie ihren Vater strenger, härter und rauher als je: trotz seines unendlichen Reichtums wollte er sie weder kleiden, noch ihnen das zum einfachsten

Leben nötige Geld geben. Diese Unglücklichen waren gezwungen, den Papst um Hilfe zu bitten, welcher Francesco Cenci dazu zwang, ihnen eine kleine Rente auszusetzen. Mit dieser sehr geringen Unterstützung trennten sie sich von ihm.

Bald nachher wurde Francesco zum dritten und letztenmal wegen seiner infamen Liebessachen ins Gefängnis gebracht, worauf die drei Brüder eine Audienz bei unserm zur Zeit herrschenden heiligen Vater dem Papst erwirkten, und ihn gemeinsam baten, ihren Vater Francesco Cenci sterben zu lassen, der, wie sie sagten, ihr Haus entehre. Clemens VIII. hatte große Lust dazu, aber er wollte seiner ersten Eingebung nicht nachgeben, um diese entarteten Kinder nicht zufriedenzustellen, und jagte sie schmählich aus seiner Gegenwart.

Der Vater befreite sich aus dem Gefängnis, wie wir schon früher erzählten, indem er denen, die ihm helfen konnten, große Summen Geldes gab. Man begreift, daß der sonderbare Schritt seiner drei ältesten Söhne den Haß, den er gegen seine Kinder hatte, noch verstärkte. Er verfluchte sie jeden Augenblick, die großen wie die kleinen, und alle Tage überhäufte er seine beiden jungen Töchter, die mit ihm im Palast wohnten, mit Stockschlägen.

Die Ältere gab sich so lange Mühe, bis es ihr trotz strenger Überwachung gelang, dem Papst eine Bittschrift zukommen zu lassen; sie beschwor darin Seine Heiligkeit, sie zu verheiraten oder sie in einem Kloster unterzubringen. Clemens VIII. hatte Mitleid mit ihrem Unglück, er verheiratete sie mit Carlo Gabrielli, aus der vornehmsten Familie von Gubbio; Seine Heiligkeit verpflichtete auch den Vater, ihr eine große Mitgift zu geben.

Nach diesem unvorhergesehenen Schlag geriet Francesco Cenci in furchtbare Wut, und um zu verhindern, daß Beatrice, wenn sie größer wurde, auf den Einfall käme, dem Beispiel ihrer Schwester zu folgen, sperrte er sie im Innern des Palastes ein; dort war es niemand erlaubt, Beatrice zu sehen, die damals kaum vierzehn Jahr alt war und schon im vollen Glanz einer entzückenden Schönheit stand. Sie war so fröhlich, so unschuldig und hatte ein so heiteres Gemüt, wie ich das noch bei niemand andrem gesehen habe. Francesco Cenci brachte ihr selbst das Essen. Es ist wahrscheinlich, daß der Unmensch sich damals in sie verliebte oder wenigstens Verliebtheit heuchelte, um seine unglückliche Tochter noch mehr zu quälen. Er sprach oft zu ihr von dem schändlichen Streich, den ihm ihre ältere Schwester gespielt habe, und brachte sich durch den Klang seiner eigenen Worte so in Zorn, daß er Beatrice mit Schlägen überschüttete.

Mittlerweile wurde sein Sohn Rocco Cenci von einem Fleischhauer umgebracht und Cristofo Cenci wurde im Jahre darauf von Paolo Corso de Massa getötet. Bei dieser Gelegenheit zeigte sich seine schwarze Gottlosigkeit, denn beim Leichenbegängnis seiner beiden Söhne wollte er nicht einmal einen bajocco für Wachskerzen ausgeben. Als er das Schicksal seines Sohnes Cristofo erfuhr, rief er aus: er könne erst ein wenig Freude genießen, wenn alle seine Kinder begraben seien und er wolle beim Tode des Letzten zum Wahrzeichen des Glücks seinen Palast anzünden. Rom war über diesen Ausspruch verwundert, doch hielt man bei einem Mann, der seinen Ehrgeiz darin suchte, die ganze Welt und selbst den Papst herauszufordern, alles für möglich.

Hier nun wird es völlig unmöglich, dem römischen

Erzähler in dem sehr dunklen Bericht der sonderbaren Dinge zu folgen, durch welche Francesco Cenci seine Zeitgenossen zu erstaunen vermochte. Seine Frau und seine arme Tochter wurden allem Anschein nach die Opfer seiner abscheulichen Einfälle.

Als alles dies ihm nicht genug schien, versuchte er mit Drohungen und mit Anwendung von Gewalt seine eigne Tochter Beatrice, die schon groß und schön war, zu schänden. Er schämte sich nicht, sich nackt in ihr Bett zu legen. Er ging ganz unbekleidet mit ihr in den Sälen seines Palastes umher, dann nahm er sie ins Bett seiner Frau; damit die arme Lucrezia beim Schein der Lampe sehen könne, was er mit Beatrice treibe.

Er redete dem armen Mädchen eine gräßliche Ketzerei ein, die ich kaum wiederzugeben wage, nämlich: wenn ein Vater seine eigne Tochter umarme, würden die Kinder, die daraus geboren werden, Heilige; ja, daß alle von der Kirche verehrten großen Heiligen solcherart zur Welt gebracht worden seien, sodaß ihr Großvater mütterlicherseits zugleich ihr Vater war.

Wenn Beatrice seinen abscheulichen Wünschen widerstand, überfiel er sie mit den grausamsten Schlägen, so daß dieses arme Mädchen solch unglückliches Leben nicht länger aushalten konnte und den Einfall hatte, dem Beispiel, das ihre Schwester ihr gegeben hatte, zu folgen. Sie richtete eine sehr eingehende Bittschrift an unsern Heiligen Vater, den Papst, aber es ist anzunehmen, daß Francesco Cenci Maßnahmen getroffen hatte, denn es scheint, daß diese Schrift nie in die Hände Seiner Heiligkeit gelangt ist; wenigstens war es unmöglich, sie im Sekretariat der Memoriali aufzufinden, als Beatrice im Gefängnis war und ihr Verteidiger das Schriftstück dringend suchte; es hätte wohl in irgendeiner Weise die unerhörten Ausschweifungen im Schloß von Petrella bezeugen können. Wäre es nicht für jedermann augenscheinlich gewesen, daß Beatrice Cenci sich im Fall der berechtigten Notwehr befunden hatte? Dies Memoriale sprach auch im Namen Lucrezias, der Stiefmutter Beatrices.

Francesco Cenci kam dieser Versuch zur Kenntnis und man kann sich denken, mit welcher Wut er die schlechte Behandlung der beiden unglücklichen Frauen verdoppelte.

Das Leben wurde ihnen gradezu unerträglich, und damals war es — da sie wohl sahen, daß sie von der Gerechtigkeit des Papstes nichts erhoffen konnten, denn die Höflinge waren durch die reichen Geschenke Francescos gewonnen — daß ihnen der Gedanke kam, zum äußersten Mittel zu greifen, das sie ins Verderben gebracht hat, aber das wenigstens den Vorteil hatte, ihre Leiden in dieser Welt zu beenden.

Man muß wissen, daß der berühmte Monsignore Guerra oft in den Palast der Cenci ging; er war hoch gewachsen und ein sehr schöner Mann und hatte die eigene Gabe vom Schicksal erhalten, daß er alles, was er tun wollte, mit einer ganz besondern Anmut vollbrachte. Man hat vermutet, daß er Beatrice liebte und die Absicht hatte, die Mantellata zu lassen, um Beatrice zu heiraten; aber obgleich er mit äußerster Sorgfalt seine Gefühle zu verbergen suchte, wurde er von Francesco Cenci verabscheut, der ihm vorwarf, mit seinen Kindern gemeinsames Spiel zu machen. Sobald Monsignore Guerra erfuhr, daß Signore Cenci von seinem Palast abwesend sei, stieg er in die Gemächer der Damen, verbrachte mehrere Stunden der Unterhaltung mit ihnen und hörte ihre Klagen über die unglaubliche Behandlung an, der alle beide ausgesetzt waren. Es scheint, daß Beatrice als erste wagte, dem Monsignore Guerra von dem Plan, den sie gefaßt hatten, zu sprechen. Mit der Zeit gewannen sie ihn dafür und auf Beatrices lebhaftes und wiederholtes Drängen willigte er ein, diesen Plan Giacomo Cenci mitzuteilen, ohne dessen Zustimmung man nichts unternehmen konnte, da er der älteste Bruder und nach Francesco das Haupt der Familie war.

Es gelang außerordentlich leicht, ihn in die Verschwörung zu ziehen: er wurde von seinem Vater äußerst schlecht behandelt und bekam nicht die geringste Unterstützung, was ihm um so empfindlicher erschien, als er verheiratet und Vater von sechs Kindern war. Man wählte für die Zusammenkünfte, wo man beriet, wie man Francesco Cenci ermorden könnte, die Wohnung des Monsignore Guerra. Die Sache ging in angemessenen Formen vor sich, und man holte bei jeder Einzelheit die Meinung der Stiefmutter und des jungen Mädchens ein. Als endlich eine Entscheidung getroffen war, wählte man Untergebene Francesco Cencis, die ihn tödlich haßten. Der eine hieß Marzio, war ein Mann von Herz und den unglücklichen Kindern Francescos sehr anhänglich; er willigte ein, an dem Vatermord teilzunehmen, um sich ihnen angenehm zu machen. Olimpio, der zweite, war vom Fürsten Colonna zum Kastellan der Festung La Petrella im Königreich Neapel ernannt worden, aber durch seinen allmächtigen Einfluß auf den Fürsten hatte ihn Francesco Cenci davonjagen lassen.

Man verabredete alles mit den beiden Männern. Da Francesco Cenci angekündigt hatte, daß er, um der schlechten Luft in Rom zu entgehen, den folgenden Sommer auf dem Kastell La Petrella verbringen würde, war man auf den Gedanken gekommen, ein Dutzend neapolitanischer Banditen anzuwerben; Olimpio erbot sich, sie herbeizuschaffen. Man entschied sich dafür, sie in den Wäldern um La Petrella zu verbergen, damit man sie unverzüglich benachrichtigen könne; wenn Francesco Cenci sich auf den Weg mache, sollten sie ihn dann von der Straße weg entführen und seiner Familie Botschaft schicken, daß sie ihn gegen ein hohes Lösegeld frei lassen würden. Dann würden die Kinder genötigt sein, nach Rom zurückzukehren, um die von den Briganten geforderte Summe zustande zu bringen; sie sollten aber vorgeben, sie nicht in solcher Schnelligkeit aufbringen zu können und die Briganten würden, wenn sie kein Geld anlangen sähen, ihrer Drohung gemäß Francesco Cenci ermorden.

Auf diese Weise sollte niemand die wirklichen Urheber dieses Todes verdächtigen können.

Aber als Francesco Cenci Anfang des Sommers von Rom nach Petrella reiste, benachrichtigte der Spion, der die Abreise melden sollte, zu spät die in den Wäldern verstreuten Banditen, und sie hatten nicht mehr Zeit, zur Landstraße hinunterzugelangen. Cenci kam ohne Hindernis nach Petrella, und die Briganten, die keine Lust hatten, noch länger auf eine zweifelhafte Beute zu warten, gingen nun anderswo auf eigne Rechnung zu rauben aus.

Was den vorsichtigen und argwöhnischen alten Francesco Cenci betraf, so wagte er sich niemals aus seinem Kastell heraus. Und weil sich seine schlechte Laune mit den zunehmenden Altersgebrechen, die ihm unerträglich waren, steigerte, verdoppelte er die grausame Behandlung, die er die armen Frauen erdulden ließ. Er behauptete, daß sie sich über seine Gebrechlichkeit freuten.

Beatrice, welche durch die schrecklichen Dinge, die sie erleiden mußte, zum Äußersten getrieben wurde, ließ Marzio und Olimpio an die Mauer des Kastells rufen. Nachts, während ihr Vater schlief, sprach sie aus einem niedrigen Fenster mit ihnen und warf ihnen Briefe zu, die an Monsignore Guerra gerichtet waren. Mittels dieser Briefe wurde verabredet, daß Monsignore Guerra tausend Piaster an Marzio und Olimpio versprechen sollte, wenn sie Francesco Cenci ermorden würden. Ein Drittel der Summe sollte ihnen in Rom durch Monsignore Guerra im voraus gezahlt werden, und die beiden andern Drittel von Lucrezia und Beatrice, sobald sie nach vollbrachter Tat über Cencis Geldschrank verfügen könnten.

Außerdem wurde noch vereinbart, daß die Sache am Tage Mariä Geburt geschehen solle, und die beiden Männer wurden durch List in die Festung eingelassen. Aber Lucrezia ließ sich durch den Respekt, den man einem Fest der Madonna schuldet, zurückhalten und bestimmte Beatrice, den Mord einen Tag hinauszuschieben, um nicht eine doppelte Sünde zu begehen.

Es war also am 9. September 1598 abends; Mutter und Tochter hatten mit großem Geschick Francesco Cenci Mohnsaft gegeben und dieser Mann, der so schwer zu täuschen war, fiel in tiefen Schlaf.

Gegen Mitternacht ließ Beatrice selbst Marzio und Olimpio in die Festung ein; darauf führten sie Lucrezia und Beatrice in das Zimmer des alten Mannes, welcher fest schlief. Dort verließ man sie, damit sie das vollbringen sollten, was ausgemacht war, und die beiden Frauen warteten im Nebenzimmer. Plötzlich sahen sie die zwei Männer bleich und ganz außer sich zurückkommen.

„Was gibt es?“ riefen die Frauen. „Daß es eine Schande und Schmach ist, einen armen schlafenden Greis zu töten!“ antworteten die Männer. „Das Mitleid hat uns gehindert zu handeln.“

Als sie diese Entschuldigung hörte, wurde Beatrice von Empörung ergriffen und begann sie zu beschimpfen, indem sie sagte: „Also Ihr Männer, die Ihr für solche Tat wohl vorbereitet seid, habt nicht den Mut, einen schlafenden Mann zu töten! Wie viel weniger würdet Ihr wagen, ihm ins Gesicht zu sehen, wenn er wach ist! Und, um es so zu Ende zu führen, habt Ihr gewagt, Geld zu nehmen! Nun wohl, da Eure Feigheit es will, werde ich selbst meinen Vater töten; und was Euch betrifft, sollt Ihr dann nicht mehr lange leben!“

Durch diese wenigen zündenden Worte wieder angefeuert und auch, weil sie eine Verminderung des festgesetzten Preises fürchteten, traten die Männer von neuem ins Zimmer ein und die Frauen folgten ihnen. Der eine nahm einen großen Nagel, setzte ihn senkrecht aufs Auge des schlafenden Alten, der andere trieb diesen Nagel mit einem Hammer in den Kopf. In der gleichen Weise ließ man einen großen Nagel in den Hals eindringen, so daß diese arme, von so vielen frischen Sünden belastete Seele vom Teufel geholt wurde; der Körper sträubte sich, allein vergeblich.

Als die Sache abgetan war, gab das junge Mädchen Olimpio eine dicke goldgefüllte Börse, Marzio gab sie einen Tuchmantel ihres Vaters, der mit goldener Tresse besetzt war und schickte die beiden fort.

Als die Frauen allein geblieben waren, begannen sie den großen in den Kopf gedrungenen Nagel, sowie den im Halse zu entfernen; dann schleiften sie den Körper, nachdem sie ihn in ein Leintuch eingewickelt hatten, durch eine lange Reihe von Zimmern bis zu einer Galerie, die auf einen verödeten Garten führte. Von dort warfen sie den Körper auf einen großen Holunderbaum, der an diesem einsamen Ort wuchs, hinab. Da am Ende dieser kleinen Galerie die Abtritte lagen, hofften sie, wenn man am nächsten Morgen den Körper des Alten in den Ästen des Holunders finden würde, auf die Vermutung, er sei am Wege zum Abtritt ausgeglitten und hinuntergestürzt.

Es geschah genau so, wie sie es vorausgesehen hatten. Am Morgen, als man den Leichnam fand, erhob sich großer Lärm in dem Kastell; die Frauen selber verabsäumten nicht, laut zu schluchzen und über den unglücklichen Tod des Vaters und Gatten zu klagen. Allein, wenn die junge Beatrice auch den Mut der beleidigten Tugend besaß, die nötige Klugheit für das Leben hatte sie noch nicht: schon am frühen Morgen hatte sie der Frau, die in der Festung die Wäsche besorgte, ein blutbeflecktes Leintuch gegeben, wobei sie ihr sagte, sie möge sich nicht über eine solche Menge Blut wundern, denn sie habe während der ganzen Nacht an großem Blutverlust gelitten, und so ging für den Augenblick alles gut.

Man gab Francesco Cenci ein ehrenvolles Begräbnis, und die Frauen kehrten nach Rom zurück, um die langersehnte Ruhe zu genießen. Sie glaubten an die Dauer ihres Glückes, weil sie nicht wußten, was in Neapel vor sich ging.

Die Gerechtigkeit Gottes, der nicht wollte, daß ein so fürchterlicher Vatermord unbestraft bleibe, veranlaßte, daß der oberste Richter, als man in dieser Hauptstadt erfuhr, was im Kastell Petrella vor sich gegangen war, sofort Mißtrauen empfand und einen königlichen Kommissär sandte, um den Leichnam zu untersuchen und alle verdächtigen Personen festzunehmen.

Der königliche Kommissär ließ alle, die in der Festung wohnten, verhaften. Alle diese wurden in Ketten nach Neapel geführt, aber nichts erschien in ihren Aussagen verdächtig, außer, daß die Wäscherin aussagte, sie hätte von Beatrice ein blutiges Tuch oder deren mehrere erhalten. Man fragte sie, ob Beatrice eine Erklärung für die großen Blutflecken gegeben habe; sie antwortete, daß Beatrice von einem natürlichen Unwohlsein gesprochen habe. Man fragte sie dann, ob so große Flecken von einem solchen Unwohlsein herrühren konnten; sie meinte, nein, weil die Flecken auf dem Tuch von einem zu lebhaften Rot waren.

Man schickte diese Aussage sofort an die Justizbehörde in Rom, aber trotzdem vergingen mehrere Monate, bevor man bei uns daran dachte, die Kinder des Francesco Cenci verhaften zu lassen. Lucrezia, Beatrice und Giacomo hätten sich tausendmal in Sicherheit bringen können, sei es, daß sie unter dem Vorwand einer Pilgerfahrt nach Florenz gingen, sei es, daß sie sich nach Civita Vecchia einschifften; aber Gott versagte ihnen diese rettende Eingebung.

Monsignor Guerra hatte von den Vorgängen in Neapel Mitteilung erhalten und rüstete sofort Leute aus, die er beauftragte, Marzio und Olimpio zu töten; aber nur Olimpio konnte in Terni ermordet werden. Die neapolitanische Justiz hatte Marzio verhaften lassen, der nach Neapel geführt wurde, wo er sofort alles gestand.

Diese schreckliche Aussage wurde gleich der Justiz in Rom geschickt, welche nun beschloß, Giacomo und Bernardo, die beiden einzigen überlebenden Söhne Francescos, wie auch seine Witwe Lucrezia verhaften und in das Gefängnis von Corte Savella bringen zu lassen. Beatrice wurde im Palast ihres Vaters von einem großen Trupp Sbirren bewacht. Marzio wurde aus Neapel herbeigeschafft und auch in das Gefängnis Savella gebracht; dort stellte man ihn den beiden Frauen gegenüber, die mit Standhaftigkeit leugneten; besonders Beatrice wollte durchaus nicht den Mantel mit den Tressen wiedererkennen, den sie Marzio gegeben hatte. Dieser Brigant war plötzlich voller Enthusiasmus für die bewundernswürdige Schönheit und die erstaunliche Beredsamkeit, mit der das junge Mädchen dem Richter antwortete, und leugnete alles, was er in Neapel gestanden hatte. Man folterte ihn, aber er gestand nichts und zog vor, in Qualen zu sterben: eine gerechte Huldigung der Schönheit Beatrices.

Nach dem Tode dieses Mannes und da die Rolle des Mantels nicht erwiesen war, fanden die Richter keine hinreichenden Gründe, um die beiden Söhne Cenci oder die beiden Frauen auf die Folter zu legen. Man führte sie alle vier auf das Kastell St. Angelo, wo sie mehrere Monate ganz ruhig verlebten.

Alles schien beendet und niemand in Rom zweifelte daran, daß dieses schöne, mutige Mädchen, das so lebhafte Teilnahme erregt hatte, bald in Freiheit gesetzt würde, als unglücklicherweise die Justiz den Briganten festnehmen konnte, der Olimpio in Terni getötet hatte; nach Rom überführt, gestand dieser Mann alles.

Monsignor Guerra, der durch das Geständnis des Briganten so seltsam kompromittiert war, wurde geladen, ohne Verzug vor Gericht zu erscheinen; das Gefängnis und vielleicht der Tod waren ihm sicher. Aber dieser bewundernswerte Mann, dem vom Geschick verliehen war, alles gut zu machen, gelang es, sich in einer Weise zu retten, die ans Wunder grenzt. Er galt für den schönsten Mann am päpstlichen Hof und war in Rom zu bekannt, als daß er hoffen konnte, sich zu retten; übrigens hielt man gute Wacht an den Toren und wahrscheinlich stand auch vom Augenblick der Vorladung an sein Haus unter Aufsicht. Man muß wissen, daß er sehr groß war, von weißester Hautfarbe, einen schönen blonden Bart hatte und wundervolles Haar von der gleichen Farbe.

Mit unerklärlicher Geschwindigkeit wußte er einen Kohlenhändler zu gewinnen, nahm seine Kleider, ließ sich Haar und Bart rasieren, färbte sich das Gesicht, kaufte zwei Esel und zog hinkend durch die Straßen Roms, um seine Kohlen zu verkaufen. Er nahm in bewunderungswürdiger Weise ein ungeschliffenes und stumpfsinniges Benehmen an und lief überall, den Mund voll Brot und Zwiebeln, herum, seine Kohlen ausschreiend, während hunderte von Sbirren ihn nicht nur in Rom, sondern auch auf den Landstraßen suchten. Endlich, als seine Erscheinung der Mehrzahl der Sbirren wohl bekannt war, wagte er sich aus Rom hinaus, seine zwei mit Kohlen beladenen Esel immer vor sich hertreibend. Er begegnete mehreren Abteilungen Sbirren, welche nicht daran dachten, ihn anzuhalten. Seither hat man nur noch einen Brief von ihm erhalten; seine Mutter hat ihm Geld nach Marseille geschickt, und man vermutet, daß er als Soldat in Frankreich den Krieg mitmacht.

Das Geständnis des Mörders von Terni und diese Flucht des Monsignor Guerra, die in Rom erstaunliches Aufsehen machte, mehrten den Verdacht und die Indizien gegen die Cenci in solcher Weise, daß sie aus dem Kastell St. Angelo fortgeschafft und wieder ins Gefängnis Savella gebracht wurden.

Als die beiden Brüder auf die Folter gespannt wurden, waren sie weit davon entfernt, der Seelengröße des Briganten nachzueifern; sie waren so kleinmütig, daß sie alles gestanden. Signora Lucrezia Petroni war so an die Weichheit und an die Annehmlichkeiten des großen Luxus gewöhnt und außerdem war sie so dick, daß sie die Tortur des Seils nicht ausgehalten hätte; sie sagte alles aus, was sie wußte. Aber nicht war es so mit der jungen, lebhaften und mutigen Beatrice Cenci. Weder gute Worte noch Drohungen des Richters Moscati erreichten etwas bei ihr. Sie ertrug die Torturen des Seils ohne ein Zeichen der Aufregung und mit vollendetem Mut. Niemals konnte sie der Richter zu einer Antwort bringen, die sie auch nur im mindesten kompromittierte, und weit mehr noch: es gelang ihr durch ihre geistvolle Lebendigkeit, den berühmten Richter Ulysse Moscati gänzlich in Verwirrung zu bringen. Er war dermaßen erstaunt über die Art dieses jungen Mädchens, daß er es für Pflicht hielt, Seiner Heiligkeit dem glücklich regierenden Papst Clemens VIII. davon Bericht zu erstatten.

Seine Heiligkeit wollte die Akten des Prozesses selbst einsehen. Er befürchtete, daß der durch seine profunde Wissenschaft wie durch den überragenden Scharfsinn seines Geistes so berühmte junge Ulysse Moscati von der Schönheit Beatrices getroffen worden sei und sie bei den Vernehmungen schone. Daraus folgte, daß Seine Heiligkeit ihn von der Leitung dieses Prozesses enthob und diesen einem anderen strengeren Richter gab. Wirklich hatte dieser Barbar den Mut, ohne Mitleid einen so schönen Körper ad torturam capillorum zu martern,

d. h. man folterte Beatrice Cenci, indem man sie an den Haaren aufhing.

Während sie am Seil hochgezogen war, ließ dieser neue Richter ihre Stiefmutter und ihre Brüder vor Beatrice erscheinen. Sobald Giacomo und Signora Lucrezia sie so sahen, riefen sie ihr zu:

„Die Sünde ist begangen, man muß nun die Buße auf sich nehmen und sich nicht den Körper mit zweckloser Hartnäckigkeit zerreißen lassen."

„Also Ihr wollt unser Haus mit Schande bedecken", antwortete das junge Mädchen, „und in Schmach sterben? Ihr befindet Euch in einem großen Irrtum; aber da Ihr es wünscht, sei es."

Und sich zu den Sbirren wendend, fuhr sie fort: „Bindet mich los, und man lese mir die Aussage meiner Mutter vor; ich werde dem zustimmen, dem zugestimmt werden muß und das leugnen, was geleugnet werden muß."

So geschah es; sie gestand die ganze Wahrheit. Sofort nahm man allen die Ketten ab und weil es fünf Monate war, seit sie die Brüder nicht gesehen hatte, wollte sie mit ihnen speisen; sie verbrachten alle vier einen sehr heiteren Tag.

Aber am folgenden Tag wurden sie von neuem getrennt; die beiden Brüder wurden in das Gefängnis von Tordinona geführt und die beiden Frauen blieben im Gefängnis Savella. Unser Heiliger Vater, der Papst, der den authentischen Akt mit den Geständnissen aller gesehen hatte, befahl, daß sie ohne Aufschub an den Schweif ungezähmter Pferde gebunden und so zu Tode geschleift werden sollten.

Ganz Rom erschauerte, als es diese strenge Entscheidung erfuhr. Viele Kardinäle und Fürsten warfen sich dem Papst zu Füßen, indem sie ihn anflehten, den Unglücklichen zu erlauben, ihre Verteidigungsschrift einzureichen.

„Und sie, haben sie ihrem alten Vater Zeit gegeben, die seine zu überreichen?" antwortete unwillig der Papst.

Schließlich genehmigte er aus besonderer Gnade einen Aufschub von fünfundzwanzig Tagen. Sogleich begannen die ersten Advokaten Roms in dieser Sache, welche die ganze Stadt mit Aufregung und Mitleid erfüllt hatte, zu schreiben. Am fünfundzwanzigsten Tag erschienen sie alle zusammen vor Seiner Heiligkeit. Nicolo d'Angelis sprach als erster; aber er hatte kaum zwei Zeilen seiner Verteidigungsschrift gelesen, als Clemens VIII. ihn unterbrach:

„Also, es finden sich in Rom Menschen, die ihren Vater ermorden und danach Advokaten, welche diese Menschen verteidigen!" Alle schwiegen, als Farinacci wagte, das Wort zu ergreifen.

„Heiligster Vater," sagte er, „wir sind nicht hier, um das Verbrechen zu verteidigen, sondern um zu beweisen, wenn wir es können, daß einer oder mehrere dieser Menschen am Verbrechen unschuldig sind."

Der Papst gab ihm das Zeichen, zu sprechen, und er sprach drei lange Stunden; danach nahm der Papst alle ihre Schriftstücke an sich und schickte sie fort. Als sie gingen, war Altiere der Letzte; er hatte Furcht, sich kompromittiert zu haben und warf sich vor dem Papst auf die Knie, indem er sagte:

„Es blieb mir nichts übrig, als in dieser Sache zu erscheinen, denn ich bin Anwalt der Armen."

Worauf der Papst antwortete:

„Wir wundern uns nicht über Euch, sondern über die anderen."

Der Papst wollte sich nicht niederlegen, sondern verbrachte die ganze Nacht damit, die Verteidigungsschriften der Advokaten zu lesen; er ließ sich bei dieser Arbeit von dem Kardinal von San Marcello helfen. Seine Heiligkeit schien dermaßen gerührt, daß man etwas Hoffnung für das Leben dieser Unglücklichen schöpfen konnte. Um die Söhne zu retten, suchten die Advokaten die ganze Schuld auf Beatrice zu wälzen. Da im Prozeß bewiesen worden war, daß ihr Vater mehrmals in einer verbrecherischen Absicht Gewalt angewendet hatte, hofften die Advokaten, daß ihr der Mord vergeben würde, da sie sich im Zustand der berechtigten Notwehr befand; und wenn es so geschah, daß dem Haupturheber des Verbrechens das Leben geschenkt wurde, wie wäre es möglich, ihre Brüder, die durch sie verleitet waren, mit dem Tode zu bestrafen?

Nach dieser in seinen Pflichten als Richter verbrachten Nacht, befahl Clemens VIII., daß die Angeklagten ins Gefängnis zurückgeführt und in geheimer Haft gehalten würden. Es war erwiesen, daß Beatrice den Monsignor Guerra liebte, aber niemals die Regeln der strengsten Tugend überschritten hatte: man konnte ihr also bei wahrer Gerechtigkeit nicht die Verbrechen eines Ungeheuers anrechnen und sie strafen, weil sie von ihrem Verteidigungsrecht Gebrauch gemacht hatte. Was hätte man getan, wenn sie eingewilligt hätte? Mußte es sein, daß die menschliche Rechtsprechung das Mißgeschick eines so liebenswürdigen, so bemitleidenswerten und schon so unglücklichen Wesens noch vergrößerte? Hatte sie nicht nach einem so traurigen Leben, daß sie schon, bevor sie 16 Jahr alt war, mit allen Arten des Unglücks überhäuft hatte, das Recht auf weniger schreckliche Tage? Jedermann in Rom schien ihre Verteidigung übernommen zu haben. Wäre ihr nicht verziehen worden, wenn sie Francesco Cenci erdolcht hätte, als er zum ersten Mal das Verbrechen versuchte?

Papst Clemens VIII. war milde und voll Erbarmen. Wir begannen zu hoffen, er würde, — ein wenig beschämt über die Grille, die ihn das Beweisverfahren der Advokaten hatte unterbrechen lassen, — jener verzeihen, die Gewalt mit Gewalt vergolten hatte, und wahrhaftig nicht als vorschnelle Erwiderung des Verbrechens, sondern erst, als man es von neuem an ihr versuchen wollte. Ganz Rom war in ängstlicher Spannung; da erhielt der Papst die Nachricht des gewaltsamen Todes der Marchesa Constanza Santa Croce. Ihr Sohn Paolo Santa Croce hatte diese sechzig Jahre alte Dame mit Dolchstichen getötet, weil sie sich nicht verpflichten wollte, ihn zum Erben aller ihrer Güter einzusetzen. Der Bericht fügte hinzu, daß Santa Croce die Flucht ergriffen habe und daß man keine Hoffnung hätte, ihn festzunehmen. Der Papst erinnerte sich an den Brudermord der Massini, der vor kurzer Zeit begangen worden war. Aufs Tiefste betrübt über diese Häufung von Morden an Nahverwandten, glaubte Seine Heiligkeit, es sei nicht gestattet, zu verzeihen. Als der Papst den verhängnisvollen Bericht über Santa Croce erhielt, befand er sich, es war am 6. September, im Palast von Monte Cavallo, um am folgenden Tage ganz in der Nähe der Kirche Santa Maria degli Angeli zu sein, wo er einen deutschen Bischof zum Kardinal weihen sollte.

Am Freitag, zur zweiundzwanzigsten Stunde, das ist vier Uhr nachmittags, ließ er Ferrante Taverna, den Gouverneur von Rom, rufen und sagte diesem wörtlich: „Wir geben die Sache der Cenci an Euch, damit das Recht durch Eure Fürsorge und ohne jeden Aufschub geschehe."

Der Gouverneur kam, sehr bewegt von dem Auftrag, den er erhalten hatte, in seinen Palast zurück; er fertigte sogleich das Todesurteil aus und berief die Kongregation, um über die Art der Vollstreckung zu beraten.

Samstag früh, am 11. September 1599, begaben sich die ersten Signori Roms, Mitglieder der Brüderschaft der Confortatori, in die beiden Gefängnisse, nach Corte Savella, wo Beatrice und ihre Stiefmutter waren und nach Tordinona, wo sich Giacomo und Bernardo Cenci befanden. Während der ganzen Nacht vom Freitag zum Sonnabend taten die römischen Herren, die erfahren hatten, was vorging, nichts anderes, als vom Palazzo Monte Cavalli zu denen der ersten Kardinäle zu eilen, um wenigstens zu erreichen, daß die Frauen im Innern des Gefängnisses hingerichtet würden und nicht auf schmählichem Schafott, und daß man den jungen Bernardo Cenci begnadigte, da er kaum fünfzehn Jahr alt und gewiß nicht ins Verbrechen eingeweiht gewesen sei. Der edle Kardinal Sforza hat sich vor allen in dieser verhängnisvollen Nacht durch seinen Eifer ausgezeichnet; aber ein so mächtiger Fürst er auch war, konnte er doch nichts ausrichten. — Das Verbrechen von Santa Croce war ein niedriges Verbrechen, es war wegen des Geldes begangen; doch das Verbrechen Beatrices war begangen, um die Ehre zu retten.

Während die mächtigsten Kardinäle so viele unnütze Schritte taten, hatte unser großer Rechtsgelehrter Farinacci die Kühnheit, zum Papst vorzudringen und, bei seiner Heiligkeit angelangt, besaß dieser erstaunliche Mann die Geschicklichkeit, ihn bei seiner Gewissenhaftigkeit zu packen und schließlich gelang es ihm, Bernardo Cenci das Leben zu retten.

Als der Papst dies große Wort aussprach, konnte es vier Uhr morgens sein (vom Sonnabend, dem 11. September). Die ganze Nacht war auf dem Platz bei der Engelsbrücke an den Vorbereitungen dieser grausamen Tragödie gearbeitet worden. Indessen waren alle notwendigen Abschriften des Todesurteils erst um fünf Uhr morgens beendet, so daß man den armen Unglücklichen, die ruhig schliefen, erst um sechs Uhr früh die verhängnisvolle Nachricht ankündigen konnte.

Das junge Mädchen vermochte zuerst nicht einmal die Kraft zu finden, sich anzukleiden. Sie stieß in einem fort durchdringende Schreie aus und überließ sich ganz haltlos der schrecklichsten Verzweiflung. „Wie ist es möglich, oh! Gott!" schrie sie, „daß ich so unvorbereitet sterben muß?"

Lucrezia dagegen benahm sich ganz gefaßt; erst kniete sie nieder und betete, dann forderte sie gelassen ihre Tochter auf, sich mit ihr in die Kapelle zu begeben, um sich mit ihr auf den großen Übergang vom Leben zum Tode vorzubereiten.

Dies Wort gab Beatrice ihre ganze Ruhe wieder; soviel Maßlosigkeit und Aufwallung sie zuerst gezeigt hatte, so gefaßt und verständig war sie nun, seit ihre Stiefmutter ihre große Seele zu sich selbst zurückgerufen hatte. Von diesem Augenblick an war sie ein Spiegel der Standhaftigkeit, den ganz Rom bewundert hat.

Sie verlangte einen Notar, um ihr Testament zu machen, was ihr bewilligt wurde. Sie bestimmte, daß ihr Leichnam nach San Pietro in Montorio gebracht werde und hinterließ den Nonnen der Wundmale des

Heiligen Franziskus 300 000 Francs, welche Summe dazu dienen sollte, fünfzig arme Mädchen auszustatten. Dieses Beispiel bewegte auch die Signora Lucrezia dazu, daß sie ihr Testament machte und die Anordnung traf, ihren Leichnam nach San Giorgio zu überführen; sie hinterließ 500 000 Francs Almosen für diese Kirche und machte noch andere fromme Legate.

Um acht Uhr beichteten sie, hörten darauf die Messe und nahmen das Heilige Abendmahl. Aber bevor sie zur Messe gingen, erwog Beatrice, daß es nicht passend sei, auf dem Schafott, vor den Augen des ganzen Volks mit den reichen Gewändern zu erscheinen, die sie trugen. Sie bestellte zwei Kleider, das eine für sich, das andere für ihre Mutter. Die Gewänder wurden wie Nonnenkutten gearbeitet, ohne Aufputz an Brust und Schultern, nur gefältelt mit weiten Ärmeln. Das Kleid der Stiefmutter war aus schwarzer Baumwolle, das des jungen Mädchens aus blauem Taft mit einer dicken Schnur, welche den Gürtel bildete.

Als man die Kleider brachte, erhob sich Signora Beatrice, die auf den Knien lag und sagte der Signora Lucrezia: „Frau Mutter, die Stunde unsres Leidens nähert sich, es wird gut sein, daß wir uns bereiten; legen wir diese neuen Gewänder an und leisten wir uns zum letztenmal gegenseitig den Dienst, uns anzukleiden.

Man hatte auf dem Platz vor der Engelsbrücke ein Schafott errichtet. Um die dreizehnte Stunde (acht Uhr morgens) brachte die Brüderschaft der Barmherzigkeit ihr großes Kruzifix zur Tür des Gefängnisses. Giacomo Cenci schritt als erster aus dem Kerker; er kniete fromm auf der Schwelle nieder, betete und küßte die heiligen Wunden des Gekreuzigten. Ihm folgte sein junger Bruder Bernardo Cenci, der gleich ihm gebundene Hände und ein kleines Brett vor den Augen hatte. Die Menge war ungeheuer und es entstand ein Tumult, weil eine Vase aus einem Fenster fast auf den Kopf eines der Bußbrüder fiel, der eine brennende Fackel zur Seite des Banners trug.

Alles sah auf die beiden Brüder, als unversehens der Fiskal von Rom hervortrat und sagte: „Signor Bernardo, unser Heiliger Vater schenkt Euch das Leben, fügt Euch darein, Eure Verwandten zu begleiten und bittet Gott um Gnade für sie."

Sogleich nahmen ihm seine beiden Begleiter das kleine Brett fort, das er vor den Augen trug. Der Henker machte Giacomo Cenci für den Karren bereit und hatte ihm schon sein Gewand ausgezogen, um ihn mit der Zange zwicken zu können. Als der Henker zu Bernardo kam, beglaubigte er die Unterzeichnung der Begnadigung, band ihn los, nahm ihm die Handschellen ab und weil er wegen der Marter mit der Zange ohne Rock war, setzte ihn der Henker auf den Karren und hüllte ihn in einen prächtigen Tuchmantel mit goldenen Tressen. Man sagte, daß es der Mantel sei, den Beatrice nach der Tat in der Festung La Petrella Marcio gegeben hatte. Die ungeheure Menge in den Straßen an den Fenstern und auf den Dächern kam plötzlich in Bewegung; man hörte ein dumpfes, tiefes Murmeln, man begann weiterzusagen, daß dieses Kind begnadigt sei.

Die Psalmgesänge begannen und die Prozession bewegte sich langsam über die Piazza Navona nach dem Gefängnis Savella. An der Türe des Gefängnisses angelangt, hält man an. Die beiden Frauen traten heraus, verrichteten ihr Gebet zu Füßen des Heiligen Kruzifixes, und folgten dann zu Fuß, eine hinter der andern.

Sie waren so gekleidet, wie schon erzählt worden ist, und hatten das Haupt mit einem großen Schleier bedeckt, der fast bis zum Gürtel hing.

Signora Lucrezia trug, wie es für eine Witwe üblich war, einen schwarzen Schleier und Pantoffeln aus schwarzem Samt, ohne Absätze.

Der Schleier des jungen Mädchens war aus blauem Taft wie ihr Kleid, sie trug ein silbriges Gewebe um die Schultern, ein Unterkleid aus violettem Tuch und Pantoffeln aus weißem Samt, die mit karmesinroten Schnüren zierlich verschnürt waren. Sie hatte eine eigenartige Anmut, als sie in diesem Kostüm dahinschritt, und in aller Augen traten Tränen, als man sie bemerkte, die langsam in den letzten Reihen der Prozession dahinschritt.

Beide Frauen hatten die Hände frei, aber die Arme am Körper festgebunden, und zwar so, daß jede von ihnen ein Kruzifix tragen konnte; sie hielten es dicht an die Augen. Die Ärmel ihrer Kleider waren sehr weit, so daß man ihre Arme sehen konnte, nach der Sitte des Landes mit einem an den Handgelenken geschlossenen Hemd bedeckt.

Signora Lucrezia, die weniger starken Herzens war, weinte fast ohne aufzuhören; dagegen zeigte die junge Beatrice großen Mut; sie richtete den Blick auf jede der Kirchen, an denen die Prozession vorüberkam, kniete einen Augenblick nieder und sagte mit fester Stimme: Adoramus te, Christe!

Während dieser Zeit wurde der arme Giacomo Cenci auf seinem Karren mit Zangen gezwickt und zeigte großen Mut.

Die Prozession konnte kaum den unteren Teil des Platzes an der Engelsbrücke überschreiten, so zahlreich waren die Wagen und die Volksmassen. Man führte sogleich die Frauen in die Kapelle, welche man errichtet hatte, und brachte auch Giacomo dahin.

Der junge Bernardo wurde in seinem reichverzierten Mantel geradenwegs aufs Schafott geführt; da glaubten alle, daß er sterben solle und daß er nicht begnadigt worden sei.

Das arme Kind hatte solche Angst, daß es beim zweiten Schritt auf dem Schafott ohnmächtig hinfiel. Man brachte ihn mit frischem Wasser wieder zu sich, und setzte ihn gegenüber dem Fallbeil nieder.

Der Henker ging, um Signora Lucrezia zu holen; ihre Hände waren auf dem Rücken gebunden und sie hatte nicht mehr den Schleier um die Schultern. Sie erschien mit dem Banner geleitet auf dem Richtplatz, den Kopf in den Taftschleier gehüllt; dort befahl sie ihre Seele Gott und küßte die heiligen Wundmale. Man sagte ihr, daß sie ihre Pantoffeln auf dem Pflaster zurücklassen müsse; da sie sehr stark war, machte es ihr Mühe, aufs Schaffot zu steigen. Als sie oben war und man ihr den schwarzen Taftschleier fortnahm, war es ihr sehr schmerzlich, daß man sie mit entblößter Brust und Schultern sehen sollte; sie blickte an sich herunter, sah dann das Beil an und hob langsam zum Zeichen der Ergebung die Schultern; Tränen traten in ihre Augen, sie sagte: „O mein Gott! ... Und Ihr, meine Brüder, betet für meine Seele.“

Da sie nicht wußte, wie sie sich zu verhalten habe, fragte sie Alexander, den ersten Henker danach. Er sagte, sie solle sich rittlings auf den Balken des Schafotts setzen. Aber diese Stellung beleidigte ihr Schamgefühl und sie brauchte viel Zeit dazu. Die Einzelheiten, die jetzt folgen, sind für ein italienisches

Publikum, das alles mit peinlichster Genauigkeit wissen will, erträglich; aber dem nicht-italienischen Leser möge genügen, daß die arme Frau durch ihr Schamgefühl eine Verletzung an der Brust davontrug; der Henker zeigte das Haupt dem Volke und umhüllte es dann mit dem schwarzen Taftschleier.

Während man das Schafott für das junge Mädchen herrichtete, stürzte ein Gerüst, das von Neugierigen überfüllt war, ein, und viele Menschen wurden dabei getötet. So erschienen sie noch früher als Beatrice vor Gott.

Als Beatrice das Banner zur Kapelle zurückkehren sah, um sie zu holen, fragte sie lebhaft:

„Ist meine Frau Mutter schon tot?“

Man bejahte und sie warf sich vor dem Kruzifix auf die Knie und betete mit Inbrunst für ihre Seele. Dann sprach sie lange mit lauter Stimme zum Kruzifix:

„Herr, du bist für mich zurückgekehrt, und ich will Dir aus freiem Willen folgen, denn ich verzweifle nicht an Deinem Erbarmen für meine unermeßliche Sünde.“

Sie wiederholte dann noch mehrere Psalmen und Gebete zum Lobe Gottes. Als endlich der Henker mit einem Strick vor ihr erschien, sagte sie:

„Binde diesen Körper, der gestraft werden muß und erlöse diese Seele, damit sie zur Unsterblichkeit und zur ewigen Herrlichkeit gelange.“

Dann erhob sie sich, sprach das Gebet und ließ ihre Pantoffeln am Fuß der Treppe stehen; auf dem Schafott schwang sie schnell das Bein über den Balken, legte den Hals unter das Fallbeil und ordnete alles ganz allein, um sich nicht von dem Henker berühren zu lassen. Durch die Schnelligkeit ihrer Bewegungen vermied sie, dem Publikum Hals und Schultern zu zeigen, als ihr der Taftschleier abgenommen wurde. Es brauchte lange, bis der Streich gefällt wurde, weil ein Hindernis eingetreten war. Während dieser Zeit rief sie mit lauter Stimme Jesus Christus und die Heilige Jungfrau an. Ein zeitgenössischer Autor erzählt, daß Clemens VIII. sehr besorgt um das Seelenheil Beatrices war; da er wußte, daß sie sich unschuldig verurteilt fühlte, fürchtete er eine Regung des Aufruhrs. Im Augenblick, als sie ihren Kopf unter das Beil gelegt hatte, gab man von der Engelsburg, von wo man das Schafott gut sehen konnte, einen Kanonenschuß ab. Der Papst, der im Gebet auf Monte Cavallo war, gab, sobald er dies Signal hörte, dem jungen Mädchen die päpstliche Absolution major in articulo mortis. Daher der Aufenthalt in diesem schrecklichen Augenblick, von dem der Chronist spricht. Der Körper machte im verhängnisvollen Augenblick eine heftige Bewegung. Der arme Bernardo Cenci, der immer noch auf dem Schafott saß, fiel von neuem in Ohnmacht und seine Tröster brauchten eine gute halbe Stunde, um ihn wiederzubeleben. Dann erschien Giacomo Cenci auf dem Schafott; aber auch hier muß man über zu schreckliche Einzelheiten hinweggehen. Giacomo Cenci wurde mit der Keule zu Tode geschlagen.

Sofort führte man Bernardo in das Gefängnis zurück, er hatte starkes Fieber und man ließ ihn zur Ader.

Was die armen Frauen betrifft, wurde jede in ihren Sarg gebettet und einige Schritte vom Schafott entfernt bei der Statue des Heiligen Paulus aufgestellt, welche die erste auf der rechten Seite der Engelsbrücke ist. Sie blieben dort bis viereinviertel Uhr nach Mittag. Um jeden Sarg standen vier brennende Kerzen aus weißem Wachs.

Dann wurden sie mit dem, was von Giacomo Cenci noch geblieben war, zum Palast des Konsuls von Florenz gebracht. Um neuneinviertel Uhr abends wurde der Leichnam des jungen Mädchens, wieder mit Kleidern angetan und verschwenderisch mit Blumen bekränzt, nach San Pietro in Montorio gebracht. Sie war von hinreißender Schönheit, man konnte glauben, sie schliefe. Sie wurde vor dem großen Altar mit der Verklärung Christi des Raffael von Urbino beigesetzt. Sie wurde von fünfzig großen brennenden Wachskerzen geleitet und von allen Franziskanermönchen Roms.

Lucrezia Petroni wurde um zehn Uhr abends nach der Kirche von San Giorgio überführt. Während dieser Tragödie war die Volksmenge unzählig; so weit der Blick schweifen konnte, sah man die Straßen von Wagen und Menschen, ebenso die Gerüste, die Fenster und die Dächer von Neugierigen bedeckt. Die Sonne hatte an diesem Tag eine solche Kraft, daß viele Leute die Besinnung verloren. Unzählige bekamen Fieber; und als alles um die neunzehnte Stunde ($^{3}/_{4}2$ Uhr) beendet war und die Massen sich zerstreuten, wurden viele Leute erdrückt, andere durch Pferde zermalmt. Die Zahl der Toten war sehr beträchtlich.

Signora Lucrezia Petroni war eher klein als groß und, obschon fünfzig Jahre alt, sah sie noch sehr gut aus. Sie hatte sehr schöne Züge, eine kleine Nase, schwarze Augen, eine sehr weiße Gesichtshaut mit schönen Farben; sie hatte wenig und kastanienbraunes Haar.

Beatrice Cenci, die in Ewigkeit Mitleid erwecken wird, war gerade sechzehn Jahre alt; sie war klein, hatte eine leibliche Fülle und Grübchen auf den Wangen, so daß man, als sie tot, von Blumen bekränzt, dalag, hätte glauben können, daß sie schlafe, ja sogar, daß sie im Schlafe lache, wie es ihr oft im Leben geschah. Sie hatte einen kleinen Mund und blondes von selbst gelocktes Haar. Auf dem Weg zum Tode fiel ihr dies blonde lockige Haar über die Augen, was ihr einen besonderen Reiz verlieh und Mitleid erweckte.

Giacomo Cenci war klein, dick, mit weißer Haut und schwarzem Bart, er war fast sechsundzwanzig Jahre alt, als er starb.

Bernardo Cenci ähnelte völlig seiner Schwester, und da er die Haare lang wie sie trug, hielten ihn viele Leute, als er das Schafott bestieg, für Beatrice.

Die Sonne war so glühend gewesen, daß mehrere Zuschauer dieser Tragödie noch in der Nacht starben, unter ihnen Ubaldo Ubaldini, ein selten schöner Jüngling, der sich bisher immer vollkommener Gesundheit erfreut hatte. Er war der Bruder des in Rom sehr bekannten Signor Renzi. So stiegen die Schatten der Cenci wohlgeleitet hinunter.

Gestern, am Dienstag, dem 14. September 1599, machten die Büßer von San Marcello gelegentlich des Festes des heiligen Kreuzes von ihrem Vorrecht Gebrauch, um Bernardo Cenci aus seinem Gefängnis zu befreien, der sich dafür verpflichtete, binnen eines Jahres 400 000 Francs für die allerheiligste Dreifaltigkeit von Pontus Sixtus zu stiften.

Von anderer Hand ist hier hinzugefügt:

Von ihm stammen Francesco und Bernardo Cenci ab, die heute noch leben.

Der berühmte Farinacci, der durch seine Hartnäckigkeit das Leben des jungen Cenci rettete, hat sein Plaidoyer veröffentlicht. Er gibt nur einen Auszug aus dem Plaidoyer Nr. 66, das er Clemens VIII. zu Gunsten der

Cenci vortrug. Dies Plaidoyer, in lateinischer Sprache verfaßt, würde sechs große Seiten ausfüllen, und leider kann ich es hier nicht unterbringen; es zeichnet die Art des Denkens von 1599; und es scheint mir sehr vernünftig. Viele Jahre nach 1599 fügte Farinacci, als er sein Plaidoyer herausgab, folgende Bemerkung dem hinzu, was er zu Gunsten der Cenci gesagt hatte: Omnes fuerunt ultimo supplicio effecti, excepto Bernardo qui ad triremes cum bonorum confiscatione condemnatus fuit, ac etiam ad interessendum aliorum morti prout interfuit.

Das weitere dieser lateinischen Anmerkung ist rührend, aber ich vermute, daß der Leser einer so langen Erzählung schon müde ist.

Die Herzogin von Palliano

Ich bin kein Naturforscher und Griechisch verstehe ich nur sehr mittelmäßig; Hauptzweck meiner Reise nach Sizilien war weder die Phänomene des Ätna zu beobachten, noch wollte ich für mich oder andre irgendwelche Klarheit darüber gewinnen, was die alten griechischen Autoren über Sizilien gesagt haben; ich suchte nichts als die Freude meiner Augen, die in diesem eigenartigen Land wahrhaftig nicht gering ist. Man sagt von Sizilien, daß es Afrika gleiche; für mich steht jedenfalls fest, daß es mit Italien nur durch die verzehrenden Leidenschaften Ähnlichkeit hat. Von den Sizilianern kann man wohl sagen, daß es das Wort ‚unmöglich' nicht für sie gibt, wenn sie von Liebe oder von Haß entbrannt sind; und in diesem schönen Land kommt der Haß niemals aus einem Geldinteresse.

Ich bemerke, daß man in England und besonders in Frankreich oft von italienischer Leidenschaft spricht, von der hemmungslosen Leidenschaft, die man im Italien des sechzehnten und siebzehnten Jahrhunderts kannte. In unsern Tagen ist diese schöne große Leidenschaft gestorben und ganz tot, wenigstens in jenen Klassen, die sich der Nachahmung französischer Sitten und Pariser oder Londoner Moden gefallen.

Ich weiß wohl, man kann sagen, daß man seit Karl V. in Neapel, in Florenz und sogar ein wenig in Rom die spanischen Sitten nachahmte. Aber waren diese adeligen

Sitten und Bräuche nicht auf dem unendlichen Respekt begründet, den jeder dieses Namens würdige Mensch für die natürlichen Regungen seiner Seele haben muß? Weit entfernt, die Energie auszuschalten, übertrieben sie diese vielmehr, während es erste Regel der Gecken um 1760, die den Herzog von Richelieu nachahmten, war, durch nichts bewegt zu scheinen. Ist es nicht Grundsatz des englischen Dandys, dem man jetzt in Neapel den Vorzug vor dem französischen Gecken gibt, von allem gelangweilt und allem überlegen zu scheinen?

Die italienische Leidenschaft findet man schon seit einem Jahrhundert nicht mehr in der guten Gesellschaft Italiens.

Um mir einen Begriff von dieser italienischen Leidenschaft zu bilden, von der unsre Romanciers mit solcher Sicherheit schreiben, war ich genötigt, die Geschichte zu befragen; aber gewöhnlich sagt die große Geschichte, von talentvollen Männern geschrieben und meist sehr majestätisch, fast nichts von den Einzelheiten des Geschehens und der Personen. Sie nimmt von Torheiten erst Notiz, wenn diese Dummheiten von Königen oder Fürsten begangen worden sind. Ich habe zu der Lokalgeschichte jeder Stadt Zuflucht nehmen müssen; aber da wurde ich wieder durch den Überreichtum an Material erschreckt. Jede kleine italienische Stadt zeigt dir stolz ihre Geschichte in drei oder vier gedruckten Quartbänden und in sieben oder acht handschriftlichen Codices, die kaum mehr zu entziffern, mit Abkürzungen gespickt und mit sonderbar geformten Buchstaben geschrieben sind; zudem eignen ihnen an den fesselndsten Stellen Redewendungen, die im Ort selbst gebräuchlich, aber zwanzig Meilen weiter schon unverständlich sind. Denn im ganzen schönen Italien, wo die Liebe so viele tragische Ereignisse gesät hat, spricht man nur in drei Städten, in Florenz, in Siena und in Rom, ungefähr so wie man schreibt; in allen andren Orten ist die Schriftsprache von der mündlichen Rede unendlich weit entfernt.

Das, was man die italienische Leidenschaft nennt, das heißt die Leidenschaft, die sich zu befriedigen und nicht nur dem Nachbar eine prachtvolle Vorstellung von sich selber zu geben sucht, beginnt mit der Entstehung der Gesellschaft also im zwölften Jahrhundert und erlischt wenigstens in der guten Gesellschaft, um 1734. Zu dieser Zeit kommen die Bourbonen in Neapel zur Regierung, und zwar in der Person des Don Carlos, Sohnes einer Farnese, die in zweiter Ehe mit dem Enkelsohn Ludwigs XIV., jenem melancholischen Philipp V. verheiratet war, der mitten im Kugelregen seinen Gleichmut nicht verlor, sich stets langweilte und die Musik so leidenschaftlich liebte. Man weiß, daß ihm vierundzwanzig Jahre hindurch der göttliche Kastrat Farinelli täglich drei Lieblingsweisen vorsang, jeden Tag die gleichen.

Ein analytischer Geist könnte aus den Einzelheiten einer Leidenschaft feststellen, ob der Fall in Rom oder in Neapel geschehen ist, und nichts ist, wie ich sagen muß, abgeschmackter als jene Romane, die ihren Personen nichts als italienische Namen geben. Sind wir denn nicht darin einer Meinung, daß die Leidenschaften sich ändern, so oft man hundert Meilen weiter nach Norden kommt? Höchstens kann man sagen, daß jene Länder, die seit langem der gleichen Regierungsform unterstehn, in den sozialen Gewohnheiten eine Art äußerer Ähnlichkeit aufweisen.

Wie die Leidenschaften, wie die Musik, wechseln auch die Landschaften, sobald man drei oder vier Breitengrade weiter nach Norden kommt. Eine neapolitanische Landschaft würde in Venedig absurd erscheinen, wäre es nicht, sogar in Italien ausgemacht, die Naturschönheiten Neapels zu bewundern. Wir in Paris halten es darin so, daß wir glauben, der Anblick der Wälder und der bebauten Ebenen sei ganz der gleiche in Neapel wie in Venedig, und wir möchten am liebsten, daß zum Beispiel Canaletto die gleichen Farben hätte wie Salvatore Rosa.

Ist es nicht der Gipfel der Lächerlichkeit, wenn eine englische Dame, die mit allen Vorzügen ihrer Insel ausgestattet, aber selbst auf dieser Insel dafür bekannt ist, daß sie außerstande sei, die Liebe und den Haß zu schildern, wenn, sage ich Mrs. Anne Radcliffe den Personen eines ihrer berühmten Romane italienische Namen und große Leidenschaften gibt?

Ich werde nicht versuchen, der Einfachheit und der manchesmal abstoßenden Roheit der nur zu wahren Erzählung, die ich der Nachsicht des Lesers empfehle, Anmut zu verleihen. Ich werde zum Beispiel die Antwort der Herzogin von Palliano auf die Liebeserklärung ihres Vetters Marcello Capecce ganz wörtlich übersetzen. Diese Monographie einer Familie befindet sich, ich weiß nicht warum, am Ende des zweiten Bandes einer handschriftlichen Geschichte von Palermo, über die ich keine näheren Angaben machen kann.

Diese Erzählung, die ich zu meinem Bedauern sehr kürze — ich unterdrücke eine Fülle von bezeichnenden Umständen — enthält mehr die letzten Schicksale der unglücklichen Familie Carafa, als die interessante Geschichte einer bestimmten Leidenschaft. Die literarische Eitelkeit sagt mir, daß es mir nicht unmöglich gewesen wäre, das Interesse an manchen Situationen zu steigern, wenn ich ausführlicher gewesen wäre, wenn ich erraten und dem Leser mit allen Einzelheiten erzählt hätte, was die Personen empfanden. Aber bin ich, ein junger Franzose, im Norden, in Paris geboren, denn wirklich sicher, zu erraten, was diese italienischen Menschen des Jahres 1559 fühlten? Ich kann ja höchstens das zu erraten hoffen, was den französischen Lesern von 1838 elegant und spannend vorkommt.

Die leidenschaftliche Art der Italiener um 1559 wollte Taten und nicht Worte. Man wird darum in der folgenden Erzählung sehr wenig Konversation finden. Das ist für diese Geschichte insofern ein Nachteil, als wir uns so sehr an die langen Gespräche unsrer Romanhelden gewöhnt haben, für die eine Konversation genau so viel ist wie eine Schlacht. Meine Erzählung oder vielmehr Übersetzung zeigt eine sonderbare, durch die Spanier in die italienischen Sitten eingeführte Eigenart. Ich bin nirgends aus der bestimmten Haltung des Übersetzers hinausgetreten. Die getreue Wiedergabe der Art des Fühlens im sechzehnten Jahrhundert und auch der Erzählungsweise des Chronisten, der allem Anschein nach ein Edelmann aus dem Gefolge der unglücklichen Herzogin von Palliano war, macht meines Erachtens nach den Hauptvorzug dieser tragischen Geschichte aus — wenn überhaupt irgendein Vorzug daran ist.

Die strengste spanische Etikette herrschte am Hofe des Herzogs von Palliano. Man muß sich erinnern, daß jeder Kardinal und jeder römische Fürst einen Hof hielt, und man kann sich einen Begriff davon machen, welches Bild Rom im Jahre 1559 bot. Nicht ist auch zu vergessen, daß es die Zeit war, wo der König Philipp II., der für seine Intrigen die Stimmen zweier Kardinäle brauchte, jedem von ihnen eine Rente von 200000 Livres in geistlichen Pfründen gab. Obgleich Rom ohne nennenswerte Arme war, bildete es den Mittelpunkt der Welt. Paris war im Jahre 1559 eine Stadt freundlicher Barbaren.

*

Wenn auch Gianpietro Carafa aus einer der vornehmsten Familien des Königreichs Neapel stammte, hatte er rauhe, ungeschliffene und heftige Umgangsformen, die zu einem Hirten der Campagna gepaßt hätten. Er nahm schon früh das Priestergewand und kam ganz jung nach Rom, wo ihm durch die Gunst seines Vetters Oliviero Carafa, des Kardinals und Erzbischofs von Neapel, geholfen war. Alexander VI., dieser große Mann, der alles wußte und alles konnte, machte ihn zu seinem Kämmerer, ungefähr das gleiche, was man bei uns unter einem Ordonanzoffizier versteht. Julius II. ernannte ihn zum Erzbischof von Chieti; Papst Paul machte ihn zum Kardinal und endlich am 23. Mai 1555 wurde er, nach schlimmen Kabalen und vielen Disputen zwischen den zum Konklave eingeschlossenen Kardinälen unter dem Namen Paul IV. zum Papst gewählt; er war damals achtundsiebzig Jahre alt. Selbst über die, welche ihn auf den Thron von Sankt Peter berufen hatten, kam bald die Angst, wenn sie die Härte und die wilde unerbittliche Frömmigkeit des Herrn bedachten, den sie sich selbst gesetzt hatten.

Die Neuigkeit dieser unerwarteten Wahl hatte umwälzende Wirkung in Neapel und Palermo. Binnen wenigen Tagen traf eine große Anzahl von Mitgliedern der illustren Familie Carafa in Rom ein, und alle erhielten Stellen; doch zeichnete der Papst, wie ja natürlich, besonders seine drei Neffen aus, Söhne seines Bruders, des Grafen von Montorio.

Don Juan, der Älteste, war schon verheiratet und wurde zum Herzog von Palliano gemacht. Dieses Herzogtum, dem Marc Antonio Colonna, dem es gehört hatte, abgenommen, umfaßte eine große Zahl Dörfer und kleiner Städte. Don Carlos, der zweite Neffe Seiner Heiligkeit, war Malteserritter und hatte den Krieg mitgemacht; er wurde zum Kardinallegaten von Bologna und Premierminister ernannt. Als ein entschlossener Mann und treu den Traditionen seiner Familie, wagte er es, dem mächtigsten König der Welt, Philipp II., König von Spanien und beider Indien, feind zu sein, und gab ihm auch Beweise davon. Was den dritten Neffen betraf, den Don Antonio Carafa, so machte der Papst den bereits Verheirateten zum Marchese von Montebello. Schließlich gelang es ihm, Franz, dem Dauphin von Frankreich und Sohn Heinrichs II. eine Tochter aus der zweiten Ehe seines Bruders zur Frau zu geben; Paul IV. dachte, ihr als Mitgift das Königreich Neapel zu schenken, das man Philipp II., dem König von Spanien hätte wegnehmen müssen. Die Familie Carafa verfolgte mit ihrem Hasse diesen mächtigen König, dem es aber, auch durch die Fehler dieser Familie unterstützt, endlich doch gelang, sie gänzlich auszutilgen.

Seit Paul IV. den Thron von San Pietro bestiegen hatte, der zu dieser Zeit selbst den erhabenen Herrscher von Spanien zu einem Vasallen machte, wurde er, wie man es bei den meisten seiner Nachfolger gesehen hat, Beispiel aller Tugenden. Er wurde ein großer Papst und ein großer Heiliger; er bemühte sich, die Mißbräuche in der Kirche abzustellen und dadurch auch das allgemeine Konzil abzuwenden, das man vom römischen Hofe von allen Seiten verlangte, in das aber eine kluge Politik nicht einzuwilligen riet.

Nach der von der Gegenwart fast völlig vergessenen Sitte jener Zeit, wo ein Souverän niemals Vertrauen in Menschen setzte, die noch ein andres Interesse als das seine haben konnten, wurden die Staaten Seiner Heiligkeit in despotischer Weise von seinen drei Neffen regiert. Der Kardinal war erster Minister und verfügte nach dem Willen seines Oheims. Der Herzog von Palliano war zum General der Truppen der heiligen Kirche gemacht worden und der Marchese von Montebello ließ als Hauptmann der Palastwache nur Personen eintreten, die ihm genehm waren. Bald begingen diese drei jungen Leute die größten Ausschreitungen; sie begannen damit, sich die Güter von Familien anzueignen, die ihrer Herrschaft abgeneigt waren. Das Volk wußte nicht, an wen es sich um Gerechtigkeit wenden sollte. Nicht nur um seinen Besitz mußte es in Sorge sein, sondern — im Vaterland der keuschen Lukrezia! — auch die Ehre der Frauen und Töchter war nicht sicher. Der Herzog von Palliano und seine Brüder entführten die schönsten Frauen; es genügte, das Unglück zu haben, ihnen zu gefallen. Betroffen sah man, daß sie auf den Adel des Bluts gar keine Rücksicht nahmen, und mehr noch: sie ließen sich nicht einmal durch die heilige Abgeschlossenheit der Klöster zurückhalten. Das zur Verzweiflung getriebene Volk wußte nicht, an wen es seine Klagen richten sollte, so groß war das Entsetzen, das die drei Brüder allen einflößten, die sich dem Papst nähern wollten; selbst gegen die fremden Botschafter traten sie unverschämt auf.

Der Herzog hatte schon vor der Machtstellung seines Oheims Violante von Cardona geheiratet, aus einer ursprünglich spanischen Familie, die in Neapel zum ersten Adel gehörte. Violante war durch ihre ungewöhnliche

Schönheit und durch eine Anmut berühmt, welche sie gut zu zeigen verstand, wenn sie gefallen wollte, mehr aber noch durch ihren maßlosen Stolz. Doch um gerecht zu sein, muß man auch sagen, daß man nicht leicht eine größere, stärkere Seele hätte finden können als die ihre, und dies wurde auch der Welt deutlich, als sie vor ihrem Tode dem Kapuziner, der ihr die Beichte abnahm, nichts gestand. Sie konnte den bewunderungswürdigen Orlando des Messer Ariosto auswendig und trug ihn mit unendlicher Lieblichkeit vor, wie auch die meisten Sonette des göttlichen Petrarca und die Erzählungen des Pecorone. Aber noch verführerischer war sie, wenn sie sich herabließ, ihre Gesellschaft mit den sonderbaren Einfällen zu unterhalten, die ihr der eigne Geist eingab.

Sie hatte einen Sohn, den Herzog von Cavi. Ihren Bruder Don Ferrante, Grafen d'Aliffe, zog das große Glück seines Schwagers nach Rom.

Der Herzog von Palliano hielt glänzenden Hof. Die jungen Leute der ersten Familien Neapels buhlten um die Ehre, daran teilzuhaben. Rom verwöhnte zu der Zeit mit seiner Bewunderung einen seiner Lieblinge, den Marcello Capecce, einen jungen Kavalier, in Neapel durch seinen Geist und nicht minder durch die göttliche Schönheit berühmt, die ihm der Himmel geschenkt hatte.

Die Favoritin der Herzogin war Diana Brancaccio, eine nahe Verwandte ihrer Schwägerin, der Marchesa von Montebello, die damals dreißig Jahre zählte. Man erzählte sich in Rom, daß sie dieser Favoritin nicht ihren sonstigen Stolz zeige, ja ihr alle ihre Geheimnisse anvertraue. Aber diese Geheimnisse bezogen sich nur auf die Politik; denn die Herzogin erweckte wohl Leidenschaften, doch sie teilte keine.

Auf den Rat des Kardinals Carafa führte der Papst gegen den König von Spanien Krieg und der König von Frankreich schickte dem Papst eine Armee unter dem Befehl des Herzogs von Guise zur Unterstützung.

Aber wir müssen uns an die Ereignisse am Hof des Herzogs von Palliano halten.

Capecce war seit einer Zeit wie toll; man sah ihn die seltsamsten Dinge tun. Tatsache ist, daß sich der arme junge Mensch leidenschaftlich in seine Herrin, die Herzogin, verliebt hatte; doch wagte er kein Geständnis seiner Liebe. Aber er zweifelte nicht, an sein Ziel zu gelangen, denn er bemerkte, daß die Herzogin gegen ihren Gemahl, der sie vernachlässigte, aufs äußerste gereizt war. Der Herzog von Palliano war allmächtig in Rom, und die Herzogin wußte für sicher, daß ihn fast jeden Tag die wegen ihrer Schönheit berühmten römischen Damen in ihrem eignen Palast aufsuchten — ein Schimpf, an den sie sich nicht gewöhnen mochte.

Unter den Kaplänen des Papstes Paul befand sich ein ehrwürdiger Mönch, mit dem er das Brevier zu beten pflegte. Dieser wagte es eines Tags, trotz der Gefahr seines eignen Verderbens, vielleicht auf Veranlassung des spanischen Gesandten, dem Papst alle Schurkereien seiner Neffen zu enthüllen. Der fromme Papst wurde vor Kummer krank; er wollte die Wahrheit des Berichtes bezweifeln; aber von allen Seiten kamen die erdrückendsten Bestätigungen. Es war am ersten Tag des Jahres 1559, als das Ereignis eintrat, das dem Papst die Gewißheit gab und vielleicht die Entscheidung Seiner Heilichkeit bestimmte. Es war gerade am Tag der Beschneidung des Herrn, ein Umstand, der das Vergehen in den Augen eines so frommen Papstes noch erschwerte, daß Andrea Lanfranchi, der Sekretär des Herzogs von

Palliano, dem Kardinal Carafa ein prächtiges Abendessen gab. Und damit den Reizungen der Völlerei die der Unzucht nicht fehlten, zu diesem Fest die Martuccia kommen ließ, eine der schönsten, berühmtesten und reichsten Kurtisanen Roms. Das Verhängnis wollte, daß Capecce, der Günstling des Herzogs — eben jener, der im geheimen die Herzogin liebte und für den schönsten Mann der Hauptstadt der Welt galt —, seit einiger Zeit mit dieser Martuccia eine galante Beziehung pflog. An eben diesem Abend suchte er sie überall, wo er hoffen konnte, sie zu treffen. Als er sie nirgends fand und gehört hatte, daß im Hause Lanfranchi ein Fest stattfand, faßte er Argwohn und erschien bei Lanfranchi um Mitternacht, begleitet von vielen Bewaffneten. Man ließ ihn ein, forderte ihn auf, sich zu setzen und am Fest teilzunehmen; aber nach einigen recht gezwungenen Worten gab er Martuccia ein Zeichen, sich zu erheben und ihm zu folgen. Während sie ganz verwirrt und in Vorahnung dessen, was geschehen würde, zögerte, erhob sich Capecce, ging auf das junge Mädchen zu, faßte es bei der Hand und versuchte, es mit sich zu ziehn. Der Kardinal, zu dessen Ehren Martuccia gekommen war, widersetzte sich lebhaft ihrem Fortgehn. Capecce aber bestand darauf und versuchte, sie mit Gewalt aus dem Saal zu ziehen.

Der Kardinal, der an diesem Abend gar nicht in Amtstracht gekleidet war, zog den Degen und verhinderte mit all der Kraft und Kühnheit, die ganz Rom an ihm kannte, das Fortgehen des jungen Mädchens. Marcello rief, trunken vor Zorn, seine Leute herein; aber es waren in der Mehrzahl Neapolitaner, und als sie zuerst den Sekretär des Herzogs und dann auch noch den Kardinal erkannten, den seine ungewohnte Kleidung zuerst unkenntlich gemacht hatte, steckten sie ihre Schwerter ein; sie wollten sich nicht mehr schlagen und legten sich ins Mittel, den Streit zu schlichten.

Während dieses Streites war Martuccia, obgleich umringt und von Marcello an der linken Hand gehalten, geschickt genug gewesen, zu entschlüpfen. Sobald Marcello ihre Abwesenheit merkte, lief er ihr nach und seine ganze Bande folgte ihm.

Aber aus dem Dunkel der Nacht erwuchsen die seltsamsten Gerüchte, und am Morgen des zweiten Januar war die Hauptstadt von Berichten über den gefährlichen Kampf überschwemmt, der, wie man sagte, zwischen dem Kardinal und Marcello Capecce stattgefunden habe. Der Herzog von Palliano, kommandierender General der päpstlichen Armee, hielt die Sache für weit schlimmer als sie wirklich war, und da er mit seinem Bruder, dem Kardinal-Kanzler, nicht sehr gut stand, ließ er noch in der Nacht Lanfranchi verhaften; früh am nächsten Morgen wurde auch Marcello gefangen gesetzt. Dann erst kam man darauf, daß niemand das Leben verloren habe und daß diese Festnahmen nur den Skandal vergrößerten, der ganz auf den Kardinal zurückfiel. Man beeilte sich, die Gefangenen wieder in Freiheit zu setzen und die drei Brüder vereinigten ihre unbegrenzte Macht, um die Angelegenheit niederzuschlagen. Erst hofften sie, es würde ihnen glücken; aber am dritten Tag kam die ganze Geschichte dem Papst zu Ohren. Er ließ seine beiden Neffen zu sich rufen und sprach zu ihnen wie nur ein so frommer und in seiner Frömmigkeit so tief verletzter Fürst der Kirche sprechen konnte.

Als am fünften Tage des Januar eine große Anzahl von Kardinälen zur *Congregatio Sancti Officii* vereinigt war, sprach der Papst als erster von dieser abscheulichen Sache; er fragte die anwesenden Kardinäle, wie sie wagen konnten, ihn nicht davon in Kenntnis zu setzen.

„Ihr schweigt! Und doch rührt der Skandal an der erhabenen Würde, die Ihr bekleidet. Kardinal Carafa hat es gewagt, sich in der Öffentlichkeit in einem weltlichen Gewand und den nackten Degen in der Hand zu zeigen. Und zu welchem Zweck? Um sich an einer ehrlosen Kurtisane zu erfreuen!"

Man kann sich die Totenstille denken, die diesen Worten gegen den Kardinal-Minister unter allen Anwesenden folgte. Vor ihnen stand ein Greis von achtzig Jahren, voll Zorn gegen den so geliebten Neffen, dem er bisher alle Freiheit gelassen hatte. In seiner Entrüstung sprach der Papst weiter davon, seinem Neffen den Kardinalshut zu nehmen.

Der Zorn des Papstes wurde noch durch den Gesandten des Großherzogs von Toskana genährt, der sich über eine neue Anmaßung des Kardinalkanzlers beklagte. Der unlängst noch so mächtige Kardinal meldete sich bei Seiner Heiligkeit für die gewohnte Arbeit. Der Papst ließ ihn volle vier Stunden vor aller Augen im Vorzimmer warten; dann schickte er ihn weg, ohne ihn zur Audienz zuzulassen. Man kann ahnen, wie der unbändige Stolz des Kardinals darunter litt. Er war gereizt, aber keineswegs niedergedrückt; er überlegte, daß der vom Alter geschwächte und wenig an die Geschäfte gewöhnte Greis, der sein ganzes Leben hindurch sich von der Liebe zu seiner Familie hatte leiten lassen, bald wieder genötigt sein würde, auf seine Tatkraft zurückzugreifen. Aber die fromme Tugend des heiligen Papstes trug den Sieg davon; er berief die Kardinäle, und nachdem er sie lange ohne zu sprechen angesehn hatte, brach er in Tränen aus und zögerte nicht, etwas zu tun, das wie eine Buße war.

„Die Schwäche des Alters", sagte er, „und die Sorgfalt, die wir für die Angelegenheiten unserer heiligen Kirche aufwenden, in der wir, wie Ihr wißt, alle Mißbräuche ausmerzen wollen, haben uns bewogen, unsere weltliche Autorität unsern drei Neffen anzuvertrauen; sie haben ihr Amt schwer mißbraucht und wir entlassen sie für immer."

Man verlas darauf ein Breve, durch welches die Neffen aller ihrer Würde entkleidet und in armselige Dörfer verwiesen wurden. Der Kardinalkanzler wurde nach Civita Lavinia verbannt; der Herzog von Palliano nach Soriano und der Marchese nach Montebello. Durch dieses Breve ging der Herzog auch seiner regelmäßigen Gehälter verlustig, die sich auf 62000 Piaster beliefen, was im Jahre 1838 mehr als eine Million bedeutet.

Es konnte nicht die Rede davon sein, diesen strengen Befehlen nicht zu gehorchen, zumal die Carafa das ganze Volk Roms, das sie verabscheute, zu Feinden und Aufpassern hatte.

Der Herzog von Palliano schlug nun, in Begleitung seines Schwagers, des Grafen d'Aliffe und Leonardos del Cardine seinen Wohnsitz in dem kleinen Dorf Soriano auf, während die Herzogin und ihre Schwiegermutter nach Gallese zogen, einem ärmlichen Neste, zwei knappe Meilen von Soriano entfernt.

Diese Gegend ist entzückend, aber es war doch eine Verbannung, und man war aus Rom vertrieben, wo man noch gestern mit aller Anmaßung geherrscht hatte.

Marcello Capecce war mit den andern Höflingen seiner Herrin in das ärmliche Dorf in die Verbannung gefolgt. An Stelle der Huldigungen ganz Roms sah sich diese noch vor wenigen Tagen so mächtige Frau, die ihren Rang mit dem ganzen Ungestüm ihres Stolzes genoß, nur noch von einfachen Bauern umgeben, deren Staunen sie nur an ihren Fall erinnerte. Sie war ohne jeden Trost; ihr Oheim war so alt, daß ihn voraussichtlich der Tod überrascht, bevor er seine Neffen zurückgerufen hat; und was am schlimmsten war: die drei Brüder verabscheuten einander. Man behauptete sogar, daß der Herzog und der Marchese, welche die ungestümen Leidenschaften des Kardinals nicht teilten und über seine Ausschweifungen aufgebracht waren, so weit gegangen wären, sie ihrem Oheim, dem Papst, zu denunzieren.

Mitten im Schrecken dieser tiefen Ungnade geschah etwas, das zum Unglück sowohl für die Herzogin wie für Capecce selber sehr wohl zeigte, daß diesen keine wirkliche Leidenschaft an Martuccia gefesselt hatte.

Eines Tages hatte ihn die Herzogin rufen lassen, um ihm einen Auftrag zu geben; er war allein mit ihr, was vielleicht kaum zweimal während des ganzen Jahres vorkam. Als Capecce sah, daß in dem Saal, wo ihn die Herzogin empfing, niemand anwesend war, blieb er erst unbeweglich und ohne ein Wort. Dann ging er zur Türe, nachzusehen, ob jemand da wäre, der sie vom Nebenzimmer hören könnte. Hierauf wagte er es:

„Signora, beunruhigt Euch nicht und nehmt die seltsamen Worte, die ich Euch zu sagen die Kühnheit haben werde, nicht mit Zorn auf. Seit langem liebe ich Euch mehr als das Leben. Wenn ich in zu großer Unvorsichtigkeit gewagt habe, Eure göttliche Schönheit wie ein Verliebter zu betrachten, dürft Ihr nicht mir die Schuld geben, sondern der übernatürlichen Kraft, die mich treibt und bewegt. Ich leide Qualen, ich brenne, ich bitte nicht um Linderung der Flamme, die mich verzehrt, sondern nur, daß Euer Edelmut Mitleid mit einem Diener habe, der voll Demut und ohne Vertrauen zu sich selbst ist."

Die Herzogin schien überrascht, aber mehr noch beunruhigt.

„Marcello, was hast du eigentlich in mir gesehn," sagte sie ihm, „das dir die Verwegenheit gibt, Liebe von mir zu fordern? Hat sich mein Leben, hat sich meine Unterhaltung so weit vom Geziemenden entfernt, daß du dadurch eine solche Unverschämtheit rechtfertigen kannst? Wie konntest du die Vermessenheit haben, von mir zu glauben, daß ich mich dir oder irgendeinem andern Mann hingeben könnte, außer meinem Herrn und Gemahl? Ich verzeihe dir, was du gesagt hast, weil ich denke, daß du von Sinnen bist; aber hüte dich, wieder in den gleichen Fehler zu verfallen, anders schwöre ich dir, daß ich dich für die erste sowie für die zweite Frechheit zugleich strafen lassen werde."

Die Herzogin entfernte sich außer sich vor Zorn. Capecce hatte auch wirklich gegen alle Gebote der Klugheit gefehlt; er hätte erraten lassen müssen, aber nichts aussprechen. Er blieb betroffen und fürchtete sehr, daß die Herzogin die Sache ihrem Gemahl erzählen würde.

Aber es kam ganz anders, als er besorgte. In der Einsamkeit und Langweile dieses Dorfs konnte die stolze Herzogin nicht umhin, ihrer Freundin Diana Brancaccio anzuvertraun, was man ihr zu sagen gewagt hatte. Diese Frau von etlichen dreißig Jahren verzehrten die heftigsten Leidenschaften. Sie hatte rotes Haar — der Chronist kommt mehrmals auf diesen Umstand zurück, der ihm alle Torheiten der Diana Brancaccio zu erklären scheint — und sie liebte mit wilder Leidenschaft Domitiano Fornari, einen Edelmann vom Hofstaat des Marchese von Montebello. Sie wollte ihn heiraten, aber würden der Marchese und seine Frau, deren Blutsverwandte zu sein sie die Ehre hatte, jemals zustimmen, daß sie einen Mann heirate, der gegenwärtig ihr Bediensteter war? Dieses Hindernis war wenigstens dem Anschein nach unüberwindlich.

Es gab nur eine Möglichkeit des Erfolgs: man mußte alles aufbieten, um die Fürsprache des Herzogs von Palliano, des älteren Bruders des Marchese zu erlangen, und Diana war in bezug darauf nicht ohne Hoffnung. Der Herzog behandelte sie mehr als Verwandte denn als Dienerin, die sie als Hofdame war. Er war ein guter Mensch von schlichter Gesinnung und gab lange nicht so viel wie seine Brüder auf die Fragen der Etikette. Obgleich der Herzog als ein richtiger junger Mann alle Vorteile seiner hohen Stellung genoß und seiner Frau nichts weniger als treu war, liebte er sie zärtlich und würde ihr aller Wahrscheinlichkeit nach keine Bitte abschlagen, würde sie nur mit einer gewissen Eindringlichkeit vorgebracht.

Das Geständnis, das Capecce der Herzogin zu machen gewagt hatte, schien der brütenden Diana ein unerwarteter Glücksfall. Ihre Herrin war bisher zum Verzweifeln tugendhaft gewesen; wenn sie nun eine Leidenschaft empfände, einen Fehltritt beginge, würde sie Dianas alle Augenblicke bedürfen, und dann konnte sie alles von einer Frau erhoffen, deren Geheimnisse sie kannte.

Weit davon, die Herzogin darauf aufmerksam zu machen, was sie sich schulde, und auf die schreckliche Gefahr, der sie sich inmitten eines so indiskreten Hofs aussetzen würde, sprach Diana, von der Unbändigkeit ihrer Leidenschaft fortgerissen, zu ihrer Herrin von

Marcello Capecce, als ob sie von Domiziano Fornari spräche. In langen Unterhaltungen einsamer Stunden fand sie täglich Gelegenheit, die Reize und die Schönheit des armen Marcello, der so traurig aussah, in Erinnerung zu bringen; er gehöre doch, wie die Herzogin, den vornehmsten Familien Neapels an, sein Auftreten sei ebenso edel wie sein Blut, und nichts als jene Güter, die eine Laune des Glücks jeden Tag verleihen könnten, fehlten ihm, um in jeder Beziehung der Frau, die er zu lieben wagte, gleichzustellen.

Diana bemerkte erfreut als erste Wirkung dieser Reden, daß sich das Vertrauen verdoppelte, das die Herzogin ihr schenkte.

Sie beeilte sich, Marcello Capecce von dem, was vorging, zu verständigen. In der Glut dieses Sommers promenierte die Herzogin oft in den Wäldern der Umgebung von Gallese. Neigte sich der Tag, so erwartete sie die kühlende Brise vom Meere her auf den Hügeln dieser Wälder, von deren Gipfel man das Meer in der kurzen Entfernung von kaum zwei Meilen erblickt.

Ohne die strengen Regeln der höfischen Sitte außer acht zu lassen, konnte sich Marcello in diesen Wäldern aufhalten; er verbarg sich dort, wie man sagt, und trug Sorge, sich den Blicken der Herzogin erst zu zeigen, wenn sie durch die Worte der Diana Brancaccio genügend vorbereitet war. Diese gab dann Marcello ein Zeichen.

Als Diana ihre Herrin nahe daran sah, der verhängnisvollen Leidenschaft nachzugeben, die sie in ihrem Herzen erweckt hatte, gab sie selbst sich der heftigen Liebe zu Domiziano Fornari hin. Nun schien es ihr ja sicher, ihn heiraten zu können. Aber Domiziano war ein kluger junger Mann, von kaltem, zurückhaltendem Charakter, und die ungestüme Leidenschaft seiner feurigen Geliebten wurde ihm bald lästig, statt ihn zu fesseln. Diana Brancaccio war, wie gesagt, eine nahe Verwandte der Carafa; er hielt es für sicher, erdolcht zu werden, wenn der gefürchtete Kardinal Carafa, der, mochte er auch jünger als der Herzog von Palliano sein, doch das eigentliche Oberhaupt der Familie war, auch nur das Geringste über seine Liebesbeziehung erführe.

Die Herzogin hatte schon seit einiger Zeit der Leidenschaft Capecces nachgegeben, als man eines schönen Tages Domiziano Fornari nicht mehr in dem Dorf fand, wohin man den Hof des Marchese von Montebello verbannt hatte. Er blieb verschwunden. Später erfuhr man, daß er sich in dem kleinen Hafen von Nettuno eingeschifft habe; ohne Zweifel hatte er seinen Namen gewechselt; nie wieder hörte man von ihm.

Wer könnte die Verzweiflung Dianas schildern? Nachdem die Herzogin ihre Anklagen gegen das Schicksal lange mit Güte angehört hatte, gab sie ihr eines Tages zu verstehn, daß dieser Gesprächsgegenstand doch erschöpft zu sein scheine. Diana sah sich von ihrem Liebhaber verschmäht; ihr Herz war den grausamsten Leidenschaften preisgegeben; sie zog die sonderbarste Schlußfolgerung aus dem Augenblick der Langeweile, den die Herzogin bei der Wiederholung ihrer Klagen empfunden hatte. Diana redete sich ein, daß die Herzogin Domiziano Fornari veranlaßt habe, sie auf immer zu verlassen, ja daß sie es gewesen sei, die ihm die Mittel zur Reise gab. Dieser tolle Einfall stützte sich auf nichts als einige Vorhaltungen, welche die Herzogin ihr früher einmal gemacht hatte. Dem Argwohn folgte bald der Wunsch, sich zu rächen. Sie suchte um eine Audienz beim Herzog nach und teilte ihm mit, was zwischen seiner Frau und

Marcello vorging. Der Herzog weigerte sich, dem zu glauben. „Bedenkt," sagte er ihr, „daß ich der Herzogin seit fünfzehn Jahren nicht den leisesten Vorwurf zu machen habe. Sie hat den Versuchungen des Hofes und den Verführungen unserer glänzenden Stellung in Rom widerstanden. Die liebenswertsten Persönlichkeiten, der General der französischen Armee, Herzog von Guise selbst, haben nichts erreicht, und Ihr wollt behaupten, daß sie einen gewöhnlichen Edelmann erhört hat?"

Das Unglück wollte, daß der Herzog sich in Loriano, dem kleinen Dorf seiner Verbannung, das nur zwei knappe Meilen vom Wohnsitz seiner Frau entfernt lag, sehr langweilte und daß Diana dadurch eine ganze Reihe von Audienzen erreichen konnte, ohne daß dies der Herzogin zur Kenntnis kam. Diana hatte erstaunliche Kräfte; die Leidenschaft machte sie beredt. Sie gab dem Herzog eine Fülle von Einzelheiten; die Rache war jetzt ihre einzige Zerstreuung geworden. Sie wiederholte, daß sich Capecce fast jede Nacht gegen elf Uhr in das Schlafgemach der Herzogin begab und nicht vor zwei oder drei Uhr des Morgens fortgehe. Diese Reden machten im Anfang so wenig Eindruck auf den Herzog, daß er sich nicht die Mühe auferlegen wollte, um Mitternacht die zwei Meilen nach Gallese zurückzulegen und unerwartet in das Schlafgemach seiner Frau zu treten.

Aber eines Abends befand er sich in Gallese; die Sonne war schon untergegangen, aber doch war es noch hell, als Diana ganz zerzaust in den Saal stürzte, wo sich der Herzog aufhielt. Alle entfernten sich, und sie sagte ihm, daß Marcello Capecce eben in das Schlafzimmer der Herzogin eingetreten sei. Der Herzog, der ohne Zweifel in diesem Augenblick schlecht gelaunt war, nahm seinen

Dolch und lief zum Schlafzimmer seiner Frau, in das er durch eine geheime Tür eintrat. Er fand dort Marcello Capecce. Die beiden Verliebten wechselten wohl die Farbe, als sie ihn eintreten sahen; aber im übrigen war nichts Sträfliches am Anblick, den sie boten. Die Herzogin lag im Bett und war damit beschäftigt, eine kleine Auslage, die sie eben gemacht hatte, zu notieren; eine Kammerfrau war im Zimmer und Marcello stand drei Schritt vom Bett entfernt.

Der Herzog packte in seinem Zorn Marcello bei der Kehle, schleppte ihn in ein Nebenzimmer, wo er ihm befahl, Degen und Dolch, mit denen er bewaffnet war, auf die Erde zu werfen. Hierauf rief der Herzog Leute seiner Wache herbei, von denen Marcello sofort ins Gefängnis von Soriano abgeführt wurde.

Die Herzogin ließ man in ihrem Schloß, doch unter strenger Bewachung.

Der Herzog war durchaus nicht grausam; es scheint, daß er die Absicht hatte, die Schande zu verheimlichen, um nicht gezwungen zu sein, zu den äußersten Mitteln zu greifen, welche die Ehre von ihm forderte. Er wollte glauben machen, daß Marcello wegen einer ganz andern Angelegenheit im Gefängnis gehalten würde; er nahm zum Vorwand, daß Marcello vor zwei oder drei Monaten einige ungewöhnlich große Kröten zu sehr hohem Preis gekauft hatte, und ließ das Gerücht verbreiten, dieser junge Mann habe ihn vergiften wollen. Aber das wirkliche Vergehen war schon zu bekannt, und sein Bruder, der Kardinal, ließ fragen, wann er gedenke, den Schimpf, den man gewagt hatte, ihrer Familie anzutun, im Blute der Schuldigen abzuwaschen.

Der Herzog rief den Grafen d'Aliffe, den Bruder seiner Frau, und einen Freund des Hauses, Antonio Torando, zu sich. Sie bildeten zu dritt eine Art Gerichtshof und leiteten die Untersuchung gegen Marcello Capecce ein, der des Ehebruchs mit der Herzogin angeklagt wurde.

Die Unbeständigkeit der menschlichen Dinge wollte, daß der Papst Pius IV., der auf Paul IV. folgte, der spanischen Partei angehörte. Er konnte Philipp II. nichts abschlagen, und dieser verlangte von ihm den Tod des Kardinals und des Herzogs von Palliano. Die beiden Brüder wurden vor Gericht angeklagt, und die Urkunden des Prozesses, den sie zu erdulden hatten, erzählen uns auch alle Umstände des Todes von Marcello Capecce.

Einer der zahlreichen einvernommenen Zeugen sagt in folgender Weise aus:

„Wir waren in Soriano. Mein Herr, der Herzog hatte eine lange Unterredung mit dem Grafen d'Aliffe. Sehr spät am Abend stieg man in ein Vorratsgewölbe zu ebener Erde hinunter, wo der Herzog schon die zur peinlichen Befragung des Schuldigen notwendigen Seile hatte vorbereiten lassen. Zugegen waren der Herzog, der Graf d'Aliffe, der Herr Antonio Torando und ich.

Als erster Zeuge wurde der Hauptmann Camillo Grifone, der Freund und Vertraute Capecces gerufen. Der Herzog sagte folgendes zu ihm:

‚Sage die Wahrheit, mein Freund. Was weißt du von dem, was Marcello im Schlafgemach der Herzogin tat?'

‚Ich weiß nichts; ich bin seit mehr als zwanzig Tagen mit Marcello entzweit.'

Weil er hartnäckig darauf bestand, nichts andres zu sagen, rief der Herr Herzog einige Mann seiner Wache herein. Grifone wurde durch den Podesta von Soriano an das Seil gebunden. Die Wachen zogen die Seile an und hoben auf diese Weise den Schuldigen vier Finger vom Boden empor. Nachdem der Hauptmann eine gute Viertelstunde so gehangen hatte, sagte er:

‚Laßt mich herunter, ich werde sagen, was ich weiß.'

Als man ihn auf den Boden herabgelassen hatte, entfernten sich die Wachen, und wir blieben mit ihm allein. Er sagte:

‚Es ist wahr, daß ich mehrere Male Marcello bis zum Gemach der Herzogin begleitet habe, aber weiter weiß ich nichts, weil ich in einem benachbarten Hof bis gegen ein Uhr morgens auf ihn gewartet habe.'

Sofort rief man wieder nach den Wachen, welche ihn auf Befehl des Herzogs von neuem so emporzogen, daß seine Füße den Boden nicht mehr berührten. Bald rief der Hauptmann:

‚Laßt mich ab, ich will die Wahrheit sagen. Es ist wahr,' fuhr er fort, ‚ich habe seit mehreren Monaten bemerkt, daß Marcello ein Liebesverhältnis mit der Herzogin hatte, und ich wollte Eurer Exzellenz oder Herrn Leonardo davon Mitteilung machen. Die Herzogin schickte jeden Morgen zu Marcello, um sich nach seinem Befinden zu erkundigen; sie ließ ihm kleine Geschenke zukommen, so unter andern Dingen auch sehr teure mit großer Sorgfalt zubereitete Konfitüren; ich habe auch bei Marcello kleine, wunderbar gearbeitete Goldketten gesehen, die er offenbar von der Herzogin erhalten hatte.'

Nach dieser Aussage wurde der Hauptmann ins Gefängnis zurückgeschickt. Man führte nun den Pförtner der Herzogin vor, der sagte, daß er nichts wisse; man band ihn an das Seil, und er wurde hochgezogen. Nach einer halben Stunde sagte er:

‚Laßt mich herab, ich werde sagen, was ich weiß.'

Als er am Boden war, behauptete er aber, nichts zu wissen; man zog ihn von neuem hoch. Nach einer halben

Stunde ließ man ihn herunter; er setzte auseinander, daß er erst seit kurzer Zeit mit dem Dienst bei der Herzogin betraut sei. Da es möglich war, daß dieser Mann nichts wußte, schickte man ihn ins Gefängnis zurück. Alle diese Dinge hatten viel Zeit in Anspruch genommen, weil man jedesmal die Wachen wieder hinausschickte. Die Wachen sollten glauben, daß es sich um einen Vergiftungsversuch mit dem Gift der Kröten handle.

Die Nacht war schon weit vorgeschritten, als der Herzog Marcello Capecce holen ließ. Als die Wachen draußen waren und man die Tür fest verschlossen hatte, sagte er ihm:

‚Was hattet Ihr im Schlafgemach der Herzogin zu suchen, daß Ihr dort bis ein Uhr, bis zwei Uhr und manchmal bis vier Uhr morgens bliebt?‘

Marcello leugnete alles; man rief die Wache, und er wurde aufgehängt; das Seil verrenkte ihm die Arme; er konnte den Schmerz nicht aushalten und verlangte, herabgelassen zu werden; man setzte ihn auf einen Schemel, aber einmal so weit, verwirrte er sich in seiner Rede und wußte eigentlich nicht mehr, was er sagte. Man rief die Wachen herbei, die ihn von neuem hochzogen; nach einer langen Zeit verlangte er, heruntergelassen zu werden. Er sagte:

‚Es ist wahr, daß ich zu dieser ungewöhnlichen Stunde in die Gemächer der Herzogin eingetreten bin, doch hatte ich ein Liebesverhältnis mit der Signora Diana Brancaccio, einer der Damen Ihrer Exzellenz, welcher ich die Ehe versprochen habe, und die mir alles gewährt hat, was nicht gegen die Ehre war.‘

Marcello wurde in sein Gefängnis zurückgeführt, wo man ihn dem Hauptmann und Diana gegenüberstellte, welche alles leugnete.

Darauf führte man Marcello wieder in den unteren Saal; als wir nahe der Tür waren, sagte er:

‚Herr Herzog, Eure Exzellenz wird sich erinnern, daß sie mir das Leben zusicherten, wenn ich die volle Wahrheit sagen würde. Es ist nicht nötig, mich von neuem anzubinden; ich werde alles gestehen.‘

Dann näherte er sich dem Herzog und sagte ihm mit zitternder und kaum verständlicher Stimme, daß es wahr sei, daß er die Gunst der Herzogin genossen habe. Auf diese Worte hin warf sich der Herzog auf Marcello und biß ihn in die Wange, dann zog er seinen Dolch, und ich sah, daß er den Schuldigen erstechen wollte. Ich sagte da, daß es gut wäre, wenn Marcello eigenhändig aufschriebe, was er soeben gestanden hätte und daß dies Schriftstück Seiner Exzellenz zur Rechtfertigung dienen würde. Man trat in den unteren Saal ein, wo sich alles befand, was zum Schreiben nötig war; aber das Seil hatte Marcello so am Arm und an der Hand verletzt, daß er nichts weiter schreiben konnte, als diese wenigen Worte: ‚Ja, ich habe meinen Herrn verraten; ja, ich habe ihm die Ehre genommen.‘

Der Herzog las mit, während Marcello schrieb. In diesem Augenblick stürzte er sich auf Marcello und versetzte ihm drei Dolchstöße, die ihm das Leben nahmen. Diana Brancaccio war da, drei Schritte entfernt, mehr tot als lebendig; sie bereute ohne Zweifel tausend- und abertausendmal, was sie getan hatte.

‚Weib, unwürdig einer edlen Familie anzugehören!‘ schrie der Herzog, ‚du einzige Ursache meiner Schmach, die du herbeigeführt hast, um deinen unehrlichen Lüsten zu fröhnen; ich muß dir jetzt den Lohn für all deine Verrätereien zahlen.‘

Indem er diese Worte sprach, packte er sie bei den

Haaren und schnitt ihr den Hals mit einem Messer ab. Diese Unglückliche vergoß Ströme Blutes und fiel endlich tot nieder.

Der Herzog ließ die beiden Leichen in eine Kloake nah vom Gefängnis werfen.

Der junge Kardinal Alfonso Carafa, der Sohn des Marchese von Montebello, der einzige der ganzen Familie, den Paul IV. bei sich behalten hatte, glaubte ihm dieses Ereignis berichten zu müssen. Der Papst antwortete nichts als die Worte:

,Und die Herzogin? Was hat man mit ihr gemacht?'

Man glaubte in Rom allgemein, daß diese Worte den Tod dieser unglücklichen Frau herbeiführen würden. Aber der Herzog konnte sich nicht zu diesem großen Opfer entschließen, sei es, weil sie schwanger war, sei es wegen der außerordentlichen Zärtlichkeit, die er früher für sie gefühlt hatte.

Drei Monate nach der sehr edlen Tat, die der heilige Papst Paul IV. vollbracht hatte, indem er sich von seiner ganzen Familie lossagte, wurde er krank und nach drei weiteren Monaten der Krankheit verschied er am 18. August 1559.

Der Kardinal schrieb Briefe über Briefe an den Herzog von Palliano und wiederholte ihm unaufhörlich, daß ihre Ehre den Tod der Herzogin erheische. Jetzt, wo ihr Oheim tot war und man nicht die Absichten des kommenden Papstes wissen konnte, wollte er, daß alles in kürzester Frist erledigt werde.

Der Herzog, der ein einfacher und guter Mensch war und in Ehrensachen viel weniger ängstlich als der Kardinal, konnte sich nicht zu dem schrecklichen äußersten Mittel entschließen, das man von ihm verlangte. Er sagte sich, daß er selbst unzählige Treulosigkeiten gegen die

Herzogin begangen habe und ohne sich die geringste Mühe zu geben, sie ihr zu verbergen und daß solche Untreue eine so stolze Frau leicht auf Vergeltungsgedanken hätte bringen können. Selbst im Augenblick, als das Konklave zusammentrat, schrieb der Kardinal, nachdem er die Messe gehört und die heilige Kommunion empfangen hatte, ihm nochmals, er fühle sich durch dieses ewige Verschieben gepeinigt und wenn der Herzog sich nicht endlich zu dem entschließe, was die Ehre ihres Hauses fordere, beteuere er, daß er sich niemals mehr seiner Angelegenheiten annehmen würde, und nie wieder suchen würde, ihm nützlich zu sein, sei es im Konklave, sei es bei dem künftigen Papst. Ein Grund, der dem Ehrenpunkt fern lag, vermochte es, den Herzog zum Entschluß zu bringen. Obwohl die Herzogin streng bewacht wurde, fand sie, wie man sagt, die Möglichkeit, Marc Antonio Colonna sagen zu lassen — welcher der Hauptfeind des Herzogs war, weil er ihm sein Herzogtum Palliono hatte abtreten müssen — sie wolle ihn in Besitz der Festung Palliano setzen, die einem ihr ergebenen Mann unterstellt war, wenn Marc Antonio Mittel fände, ihr das Leben zu retten und sie zu befreien.

Am 28. August 1559 schickte der Herzog zwei Kompagnien Soldaten nach Gallese. Am 30. kamen Don Leonardo del Cardine, ein Verwandter des Herzogs und Don Ferrante, Graf d'Aliffe, der Bruder der Herzogin in Gallese an und gingen in die Gemächer der Herzogin, um ihr den Tod zu geben. Sie verkündeten ihr, daß sie sterben müsse und sie nahm diese Nachricht ohne die leiseste Erregung hin. Sie wollte vorher beichten und die heilige Messe hören. Als dann die beiden Herren sich ihr wieder näherten, bemerkte sie, daß sie untereinander nicht einig waren. Sie fragte, ob sie einen Befehl ihres Gatten, des Herzogs, hätten, sie zu ermorden.

‚Ja, Signora', erwiderte Leonardo. Die Herzogin wollte ihn sehen; Don Ferrante zeigte ihn ihr.

★

Ich finde in dem Prozeß des Herzogs von Palliano die Aussage der Mönche, welche diesen schrecklichen Vorgängen beiwohnten. Diese Aussagen sind weit über die der andern Zeugen zu stellen und das kommt, scheint mir, daher, daß die Mönche ohne jede Furcht vor Gericht aussagten, während alle andern Zeugen mehr oder weniger Mitschuldige ihres Herrn gewesen waren.

Der Kapuzinerbruder Antonio von Pavia sagte folgendes aus:

„Nach der Messe hatte sie fromm die heilige Kommunion genommen und während wir ihr Trost zusprachen, trat der Graf d'Aliffe, der Bruder der Herzogin ins Zimmer, in der Hand eine Schnur und einen daumdicken Haselnußstab, der etwa eine halbe Elle lang sein mochte. Er verband der Herzogin mit einem Taschentuch die Augen und sie zog es mit großer Kaltblütigkeit tiefer über ihre Augen hinunter, um ihn nicht zu sehen. Der Graf legte ihr die Schnur um den Hals, aber da sie nicht taugte, nahm sie der Graf wieder ab und entfernte sich einige Schritte; als die Herzogin ihn gehen hörte, hob sie das Taschentuch von den Augen und sagte:

‚Nun? Was geschieht?'

Der Graf antwortete:

‚Die Schnur war nicht gut, ich werde eine andre holen, damit Ihr nicht leiden müßt.'

Als er diese Worte sprach, ging er hinaus und kam nach einigen Minuten mit einer andern Schnur ins Zimmer zurück; er legte ihr von neuem das Taschentuch über die Augen, schlang ihr die Schnur um den Hals, steckte den Stab durch den Knoten, drehte ihn herum und erdrosselte sie. Die Sache ging, was die Herzogin betraf, ganz im Ton einer gewöhnlichen Unterhaltung vor sich."

Ein andrer Kapuziner, Bruder Antonio von Salazar, schließt seine Aussage mit folgenden Worten:

„Ich wollte mich zurückziehen, weil ich Bedenken hatte wegen meines Gewissens und um sie nicht sterben zu sehn, aber die Herzogin sagte zu mir:

‚Entferne dich nicht von hier, um Gottes Barmherzigkeit willen.'

Nun erzählt der Mönch die Umstände ihres Todes genau so wie wir sie eben geschildert haben. Er fügt hinzu:

‚Sie starb als gute Christin, immer wiederholend: Ich glaube, ich glaube.'"

Die beiden Mönche, welche offenbar von ihrem Vorgesetzten die nötige Genehmigung erhalten hatten, blieben bei ihren Aussagen, daß die Herzogin immer ihre völlige Unschuld beteuerte, sowohl in allen Unterredungen mit ihnen, wie in jeder Beichte und besonders auch in der Beichte, die der Messe voranging, wo sie das heilige Abendmahl empfing. Wäre sie schuldig gewesen, hätte sie sich durch diesen Stolz bloß in die Hölle gestürzt.

In der Gegenüberstellung des Kapuzinerbruders Antonio von Pavia mit Don Leonardo del Cardine, sagte der Bruder:

„Mein Gefährte sagte dem Grafen, daß es gut wäre, solange zu warten, bis die Herzogin niederkäme; sie ist seit sechs Monaten schwanger," fügte er hinzu, „und man sollte die Seele des armen unglücklichen Kleinen retten, den sie in ihrem Schoß trägt; man muß ihn taufen."

Worauf der Graf d'Aliffe antwortete:

„Ihr wißt, daß ich nach Rom gehen muß, und ich will dort nicht mit dieser Maske vor dem Gesicht erscheinen." Mit dieser ungesühnten Schmach wollte er damit sagen.

Kaum war die Herzogin tot, als die beiden Kapuziner darauf bestanden, daß man die Leiche ohne Verzug öffne, um das Kind zu taufen; aber der Graf und Don Leonardo hörten nicht auf ihre Bitten.

Am nächsten Tag wurde die Herzogin in der Kirche des Orts mit einigem Gepränge bestattet. Ich habe den amtlichen Bericht darüber gelesen. Dieses Ereignis, dessen Kunde sich sofort verbreitete, machte wenig Eindruck; man hatte es schon seit langem erwartet; man hatte schon mehrere Male die Nachricht von diesem Tod in Gallese und in Rom verkündet und außerdem war ein Mord außerhalb der Stadt und zu einer Zeit, wo der h. Stuhl frei war, gar nichts Besonderes. Das Konklave, welches auf den Tod Paul IV. folgte, war sehr stürmisch; es dauerte nicht weniger als vier Monate.

Am 26. Dezember 1559 war der Kardinal Carlo Carafa genötigt, bei der Wahl eines Papstes mitzuwirken, welcher von Spanien vorgeschlagen worden war und folglich allen strengen Maßnahmen willig zustimmen mußte, die Philipp II. gegen ihn, Kardinal Carafa, verlangen würde. Der Neuerwählte nahm den Namen Pius IV. an.

Wenn der Kardinal zur Zeit, als sein Oheim starb, nicht verbannt gewesen wäre, hätte er auf die Wahl Einfluß gehabt oder zum mindesten hätte er die Ernennung eines Feindes verhindern können.

Kurz darauf verhaftete man den Kardinal wie den Herzog; der Befehl Philipp II. ging offenbar dahin, sie zugrunde zu richten. Sie hatten sich gegen vierzehn Hauptanklagepunkte zu verantworten. Man verhörte auch alle, die über diese vierzehn Punkte hatten Aufklärung geben können. Dieser ausgezeichnet geführte Prozeß macht zwei Foliobände aus, die ich mit großem Interesse gelesen habe, weil man dort auf jeder Seite Schilderungen von Sitten trifft, welche die Historiker der Erhabenheit der Geschichte nicht würdig fanden. Ich habe dort sehr merkwürdige Einzelheiten über einen Mordanschlag verfolgen können, der von der spanischen Partei gegen den Kardinal Carafa versucht wurde, als er noch allmächtiger Minister war.

Übrigens wurde er und sein Bruder wegen Verbrechen verurteilt, die für andere keine gewesen wären, zum Beispiel: den Liebhaber einer untreuen Frau getötet zu haben und diese Frau auch. Einige Jahre später heiratete der Fürst Orsini die Schwester des Großherzogs von Toscana; er glaubte, daß sie ihm untreu sei und ließ sie in Toscana selbst unter Zustimmung ihres Bruders des Großherzogs vergiften und niemals wurde ihm das Verbrechen angerechnet. Auch mehrere Fürstinnen aus dem Hause Medici sind so gestorben.

Als der Prozeß der beiden Carafa beendet war, machte man einen langen Auszug davon, der zu wiederholten Malen von den Kongregationen der Kardinäle geprüft wurde. Nachdem man einmal übereingekommen war, den Mord, der den Ehebruch rächte, mit dem Tode zu bestrafen — eine Art Verbrechen, mit dem das Gericht vordem sich nie befaßt hatte — ist es nur zu klar, daß der Kardinal schuldig war, seinen Bruder zum Verbrechen angestiftet zu haben, wie der Herzog schuldig, weil er es ausführen ließ.

Am 3. März 1561 hielt Papst Pius IV. ein Konsistorium, das acht Stunden dauerte und bei dessen Schluß er das Urteil über die Carafa in folgender Weise sprach: Prout in schedula — Es möge nach dem Gesetze geschehn.

In der Nacht des folgenden Tages schickte der Fiskal den Borgelloführer der Sbirren nach der Engelsburg, um das Todesurteil an den beiden Brüdern, Carlo, Kardinal Carafa und Giovanni, Herzog von Palliano, vollstrecken zu lassen. So geschah es. Man nahm zuerst den Herzog vor. Er wurde von der Engelsburg in das Gefängnis von Tordinone überführt, wo alles vorbereitet war, denn dort wurden dem Herzog, dem Grafen d'Aliffe und Don Leonardo del Cardine der Kopf abgeschlagen.

Der Herzog ertrug diese schrecklichen Augenblicke nicht nur wie ein Mann von hohem Adel, sondern er war auch als Christ bereit, alles aus Liebe zu Gott zu erdulden. Er richtete schöne Worte an seine beiden Gefährten, um sie auf den Tod vorzubereiten; dann schrieb er an seinen Sohn.

Der Bargello kehrte zur Engelsburg zurück; er kündigte dem Kardinal Carafa den Tod an und gab ihm nicht mehr als eine Stunde Zeit, um sich vorzubereiten. Der Kardinal zeigte eine Seelengröße, welche die seines Bruders noch übertraf, um so mehr als er weniger Worte sagte; Worte sind immer eine Kraft, die man außer sich selbst sucht. Man hörte ihn, bei der Ankündigung der schrecklichen Neuigkeit, nur mit leiser Stimme sagen:

„Ich sterben? Oh, Papst Pius! Oh, König Philipp!"

Er beichtete; er rezitierte die sieben Bußpsalmen, dann dann setzte er sich auf einen Sessel und sagte zu dem Henker: „Tu's!"

Der Henker erwürgte ihn mit einer Seidenschnur, die zerriß; er mußte es zweimal machen. Der Kardinal blickte den Henker an, ohne ihn eines Wortes zu würdigen.

*

Wenige Jahre darauf ließ der heilige Papst Pius V. den Prozeß wieder aufnehmen; er wurde ungültig erklärt; dem Kardinal und seinem Bruder wurden alle ihre Ehren wieder verliehen und der Generalprokurator, der am meisten zu ihrem Tode beigetragen hatte, wurde gehenkt. Pius V. verfügte die Unterdrückung des Prozesses; alle Kopien, die in den Bibliotheken davon existierten, wurden verbrannt; es wurde bei Strafe der Exkommunikation verboten, etwas davon aufzubewahren; aber der Papst dachte nicht daran, daß er in seiner eigenen Bibliothek eine Abschrift des Prozesses aufhob und nach dieser Abschrift sind alle die gemacht, die man heute sieht.

Die Äbtissin von Castro

I

Die italienischen Briganten des sechzehnten Jahrhunderts hat uns das Melodrama so oft gezeigt, und soviele Leute haben von ihnen gesprochen, ohne sie zu kennen, daß wir uns heute eine ganz falsche Vorstellung von ihnen machen. Man kann im allgemeinen sagen, daß diese Briganten den Widerstand gegen die unmenschlichen Regierungen ausdrückten, welche in Italien auf die Republiken des Mittelalters gefolgt waren. Der neue Tyrann, gewöhnlich schon der reichste Bürger der Republik, bevor er sie stürzte, schmückte, um das Volk zu gewinnen, die Stadt mit prächtigen Kirchen und mit schönen Gemälden. Von solcher Art waren die Polentini von Ravenna, die Manfredi von Faenza, die Riario von Imola, die Visconti von Mailand die Bentivoglio von Bologna und endlich die Medici von Florenz, die am wenigsten kriegerischen und heuchlerischsten von allen. Unter den Historikern dieser kleinen Staaten ist keiner, der es gewagt hätte, von den unzähligen Vergiftungen und Morden zu erzählen, welche von der quälenden Angst dieser kleinen Tyrannen veranlaßt worden sind; jene würdigen Historiker waren in ihrem Sold. Man erwäge, daß jeder dieser Tyrannen jeden dieser Republikaner, von denen er sich persönlich gehaßt wußte, persönlich kannte, — Cosimo, Großherzog von Toskana z. B.

kannte Sforza —, und daß mehrere dieser Tyrannen ermordet worden sind: dann wird man den tiefen Haß, das dauernde Mißtrauen verstehen, woraus den Italienern des sechzehnten Jahrhunderts soviel Geist und Mut erwuchs und ihren Künstlern soviel Genie. Man wird sehen, daß diese heftigen Leidenschaften das Entstehen jenes lächerlichen Vorurteils verhinderten, das zur Zeit Madame de Sévignés Ehre genannt wurde und vor allem darin besteht, sein Leben für den Herrn zu opfern, als dessen Untertan man geboren ist, oder um den Damen zu gefallen. Im sechzehnten Jahrhundert konnten sich in Frankreich die Tatkraft eines Mannes und sein wahres Verdienst nur durch Tapferkeit auf dem Schlachtfeld oder im Zweikampf zeigen; aber da auch Frauen die Tapferkeit und vor allem die Tollkühnheit lieben, sind sie darin die höchsten Richter geworden. Von da an entstand der Geist der Galanterie, der die allmähliche Vernichtung aller Leidenschaften, ja selbst der Liebe vorbereitete; zugunsten der Eitelkeit, dieses grausamen Tyrannen, dem wir alle gehorchen. Die Könige förderten die Eitelkeit, und mit Recht: deshalb die Herrschaft der Ordenssterne.

In Italien zeichnete sich ein Mann durch alle Arten von Leistung aus, ebenso durch starke Degenstöße, wie durch Entdeckungen aus alten Handschriften: man sehe Petrarca, den Abgott seiner Zeit; und eine Frau des sechzehnten Jahrhunderts vermochte einen Mann, der im Griechischen erfahren war, ebenso und heftiger zu lieben, als einen durch kriegerische Tapferkeit Berühmten. Damals erlebte man die Leidenschaften und nicht Gewohnheit der Galanterie. Das ist der große Unterschied zwischen Italien und Frankreich, und das ist es, weshalb Italien die Raffael, Giorgione, Tizian, Correggio gebar, während Frankreich alle jene tapfren Truppenführer des sechzehnten Jahrhunderts hervorbrachte, die heute so unbekannt sind, obgleich doch jeder von ihnen eine so große Anzahl Feinde getötet hat. Ich bitte für diese groben Wahrheiten um Verzeihung.

Wie dem aber auch sei, die grausamen und notwendigen Racheakte der kleinen italienischen Tyrannen des Mittelalters versöhnten das Herz des Volks mit den Briganten. Man haßte die Briganten, wenn sie Pferde, Getreide, Geld, mit einem Wort alles, was ihnen zum Leben notwendig war, stahlen, aber im Grund war das Gefühl des Volks für sie, und die Dorfmädchen zogen allen andren jungen Leuten den vor, der sich einmal in seinem Leben genötigt gesehen hatte: „d'andar alla macchia", das heißt: in die Wälder zu fliehen und wegen einer zu unvorsichtigen Tat bei den Räubern Zuflucht zu suchen.

Noch heute fürchtet man sich sicherlich allgemein, den Briganten zu begegnen, aber wenn sie in Ketten gelegt werden, bedauert sie jedermann. Das kommt daher, daß dieses so bewegliche, spöttische Volk, das über alles lacht, was unter der Zensur seiner Herrn veröffentlicht wird, jene kleine romantischen Geschichten, die mit Wärme das Leben der Briganten schildern, zu seiner ständigen Lektüre gewählt hat. Was es Heroisches in diesen Schilderungen gibt, entzückt den künstlerischen Nerv, der immer in den unteren Klassen lebt, und außerdem ist es so ermüdet von dem offiziellen Lob, das gewissen Leuten gespendet wird, daß alles, was nicht in dieser Art ist, ihm unmittelbar zu Herzen geht. Man muß wissen, daß das niedere Volk in Italien unter gewissen Dingen leidet, die dem Fremden niemals auffallen, wenn er auch zehn Jahre im Lande lebte. Vor fünfzehn Jahren zum Beispiel, bevor noch die Weisheit der Regierungen die Briganten unterdrückt hatte*, konnte man nicht selten sehen, wie ihre Heldentaten die Schändlichkeiten der Statthalter in den kleinen Städten bestraften. Diese Statthalter hatten unumschränkte Regierungsgewalt, aber ihr Gehalt überstieg nicht die Summe von zwanzig Talern im Monat, und so waren sie natürlich zu Diensten der angesehensten Familie des Landes, welche durch dieses einfache Mittel ihre Feinde unterdrückte. Wenn es den Briganten auch nicht immer glückte, diese kleinen despotischen Statthalter zu bestrafen, hielten sie sie wenigstens zum Besten und boten ihnen Trotz, was in den Augen dieses spirituellen Volks nicht gering gilt. Ein satyrisches Sonett tröstet es in allen Leiden und niemals vergißt es eine Beleidigung. Dies ist wieder einer der Hauptunterschiede zwischen dem Italiener und dem Franzosen.

Hatte im sechzehnten Jahrhundert der Gouverneur eines Orts einen armen Einwohner, der sich den Haß einer einflußreichen Familie zugezogen hatte, zum Tode verurteilt, so geschah es oft, daß Briganten das Gefängnis angriffen, um den Bedrängten zu befreien. Anderseits hatte die mächtige Familie nicht viel Zutrauen zu den acht oder zehn Soldaten der Regierung, die beauftragt waren, das Gefängnis zu bewachen, und sie warb auf eigene Kosten einen Trupp Gelegenheitssoldaten an. Diese Soldaten wurden bravi genannt; sie biwakierten in der Umgebung des Gefängnisses und

* Gasparone, der letzte der Briganten, unterhandelte 1826 mit der Regierung; er sitzt in der Festung von Civita Vecchia mit sechsunddreißig seiner Leute gefangen. Der Wassermangel auf den Höhen des Apennin, wohin er sich geflüchtet hatte, nötigte ihn zu kapitulieren. Er ist ein Mann von Geist, von einnehmendem Äußern.

übernahmen es, den armen Teufel, dessen Tod man erkauft hatte, bis zum Richtplatz zu begleiten. Wenn diese mächtige Familie einen jungen Mann zu den ihren zählte, so stellte er sich an die Spitze dieser militärischen Improvisation.

Ich muß zugestehen, daß dieser Zustand durchaus gegen die Moral ist; heute hat man das Duell und die Langeweile, und die Richter verkaufen sich nicht; aber diese Sitten des sechzehnten Jahrhunderts waren höchst geeignet, Männer hervorzubringen, die dieses Namens würdig waren.

Viele Geschichtsschreiber, heute noch gedankenlos von der Literatur der Akademien gelobt, hatten versucht, diesen Stand der Dinge, der um 1550 so große Charaktere hervorbrachte, zu verheimlichen. Zu ihrer Zeit wurden ihre vorsichtigen Lügen mit allen den Ehrungen entlohnt, welche die Medici von Florenz, die Este von Ferrara, die Vizekönige von Neapel und andre zu vergeben hatten. Ein armer Historiker, namens Gianone, hat einen Zipfel des Schleiers lüpfen wollen; aber weil er nur einen sehr kleinen Teil der Wahrheit sich zu sagen getraute und noch dazu in zweifelhafter und dunkler Form, ist er sehr langweilig geblieben, was ihn nicht davor bewahrt hat, am 7. März 1758 mit zweiundachtzig Jahren im Gefängnis zu sterben.

Wenn man die Geschichte Italiens kennenlernen will, darf man nicht die allgemein beliebten Autoren lesen, denn nirgends war der Preis der Lüge besser bekannt, nirgends wurde sie besser bezahlt.

Die ersten Berichte, die man in Italien nach der barbarischen Zeit des neunten Jahrhunderts verfaßt hat, erwähnen schon die Briganten und sprechen von ihnen, als ob sie seit undenklichen Zeiten existiert hätten.

Man lese die Sammlung Muratori. Als zum Unglück für das öffentliche Wohl, die Gerechtigkeit und eine gute Verwaltung, aber zum Glück für die Künste die Republiken des Mittelalters unterdrückt wurden, flüchteten die tatkräftigsten Republikaner, die die Freiheit mehr als die Mehrzahl ihrer Mitbürger liebten, in die Wälder. Natürlich begann das Volk, das durch die Baglioni, Malatesta, Bentivoglio, Medici usf. bedrückt wurde, deren Feinde zu lieben und zu ehren. Die Grausamkeiten der kleinen Tyrannen, welche auf die ersten Usurpatoren folgten, z.B. die Grausamkeiten des Cosimo, ersten Großherzogs von Florenz, der sogar die nach Venedig und Paris geflüchteten Republikaner ermorden ließ, vermehrten die Reihen dieser Briganten immer neu. Etwa zur Zeit, als unsre Heldin lebte, also um das Jahr 1550, leiteten Alfonso Piccolomini, Herzog von Monte Mariano, und Marco Sciarra mit Erfolg bewaffnete Banden, welche in der Umgebung von Albano die damals sehr tapfren Soldaten des Papstes hart bedrängten. Die Unternehmungen dieser berühmten Anführer, welche noch heute das Volk bewundert, dehnen sich vom Po und von den Sümpfen bei Ravenna bis zu den Wäldern aus, die damals den Vesuv bedeckten. Der Wald von Faggiola, fünf Meilen von Rom, auf der Straße nach Neapel gelegen, war berühmt als das Hauptquartier des Sciarra, der unter Gregors XIII. Pontifikat oft einige tausend Soldaten beisammen hatte. Die Geschichte dieses berühmten Briganten würde in den Augen der gegenwärtigen Generation unglaubwürdig erscheinen, weil man niemals die Motive seiner Handlungen verstehen würde. Er wurde erst im Jahre 1592 besiegt. Als seine Sache verzweifelt stand, unterhandelte er mit der Republik Venedig und trat mit seinen treuesten oder, wenn man will, schuldigsten Soldaten in ihren Dienst. Auf die Beschwerden Roms hin ließ Venedig, obgleich es einen Vertrag mit Sciarra unterzeichnet hatte, ihn ermorden und schickte seine tapferen Soldaten zur Verteidigung der Insel Kandia gegen die Türken. Denn die venezianische Weisheit wußte sehr wohl, daß eine mörderische Pest in Kandia wütete, und binnen einigen Tagen waren die fünfhundert Soldaten, die Sciarra in den Dienst der Republik gestellt hatte, auf siebenundsechzig Mann zusammengeschmolzen.

Dieser Wald von Faggiola, dessen gigantische Bäume einen alten Vulkan bedeckten, war der letzte Schauplatz der Heldentaten Marco Sciarras. Alle Reisenden werden bestätigen, daß dies der herrlichste Ort der wunderbaren römischen Campagna ist, deren düsteres Aussehen wie für eine Tragödie geschaffen scheint. Er krönt mit seinem dunklen Laub die Gipfel des Monte Albano.

Einem vulkanischen Ausbruch, Jahrtausende vor der Gründung Roms, verdanken wir dieses prachtvolle Gebirge. Zu einer Zeit, die weit vor jeder Geschichte liegt, erhob es sich aus der weiten Ebene, die ehemals zwischen Apennin und Meer gebreitet war. Der Monte Cave, vom düsteren Laub der Faggiola umkränzt, ist sein höchster Gipfel; man sieht ihn von überall, von Terracina und von Ostia wie von Rom und Tivoli, und es ist dieses Albanergebirge, das jetzt von Palästen übersät den berühmten Horizont Roms gegen Süden abschließt. Auf dem Gipfel des Monte Cave hat ein Kloster der schwarzen Brüder den Tempel des Jupiter Feretrinus ersetzt, zu dem die latinischen Völker kamen, um gemeinsam zu opfern und das Band einer Art religiösen Vertrages fester zu schließen. Unter dem Schutz prächtiger Kastanien gelangt der Wanderer in einigen Stunden zu den ungeheuren Blöcken, welche die Ruinen des Jupitertempels bilden; aber aus diesem tiefen Schatten, der so köstlich in solchem Klima ist, sieht der Reisende selbst heute noch mit Unruhe in das Innere das Waldes; er hat Furcht vor den Briganten. Auf dem Gipfel des Monte Cave angelangt, zündet man in den Ruinen des Tempels Feuer an, um die Speisen zu bereiten. Von diesem Punkt, der die ganze römische Campagna beherrscht, sieht man im Westen das Meer, das nur zwei Schritt weit zu sein scheint, obgleich es drei oder vier Meilen entfernt ist; man unterscheidet die kleinsten Boote, und mit einem ganz schwachen Glas kann man die Menschen zählen, die bei Neapel auf das Dampfschiff steigen. Nach allen Seiten breitet sich der Blick über eine herrliche Ebene aus, die gegen Osten vom Apenin, im Süden von Palestrina und nordwärts von San Pietro und den andren großen Bauwerken Roms begrenzt ist. Da der Monte Cave nicht sehr hoch ist, unterscheidet das Auge die geringsten Kleinigkeiten dieses erhabenen Landes, das keine geschichtliche Verherrlichung brauchte, während dennoch jedes Gehölz, jeder Mauerüberrest, den man in der Ebene oder auf den Abhängen der Berge erblickt, eine jener durch Vaterlandsliebe und Tapferkeit bewundernswerten Schlachten ins Gedächtnis ruft, von denen Titus Livius spricht.

Um zu den riesigen Felsblöcken, den Überresten des Jupiter Feretrinus-Tempels zu gelangen, welche die Mauer des Klosters der schwarzen Mönche bilden, kann man noch heute die Via triumphalis verfolgen, auf der einst die ersten Könige Roms eingezogen sind. Sie ist mit ganz regelmäßig behauenen Steinen gepflastert, und man findet mitten im Wald von Faggiola lange Fragmente davon.

Am Rande des erloschenen Kraters, der jetzt mit durchsichtig klarem Wasser gefüllt zu dem hübschen, fünf bis sechs Meilen im Umfang zählenden See von Albano geworden ist, lag tief eingebettet in den Lavafels ‚Alba, die Mutter Roms', schon zur Zeit der ersten Könige von der römischen Politik zerstört. Jedoch seine Ruinen sind noch vorhanden. Einige Jahrhunderte später erhob sich Albano, die heutige Stadt, eine Viertelmeile von Alba am Hang des Berges, der dem Meere zu liegt; aber Albano ist vom See durch eine Felswand geschieden, welche den See der Stadt und die Stadt dem See verbirgt. Von der Ebene aus heben sich ihre weißen Gebäude vom tiefen Grün des Waldes ab, der so berühmt und den Briganten so teuer ist und der von allen Seiten das vulkanische Gebirge umkränzt.

Albano, das heute fünftausend bis sechstausend Einwohner zählt, hatte im Jahre 1540 höchstens dreitausend, als zu den ersten Geschlechtern die mächtige Familie Campireali gehörte, deren unglückliches Schicksal wir erzählen werden.

Ich berichte diese Geschichte nach zwei umfangreichen Manuskripten, das eine römisch und das andre aus Florenz. Zu meiner großen Gefahr habe ich gewagt, ihren Duktus wiederzugeben, der fast der gleiche ist wie der unsrer alten Legenden. Aber der feine und gemessene Stil der heutigen Zeit würde, wie mir scheint, zu wenig im Einklang mit den Geschehnissen stehen und gar mit den Betrachtungen der Chronisten. Sie schrieben um das Jahr 1598. Ich erbitte die Nachsicht des Lesers für sie wie auch für mich.

II

„Nach so vielen tragischen Geschichten", sagt der Schreiber der florentinischen Handschrift, „werde ich mit der schließen, welche mir am schmerzlichsten zu erzählen ist. Ich werde von Helena von Campireali sprechen, der allzubekannten Äbtissin des Klosters der Heimsuchung in Castro, deren Prozeß und Tod solches Aufsehen in der ersten Gesellschaft Roms, ja ganz Italiens erregt hat. Schon um 1555 beherrschten die Briganten die Umgebung Roms, und die Regierungsbeamten hatten sich den mächtigen Familien verkauft." Im Jahre 1572, welches das des Prozesses war, bestieg Gregor XIII. Buoncompagni den Stuhl von San Pietro. Dieser heilige Papst vereinte alle apostolischen Tugenden, aber man konnte seiner weltlichen Leitung ein wenig Schwäche vorwerfen: er verstand weder ehrenfeste Richter zu wählen, noch die Briganten zu unterdrücken; er jammerte über die Verbrechen und wußte sie nicht zu bestrafen. Es schien ihm, daß er sich mit einer entsetzlichen Verantwortung beladen würde, wenn er die Todesstrafe verhängte. Die Folge dieser Art, die Dinge zu sehen, war, daß die Straßen, die nach der ewigen Stadt führten, von zahllosen Briganten bevölkert wurden. Um mit einiger Sicherheit zu reisen, mußte man Freund der Räuber sein. Der Wald von Faggiola, zu beiden Seiten der von Neapel über Albano führenden Landstraße, war seit langem das Hauptquartier einer Seiner Heiligkeit feindlichen Räuberschaft, und Rom war öfters gezwungen, wie von Macht zu Macht, mit Marco Sciarra, einem der Könige des Waldes, zu unterhandeln. Die Stärke dieser Briganten lag darin, daß sie von ihren Nachbarn, den Bauern geliebt und geschützt wurden.

„In dem hübschen Städtchen Albano, so nahe dem Hauptquartier der Briganten, wurde Helena di Campireali im Jahre 1542 geboren. Ihr Vater galt für den reichsten Patrizier des Landes und in dieser Eigenschaft hatte er Vittoria Carafa geheiratet, welche große Liegenschaften im Königreich Neapel besaß. Ich könnte einige Greise anführen, die noch leben und Vittoria Carafa und ihre Tochter gut gekannt haben. Vittoria war ein Muster von Klugheit und Geist, aber trotz all ihrer Begabung vermochte sie nicht dem Untergang ihrer Familie vorzubeugen. Es ist sonderbar: die entsetzlichen Schicksalsschläge, welche den traurigen Stoff meiner Erzählung bilden, können, wie mir scheint, keiner der handelnden Personen, die ich dem Leser vorstellen werde, im einzelnen zur Last gelegt werden: ich sehe Unglückliche, jedoch kann ich keine Schuldigen finden. Die ungewöhnliche Schönheit und die zärtliche Seele der jungen Helena bildeten eine große Gefahr für sie und eine Entschuldigung für ihren Geliebten Giulio Branciforte; wie ebenso der vollkommene Mangel an Geist des Monsignore Cittadini, Bischof von Castro, ihn bis zu einem gewissen Grad entschuldigen kann. Er verdankte seinen raschen Emporstieg auf der Leiter der geistlichen Ehren sowohl der Rechtlichkeit seiner Führung, wie besonders aber seinem edlen Äußern und einem Antlitz, das so regelmäßig schön war, wie man es selten findet. Ich finde geschrieben, daß man ihn nicht sehen konnte, ohne ihn zu lieben.

Da ich niemandem schmeicheln will, werde ich nicht verschweigen, daß ein heiliger Mönch des Klosters Monte Cave, der oft in seiner Zelle, gleich dem heiligen Paulus, einige Fuß über dem Erdboden schwebend überrascht worden ist, ohne daß ihn etwas andres als die göttliche Gnade in dieser ungewöhnlichen Stellung hätte halten können, dem Herrn von Campireali prophezeit hatte, daß seine Familie mit ihm aussterben und er nur zwei Kinder haben würde, denen beiden ein gewaltsamer Tod bevorstand. Auf Grund dieser Weissagung konnte er im Lande selbst keine Frau finden und ging nach Neapel, um sein Heil zu versuchen, wo er das Glück hatte, großen Reichtum und eine Frau zu finden, deren Genie fähig gewesen wäre, seine böse Bestimmung zu ändern, wenn so etwas überhaupt möglich gewesen wäre. Dieser Signor Campireali galt für einen sehr ehrenhaften Mann und war sehr wohltätig, aber er besaß gar keinen Geist; deshalb zog er sich nach und nach ganz aus Rom zurück und brachte schließlich fast das ganze Jahr in seinem Palast in Albano zu. Er widmete sich der Pflege seiner Ländereien, die in der reichen Ebene lagen, welche sich zwischen der Stadt und dem Meer ausbreitet. Durch den Rat seiner Frau bewogen, ließ er seinem Sohn Fabio, einem auf seine Geburt sehr stolzen Jüngling, und seiner Tochter Helena, deren wunderbare Schönheit man noch auf einem Bildnis der Galerie Farnese sehen kann, die vortrefflichste Erziehung geben. Bevor ich begonnen hatte ihre Geschichte zu schreiben, bin ich in den Palazzo Farnese gegangen, um die sterbliche Hülle zu betrachten, die der Himmel dieser Frau verlieh, deren verhängnisvolles Schicksal einst so viel Aufsehen machte und noch heute im Gedächtnis des Volkes fortlebt.

Die Form ihres Kopfes ist ein längliches Oval, die Stirne ist sehr hoch, die Haare sind dunkelblond. Der Ausdruck ihres Gesichts ist eher heiter; sie hatte große, sehr ausdrucksvolle Augen, und ihre kastanienfarbenen Augenbrauen bildeten einen vollendet geschwungenen

Bogen. Die Lippen sind ganz schmal und es sieht aus, als wären die Konturen ihres Mundes von dem berühmten Correggio gezogen. Inmitten der Bildnisse, die sie in der Galerie Farnese umgeben, sieht sie wie eine Königin aus; es ist selten, daß Majestät mit Heiterkeit vereint ist.

Nachdem sie acht volle Jahre im Kloster der Heimsuchung in der Stadt Castro zugebracht hatte, wohin man damals die Töchter der meisten römischen Fürsten schickte, kehrte Helena zu ihren Eltern zurück; aber sie verließ das Kloster nicht, ohne für den Hochaltar der Kirche einen prächtigen Kelch gestiftet zu haben. Kaum war sie nach Albano zurückgekehrt, ließ ihr Vater um erheblichen Gehalt den berühmten, damals schon sehr alten Dichter Cecchino kommen, der Helenas Gedächtnis mit den schönsten Versen des göttlichen Virgil erfüllte und seiner großen Schüler Petrarca, Ariost und Dante."

Hier fühlt sich der Erzähler gezwungen, eine lange Auseinandersetzung über die verschiedenen Ehrenbezeugungen zu übergehen, welche das sechzehnte Jahrhundert diesen großen Dichtern darbrachte. Es scheint, daß Helena Latein verstand. Die Verse, welche man sie lehrte, sprachen von Liebe, und zwar von einer Liebe, welche uns recht lächerlich vorkäme, wenn wir ihr heute begegneten; ich meine die leidenschaftliche Liebe, welche der größten Opfer bedarf, welche nur von Geheimnis umgeben bestehen kann und der stets das schrecklichste Unheil nah ist.

Dies war die Liebe, welche Giulio Branciforte der kaum siebzehnjährigen Helena einzuflößen verstand. Er war einer ihrer Nachbarn und sehr arm; er bewohnte ein armseliges kleines Haus am Berg, eine Viertelmeile von der Stadt, inmitten der Ruinen von Alba, am Rande des grünbewachsenen, hundertfünfzig Fuß tiefen Trichters, der den See einschließt. Dieses Haus, welches im tiefen, prachtvollen Schatten des Waldes von Faggiola lag, ist zerstört worden, als man das Kloster von Palazzuola baute. Dieser arme junge Mann hatte nichts für sich als seine lebhaft leichte Art und die wirkliche Unbekümmertheit, mit der er sein trauriges Los trug. Was man noch zu seinen Gunsten sagen konnte, ist, daß sein Gesicht ausdrucksvoll war, ohne schön zu sein. Aber es hieß von ihm, daß er sich unter dem Befehl des Fürsten Colonna und als einer von dessen bravi in zwei oder drei höchst gefährlichen Unternehmen tapfer geschlagen hätte.

Trotz seiner Armut und trotzdem ihm die Schönheit fehlte, besaß er doch nicht wenig in den Augen aller jungen Mädchen von Albano: ein tapfres Herz, das zu gewinnen ihrer aller größter Ehrgeiz war. Überall gut aufgenommen, hatte Giulio Branciforte bis zum Augenblick, als Helena aus dem Kloster von Castro zurückkam, nur flüchtige Liebschaften gehabt.

Als bald darauf der große Dichter Cecchino aus Rom in den Palazzo Campireali einzog, um dieses junge Mädchen in den schönen Wissenschaften zu unterrichten, richtete Giulio, der ihn kannte, ein Gedicht in lateinischen Versen an ihn, über das Glück, daß er in so ehrwürdigem Alter so schöne Augen an die seinen gefesselt sehen durfte und eine so reine Seele vollkommen glücklich machte, wenn er ihre Gedanken zu billigen geruhte. Die Eifersucht und der Ärger der jungen Mädchen, denen Giulio vor Helenas Rückkehr Aufmerksamkeiten erwiesen hatte, machten bald alle Vorsicht, mit der er seine wachsende Leidenschaft zu verbergen suchte, nutzlos; und ich muß gestehen, daß diese Liebschaft eines jungen Mannes von zweiundzwanzig und eines jungen Mädchens von siebzehn Jahren in einer Weise geführt wurde, welche die Klugheit nicht billigen kann. Bevor noch drei Monate verstrichen waren, bemerkte Herr von Campireali, daß Giulio Branciforte zu oft an den Fenstern seines Schlosses vorbeiging, das man übrigens noch auf halber Höhe der Straße, die gegen den See führt, sehen kann.

Die Freimütigkeit und Gradheit, die natürlichen Folgen der Freiheit, wie sie die Republiken gewähren, und die Gewohnheit, ungebunden und leidenschaftlich zu handeln, die einer Zeit entsprach, die noch nicht von den Sitten der Monarchie eingeengt war, zeigten sich unverhohlen im ersten Schritt des Herrn Campireali. Am gleichen Tag, da er sich durch das häufige Erscheinen des jungen Branciforte verletzt fühlte, fuhr er ihn hart mit diesen Worten an: „Wie wagst du es, unaufhörlich an meinem Hause vorbeizugehen und unverschämt nach den Fenstern meiner Tochter hinaufzuschauen, du, der nicht einmal Gewänder hat um sich zu bekleiden? Wenn ich nicht fürchten müßte, daß mein Schritt von den Nachbarn mißdeutet würde, schickte ich dir drei Goldzechinen, damit du dir in Rom einen besseren Mantel kaufen könntest. Wenigstens würden meine und meiner Tochter Augen nicht mehr so oft durch den Anblick deiner Lumpen beleidigt sein.“

Ohne Zweifel übertrieb Helenas Vater, denn die Gewänder des jungen Branciforte bestanden nicht aus Lumpen; sie waren nur aus sehr einfachem Stoff; allein, wenn sie auch sehr sauber und gut gebürstet waren, muß man doch gestehen, daß ihr Aussehen auf langen Gebrauch schließen ließ. Giulios Seele wurde durch die Vorwürfe des Herrn von Campireali so tief erschüttert, daß er sich nicht mehr bei Tage vor seinem Hause zeigte.

Wie wir schon sagten, waren die beiden Bögen, Überreste eines alten Aquädukts, welche dem vom Vater Brancifortes erbauten und seinem Sohn hinterlassenen Hauses als Hauptmauer dienten, nur fünfhundert oder sechshundert Schritt von Albano entfernt. Um von diesem hohen Punkt nach der neuen Stadt hinabzusteigen, mußte Giulio am Palast der Campireali vorbeigehen. Helena bemerkte bald das Ausbleiben dieses eigentümlichen jungen Mannes, der, wie ihre Freundinnen sagten, jede andre Beziehung aufgegeben hatte, um sich ganz dem Glück ihres Anblicks zu widmen.

An einem Sommerabend gegen Mitternacht stand das Fenster Helenas offen; das junge Mädchen genoß die Brise des Meeres, die man auf dem Hügel von Albano gut spüren kann, obwohl diese Stadt durch eine Ebene von drei Meilen Breite vom Meer getrennt ist. Die Nacht war finster und die Stille tief, man hätte ein Blatt fallen hören. Helena lehnte an ihrem Fenster und dachte vielleicht an Giulio, als sie ein Etwas, das dem lautlosen Flügel eines Nachtvogels glich, sanft an ihrem Fenster vorbeistreichen sah. Sie zog sich erschreckt zurück. Der Gedanke, daß dieses Ding ihr von irgendeinem Vorübergehenden dargebracht sein könnte, kam ihr nicht. Das zweite Stockwerk des Palastes, wo sich ihr Zimmer befand, lag mehr als fünfzig Fuß über der Erde. Aber plötzlich glaubte sie in diesem sonderbaren Ding einen Blumenstrauß zu erkennen, der inmitten des tiefen Schweigens vor dem Fenster, an dem sie lehnte, hin und her strich; ihr Herz schlug heftig. Der Strauß schien ihr auf der Spitze von zwei oder drei Rohrstöcken befestigt zu sein, einer Art großer Binsen, die dem

Rohr der römischen Campagna sehr ähnlich sind und Stiele von zwanzig bis dreißig Fuß Höhe treiben. Die Schwäche des Rohrs und die ziemlich starke Brise machten es Giulio einigermaßen schwer, seinen Strauß genau vor das Fenster, an dem er Helena vermutete, zu halten. Außerdem war die Nacht so finster, daß man auf solche Höhe von der Straße aus nichts erkennen konnte. Unbeweglich an ihrem Fenster war Helena tief erregt. War es nicht ein Geständnis, den Strauß zu nehmen? Sie hatte übrigens keins von den Gefühlen, die ein Abenteuer dieser Art heute in einem jungen Mädchen der besten Gesellschaft erwecken würde, das durch schöngeistige Erziehung auf das Leben vorbereitet ist. Da ihr Vater und ihr Bruder Fabio zu Hause waren, war ihr erster Gedanke, daß der geringste Lärm einen Büchsenschuß auf Giulio zur Folge haben würde, und die Gefahr, der dieser arme junge Mensch ausgesetzt war, erregte ihr Mitleid. Ihr zweiter Gedanke war, daß er, obgleich sie ihn noch wenig genug kannte, das Wesen sei, das sie dennoch nach ihrer Familie am meisten auf der Welt liebte. Schließlich nahm sie nach einigen Minuten des Zauderns den Strauß, und als sie die Blumen in dem tiefen Dunkel berührte, spürte sie, daß ein Brief am Stengel einer Blume befestigt war; sie lief auf die große Stiege, um diesen Brief beim Licht der Lampe zu lesen, welche vor dem Bild der Madonna brannte. ‚Törichte!‘ schalt sie sich nach den ersten Zeilen, die sie vor Glück erröten ließen, ‚wenn man mich sieht, bin ich verloren und meine Familie wird ohne Erbarmen diesen armen jungen Menschen verfolgen.‘ Sie kehrte in ihr Zimmer zurück und zündete die Lampe an. Dieser Augenblick war köstlich für Giulio, welcher — beschämt über seinen Schritt, und als wollte er sich selbst in der dunklen Nacht noch verbergen — sich dicht an den ungeheuren Stamm einer jener Eichen gedrängt hatte, die grün und bizarr geformt, noch heute dem Palast Campireali gegenüber stehen. In seinem Brief erzählte Giulio mit vollkommner Einfachheit die beschämende Zurechtweisung, die er von Helenas Vater erhalten hatte. „Ich bin allerdings arm," fuhr er fort, „und Ihr könnt Euch schwerlich das ganze Ausmaß meiner Armut vorstellen. Ich habe nichts als mein Haus, das Ihr vielleicht unter den Ruinen des Aquädukts von Alba bemerkt haben werdet; rings um das Haus liegt ein Garten, den ich selbst bebaue und dessen Früchte mich ernähren. Ich besitze auch noch einen Weinberg, der um dreißig Scudi im Jahr verpachtet ist. Ich weiß wirklich nicht, warum ich Euch liebe; sicherlich kann ich Euch nicht bitten, mein Elend zu teilen. Und doch hat das Leben, wenn Ihr mich nicht liebt, keinen Wert mehr für mich; es ist überflüssig, zu sagen, daß ich es tausendmal für Euch hingeben würde. Und doch war dieses Leben vor Eurer Rückkehr aus dem Kloster gar nicht unglücklich: im Gegenteil, es war von den glänzendsten Träumen erfüllt. So kann ich sagen, daß der Anblick des Glücks mich unglücklich gemacht hat. Sicher hätte ehemals kein Mensch auf der Welt wagen dürfen, mir solche Worte zu sagen, wie die, mit denen Euer Vater mich entehrte; mein Dolch hätte mir auf der Stelle Genugtuung verschafft. Damals, mit meinem Mut und meinen Waffen, hielt ich mich aller Welt für ebenbürtig, nichts ging mir ab. Jetzt hat sich alles geändert: ich kenne die Furcht. Es ist schon zu viel des Schreibens; vielleicht verachtet Ihr mich. Wenn Ihr dagegen, trotz der armseligen Gewänder, die mich bedecken, etwas Mitleid mit mir fühlt, werdet Ihr bemerken, daß ich jeden Abend, wenn es am Kapuzinerkloster auf dem Gipfel des Hügels Mitternacht läutet, unter der großen Eiche versteckt bin, dem Fenster gegenüber, welches ich unausgesetzt betrachte, weil ich vermute, daß dort Euer Zimmer ist. Wenn Ihr mich nicht so wie Euer Vater verachtet, werft mir eine der Blumen des Straußes herab; aber gebt acht, daß sie nicht auf ein Gesimse oder auf einen Balkon Eures Hauses falle."

Dieser Brief wurde mehrmals gelesen; nach und nach füllten sich Helenas Augen mit Tränen; sie betrachtete gerührt den prächtigen Strauß, dessen Blumen mit einem sehr feinen Seidenfaden gebunden waren. Sie versuchte eine der Blumen abzureißen, aber es gelang ihr nicht; dann ergriff sie Reue. Unter den jungen Mädchen Roms glaubte man, daß durch das Abreißen einer Blume oder durch irgendwelche Verstümmelung eines aus Liebe gegebenen Straußes diese Liebe selbst getötet würde. Sie fürchtete, daß Giulio ungeduldig werden möchte und lief zum Fenster; aber als sie dort war, fiel ihr plötzlich ein, daß sie zu sichtbar sei, da die Lampe das Zimmer mit Licht erfüllte. Helena wußte nicht mehr, welches Zeichen sie sich erlauben sollte; es schien ihr, daß es keins gab, das nicht viel zu viel sagte.

Beschämt lief sie wieder in ihr Zimmer zurück. Aber die Zeit verstrich und plötzlich kam ihr ein Gedanke, der sie in unaussprechliche Verwirrung stürzte: Giulio würde glauben, daß sie, wie ihr Vater, seine Armut verachtete! Sie erblickte ein kleines kostbares Marmorstück, das auf ihrem Tisch lag, band es in ihr Taschentuch und warf dies Taschentuch an den Fuß der Eiche hinunter, die gegenüber ihrem Fenster stand. Dann machte sie ihm Zeichen, daß er sich entfernen möge und hörte, daß Giulio gehorchte, denn im Weggehen suchte er nicht mehr den Schall seiner Schritte zu dämpfen. Als er die Höhe des Felsengürtels erreicht hatte, welcher den See von den letzten Häusern von Albano trennt, hörte sie ihn Worte der Liebe singen; sie winkte ihm Abschied, diesmal weniger schüchtern, dann begab sie sich an seinen Brief, um ihn wiederzulesen.

Am nächsten Tag und auch an den folgenden, gab es Briefe und ähnliche Zusammenkünfte; aber wie in einem italienischen Dorf alles bemerkt wird, noch dazu Helena weitaus die reichste Partie des Landes war, wurde Herr von Campireali aufmerksam gemacht, daß man jeden Abend nach Mitternacht im Zimmer seiner Tochter Licht sehe, und was noch viel merkwürdiger sei, daß das Fenster offen wäre und Helena dahinter stünde, als kenne sie gar keine Furcht vor den Zanzare, jenen unangenehmen Stechmücken, welche die schönen Abende in der römischen Campagna ganz verderben. Jetzt muß ich wieder um die Nachsicht des Lesers ersuchen. Wenn man Lust hat, die Gebräuche fremder Länder zu kennen, muß man sich auf ganz abgeschmackte, von den unsrigen ganz verschiedene Anschauungen gefaßt machen.

Herr von Campireali brachte seine Flinte und die seines Sohnes in Ordnung. Abends, als es $^{3}/_{4}$12 Uhr schlug, verständigte er Fabio, und alle beide schlichen, so leise wie möglich, auf einen großen steinernen Balkon, der sich im ersten Stock des Palastes gerade unter Helenas Fenster befand. Die starken Pfeiler der Steinbalustrade deckten sie bis zum Gürtel gegen Flintenschüsse, die man von außen gegen sie abfeuern könnte. Es schlug Mitternacht; Vater und Sohn hörten unter den Bäumen, die ihrem Palast gegenüber am Rand der Straße standen, ein leichtes Geräusch; aber zu ihrem Erstaunen erschien kein Licht an Helenas Fenster. Dieses Mädchen das bisher so arglos war und in der Lebhaftigkeit seiner Bewegungen ein Kind zu sein schien, hatte einen anderen Charakter bekommen, seit es liebte. Sie wußte, daß die geringste Unvorsichtigkeit das Leben ihres Geliebten gefährdete; wenn ein Herr vom Ansehen ihres Vaters einen so armen Menschen wie Giulio Branciforte tötete, würde er jeder Strafe ledig gehen, so er nur für drei Monate nach Neapel verschwindet. Während dieser Zeit würden seine Freunde in Rom die Angelegenheit ordnen und alles wäre mit der Stiftung einer Silberlampe und einiger hundert Taler für den Altar der Madonna, die gerade in Mode war, erledigt. Morgens beim Frühstück hatte Helena in den Zügen ihres Vaters erkannt, daß er sehr aufgebracht war, und aus der Art, wie er sie ansah, wenn er sich unbemerkt glaubte, schloß sie, daß dieser Zorn zum großen Teil ihr galt. Alsbald machte sie sich daran, ein wenig Staub auf die Schäfte der fünf prächtigen Flinten, die über dem Bett ihres Vaters hingen, zu streuen. Sie bedeckte auch seine Degen und Dolche mit einer leichten Staubschicht. Den ganzen Tag trug sie eine tolle Ausgelassenheit zur Schau: sie durcheilte unaufhörlich das Haus von oben bis unten und alle Augenblicke näherte sie sich den Fenstern, fest entschlossen, Giulio ein abmahnendes Zeichen zu geben, wenn sie das Glück hätte, ihn zu bemerken. Aber der arme Junge war durch den Verweis des reichen Campireali so tief gedemütigt worden, daß er sich niemals bei Tage in Albano zeigte; nur Sonntags führte ihn die Pflicht zur Messe. Helenas Mutter, die sie anbetete und ihr nichts abzuschlagen wußte, ging dreimal an diesem Tage mit ihr fort, aber es war vergeblich; Helena sah nichts von Giulio. Sie war in Verzweiflung. Wie wurde ihr erst, als sie am Abend die Waffen ihres Vaters wieder musterte und sah, daß zwei Flinten geladen und fast alle Dolche und Degen in der Hand erprobt worden waren! Sie wurde von ihrer tödlichen Unruhe nur durch die außerordentliche Anspannung abgelenkt, die sie beobachten mußte, um nicht verdächtig zu erscheinen. Als sie sich um zehn Uhr abends endlich zurückziehen konnte, verschloß sie ihr Zimmer, welches auf das Vorzimmer ihrer Mutter hinausging; dann kauerte sie sich dicht beim Fenster auf den Boden nieder, um nicht von draußen bemerkt zu werden. Man stelle sich die Angst vor, mit welcher sie die Stunden schlagen hörte: es war nicht mehr die Rede von den Vorwürfen, welche sie sich oft machte, sich Giulio zu schnell gegeben zu haben, was sie in Giulios Augen vielleicht weniger liebenswürdig erscheinen lassen könnte. Dieser Tag brachte die Sache des jungen Mannes weiter, als sechs Monate Treue und Beteuerungen. ‚Wozu lügen?' sagte sich Helena, ‚liebe ich ihn nicht mit ganzer Seele?'

Um halb zwölf Uhr sah sie ganz deutlich ihren Vater und ihren Bruder auf dem großen Steinbalkon unter ihrem Fenster Stellung fassen. Zwei Minuten, nachdem es am Kapuzinerkloster Mitternacht geschlagen hatte, hörte sie gleichfalls sehr gut die Schritte ihres Geliebten, der bei der großen Eiche anhielt; sie bemerkte mit Freude, daß ihr Vater und ihr Bruder nichts gehört zu haben schienen: es erforderte die Angst der Liebe, um ein so leichtes Geräusch zu unterscheiden. ‚Jetzt', sagte sie sich, ‚werden sie mich töten, aber um keinen Preis dürfen sie den Brief von heute Abend bekommen; sie würden diesen armen Giulio auf ewig verfolgen.‘ Sie machte das Zeichen des Kreuzes und indem sie sich mit einer Hand am Eisenbalkon ihres Fensters festhielt, beugte sie sich so weit wie möglich zur Straße hinaus. Nicht eine Viertelminute war verstrichen, als der Strauß, der wie gewöhnlich an dem langen Rohr befestigt war, ihren Arm berührte. Sie ergriff den Strauß, allein als sie ihn schnell von der äußersten Spitze des Rohrs, auf der er befestigt war, abreißen wollte, geschah es, daß dieses Rohr gegen den Steinbalkon anschlug. Im gleichen Augenblick lösten sich zwei Flintenschüsse, auf die völlige Stille folgte. Ihr Bruder Fabio, ungewiß in der Dunkelheit vermutend, es sei, was heftig gegen den Balkon schlug, ein Seil, mit dessen Hilfe Giulio von seiner Schwester herabsteige, hatte gegen ihren Balkon Feuer gegeben; am nächsten Morgen fand sie den Eindruck der Kugel, welche sich auf dem Eisen breitgeschlagen hatte. Herr von Campireali hatte auf die Straße gezielt; gerade unter den Steinbalkon, weil Giulio beim Zurückziehen des Rohrs, das beinahe gefallen wäre, etwas Geräusch gemacht hatte. Als Giulio das Geräusch über seinem Kopfe hörte, erriet er, was folgen würde und hatte sich unter dem Vorsprung des Balkons gedeckt.

Fabio lud schnell seine Flinte von neuem und lief, ungeachtet der Vorstellungen seines Vaters, in den Garten des Hauses; öffnete geräuschlos eine kleine Tür, die auf eine Seitenstraße führte, und schlich sich heran, um die Leute, welche unter dem Balkon des Hauses vorbeigingen, ein wenig zu mustern. In diesem Augenblick befand sich Giulio, der an diesem Abend nicht allein war, zwanzig Schritt entfernt an einen Baum gelehnt. Helena, die über ihren Balkon gebeugt um ihren

Geliebten zitterte, begann alsbald sehr laut mit ihrem Bruder, den sie auf der Straße hörte, zu sprechen; sie fragte ihn, ob er die Diebe getötet habe.

„Glaub nicht, daß ich mich durch deine schändliche List täuschen lasse," schrie dieser ihr von der Straße aus zu, welche er in allen Richtungen durchmaß, „aber halte deine Tränen bereit, denn ich werde den Unverschämten töten, der es wagt, sich deinem Fenster zu nähern."

Kaum waren diese Worte gesprochen, als Helena hörte, wie ihre Mutter an die Tür ihres Zimmers klopfte.

Helena beeilte sich, ihr zu öffnen, indem sie sagte, daß es ihr unbegreiflich wäre, daß die Türe verschlossen sei.

„Keine Komödie, teures Kind," sagte ihre Mutter, „dein Vater ist wütend und kann dich vielleicht töten: komm zu mir in mein Bett, und wenn du einen Brief hast, gib ihn mir, ich werde ihn verstecken.

Helena sagte ihr:

„Hier ist der Strauß, der Brief ist zwischen den Blumen versteckt."

Kaum waren Mutter und Tochter im Bett, als Herr Campireali ins Zimmer seiner Frau eintrat; er kam aus ihrem Betgemach, das er soeben durchgestöbert und wo er alles durcheinandergeworfen hatte. Was Helena auffiel, war, daß ihr Vater, blaß wie ein Gespenst, mit Bedacht zu Wege ging, wie jemand, der seinen Entschluß wohl erwogen hat. ‚Ich bin tot!' sagte sich Helena.

„Wir sind glücklich, Kinder zu haben," sagte ihr Vater, als er zitternd vor Wut, aber den Schein vollkommener Kaltblütigkeit wahrend, am Bett seiner Frau vorbei in das Zimmer seiner Tochter ging; „wir sind glücklich, Kinder zu haben, statt dessen sollten wir lieber blutige Tränen vergießen, wenn diese Kinder Mädchen sind. Großer Gott! Ist es wohl möglich! Ihre Leichtfertigkeit kann einem Mann, der seit sechzig Jahren nicht den mindesten Vorwurf auf sich geladen hat, die Ehre rauben."

Bei diesen Worten ging er ins Zimmer seiner Tochter.

„Ich bin verloren," sagte Helena zu ihrer Mutter, „die Briefe sind unter dem Sockel des Kruzifixes neben dem Fenster."

Sogleich sprang ihre Mutter aus dem Bett und rannte zu ihrem Manne. Sie begann ihm so schlecht wie nur möglich Vernunft zuzusprechen, um seinen Zorn zum Ausbruch zu bringen, und es gelang ihr vollkommen. Der alte Mann wurde wütend, er zerschlug alles im Zimmer seiner Tochter; aber die Mutter konnte unbemerkt die Briefe an sich nehmen. Eine Stunde später, als Herr Campireali wieder in sein Zimmer zurückgekehrt war, das neben dem seiner Frau lag und im ganzen Haus Ruhe herrschte, sagte die Mutter zu ihrer Tochter:

„Hier sind deine Briefe, ich will sie nicht lesen; du siehst, was sie uns beinah gekostet hätten! An deiner Stelle würde ich sie verbrennen. Lebwohl und küsse mich."

Helena ging, aufgelöst in Tränen, in ihr Zimmer zurück. Es schien ihr, daß sie seit den Worten ihrer Mutter Giulio nicht mehr liebte. Dann machte sie sich daran, seine Briefe zu verbrennen; aber sie mußte sie noch einmal lesen, bevor sie sie vernichtete. Sie las sie so oft und so gründlich, daß die Sonne schon hoch am Himmel stand, als sie sich endlich entschloß, den heilsamen Rat zu befolgen.

Am nächsten Morgen, der ein Sonntag war, ging Helena mit ihrer Mutter zur Messe; zum Glück folgte ihr Vater ihnen nicht. Der erste Mensch, den sie in der Kirche bemerkte, war Giulio Branciforte. Mit einem Blick überzeugte sie sich, daß er nicht verletzt war. Ihr Glück war am Gipfel. Die Ereignisse der letzten Wochen lagen tausend Meilen zurück. Sie hatte sich fünf oder sechs mit Bleistift beschriebene Billets vorbereitet, aus alten, mit feuchter Erde beschmutzten Papierfetzen, wie man sie auf den Fliesen einer Kirche finden kann; diese Billets enthielten alle die gleiche Warnung:

‚Sie hätten alles entdeckt, bis auf seinen Namen. Er möge nicht mehr in der Straße erscheinen; man werde oft hierherkommen.'

Helena ließ eins dieser Zettelchen fallen: ein Blick belehrte Giulio, der es aufhob und verschwand. Als sie eine Stunde später nach Haus zurückkehrte, fand sie auf der großen Treppe des Palastes einen Papierfetzen, der dadurch ihren Blick auf sich zog, daß er vollkommen denen glich, deren sie sich selbst am Morgen bedient hatte.

Sie griff danach, ohne daß selbst ihre Mutter es bemerkte und las:

„In drei Tagen wird er von Rom zurückkehren, wohin zu gehen er gezwungen ist. Man wird am hellen Tage singen, an den Markttagen, mitten im Lärm der Bauern."

Diese Abreise nach Rom erschien Helena sonderbar. ‚Fürchtet er die Flintenschüsse meines Bruders?' sagte sie sich traurig. Die Liebe verzeiht alles, nur nicht die freiwillige Abwesenheit. Dies ist die schlimmste aller Qualen. Anstatt sich süßen Träumen zu ergeben und ganz damit beschäftigt zu sein, alle Gründe zu erwägen, die man hat, um seinen Geliebten zu lieben, ist das Leben von grausamen Zweifeln beunruhigt. ‚Aber kann ich denn nach allem, was geschehen ist, glauben, daß er mich nicht mehr liebt?' sagte sich Helena während der drei langen Tage, die Brancifortes Abwesenheit dauerte. Plötzlich wich ihr Kummer einer unsinnigen Freude: am dritten Tage sah sie ihn am hellen Mittag auf der Straße vor dem Palast ihres Vaters erscheinen. Er trug neue und fast prächtige Gewänder. Niemals waren die Vornehmheit seiner Haltung und die heitere und mutige Unbekümmertheit seines Antlitzes vorteilhafter hervorgetreten; nie allerdings hatte man auch vor diesem Tage so oft in Albano von der Armut Giulios gesprochen. Es waren die Männer und besonders die jungen Leute, welche dieses grausame Wort wiederholten; die Frauen und vor allem die jungen Mädchen konnten sich in Lobeserhebungen über seine gute Erscheinung nicht genug tun.

Giulio verbrachte den ganzen Tag damit, in der Stadt umherzuschlendern; es machte den Eindruck, als ob er sich für die Monate der Haft, zu der ihn seine Armut verdammt hatte, entschädigen wollte. Wie es einem Verliebten zukommt, war Giulio unter seinem neuen Rock gut bewaffnet. Außer seinem Degen und seinem Dolch hatte er sein giacco angelegt, eine Art Weste aus geflochtenem Draht, welche sehr unbequem zu tragen war, jedoch diese italienischen Herzen von einer traurigen Krankheit heilte, deren peinliche Anfälle man in jenem Jahrhundert unaufhörlich erleben konnte; ich spreche von der Furcht, an einer Straßenbiegung durch einen seiner wohlbekannten Feinde getötet zu werden. An diesem Tage hoffte Giulio Helena zu begegnen;

übrigens hatte er auch einen gewissen Widerwillen, mit sich allein in seinem einsamen Haus zu sein. Hier der Grund: Ranuccio, ein alter Soldat seines Vaters, der unter diesem schon zehn Feldzüge in den Truppen verschiedener Bandenführer und zuletzt des Marco Sciarra mitgemacht hatte, war seinem Hauptmann gefolgt, als dessen Wunden ihn zwangen, sich zurückzuziehen. Hauptmann Branciforte hatte seine Gründe, nicht in Rom zu leben; er hätte dort die Söhne von Männern treffen können, die er getötet hatte; selbst in Albano sorgte er vor, daß er nicht nur auf die Gnade der regulären Autorität angewiesen sei. Anstatt ein Haus in der Stadt zu kaufen oder zu mieten, zog er es vor, eins zu bauen, das so gelegen war, daß man seine Besucher schon von weitem zu sehen vermochte. Er fand in den Ruinen von Alba einen wundervollen Platz: man konnte von dort, ohne von indiskreten Besuchern bemerkt zu werden, sich in den Wald zurückziehen, wo sein alter Freund und Herr, der Fürst Fabrizio Colonna herrschte. Hauptmann Branciforte kümmerte die Zukunft seines Sohnes wenig. Als er sich, erst fünfzig Jahre alt, aber besät mit Wunden, vom Dienst zurückzog, nahm er an, daß er noch zehn Jahre leben werde, und verbrauchte, nachdem sein Haus gebaut war, jeden Tag den zehnten Teil dessen, was er aus den Plünderungen von Städten und Dörfern zusammengerafft, und denen beizuwohnen er die Ehre gehabt hatte.

Er kaufte den Weinberg, der jetzt seinem Sohn dreißig Taler Rente trug, als Antwort auf den schlechten Scherz eines Bürgers von Albano, der ihm eines Tages, da er erregt über die Interessen und die Ehre der Stadt disputierte, zurief, daß es in der Tat einem so reichen

Grundbesitzer, wie er einer sei, wohl zustehe, den Eingesessenen Albanos Ratschläge zu erteilen. Der Hauptmann kaufte den Weinberg und kündigte an, daß er noch viele andre kaufen werde; später, als er den Spötter an einem einsamen Ort traf, tötete er ihn mit einem Pistolenschuß.

Nach acht Jahren dieser Art des Lebens starb der Hauptmann; sein Adjutant Ranuccio betete Giulio an; trotzdem nahm er, des Nichtstuns müde, wieder Dienst in der Truppe des Fürsten Colonna. Oft besuchte er seinen Sohn Giulio, wie er ihn nannte, und am Vorabend eines gefährlichen Angriffs, den der Fürst in seiner Feste Petrella aushalten mußte, hatte er Giulio mit zum Kampf genommen. Da er ihn sehr tapfer fand, sagte er:

„Du mußt wirklich toll und außerdem recht einfältig sein, daß du bei Albano wie der letzte und ärmste seiner Einwohner lebst, während du mit deinem Mut und dem Namen deines Vaters ein glänzender Soldat sein und dein Glück machen könntest."

Giulio wurde durch diese Worte gequält; ein Priester hatte ihn Latein gelehrt; aber da sein Vater über alles, was der Priester sonst noch sagte, nur zu spotten pflegte, hatte er außer dem nicht das geringste gelernt. Dafür hatte sich bei ihm, der wegen seiner Armut verachtet und in seinem einsamen Haus ganz auf sich selbst angewiesen war, ein gesunder Menschenverstand entwickelt, welcher durch seine gewagte Kühnheit selbst Gelehrte in Erstaunen gesetzt hätte. Zum Beispiel schwärmte er, bevor er Helena liebte, ganz ohne zu wissen, warum, für den Krieg; aber er hatte einen Widerwillen gegen das Plündern, das doch in den Augen seines Vaters und Ranuccios der kleinen lustigen Komödie glich, die auf die edle ernste Tragödie folgt. Seit er Helena liebte, ließ ihn dieser gesunde Scharfblick, den er sich durch seine einsamen Überlegungen angeeignet hatte, Qualen erleiden. Diese früher so sorglose Seele wagte niemanden wegen ihrer Zweifel um Rat zu fragen und war von Leidenschaft und Unglück erfüllt. Was würde Herr von Campireali nicht alles sagen, wenn er Brigant würde? Dann erst würde er ihm begründete Vorwürfe machen können. Giulio hatte sich immer den Soldatenberuf als eine Sicherung für die Zeit aufgehoben, wo er den Erlös der goldenen Ketten und andren Kostbarkeiten ausgegeben haben würde, die er in der eisernen Kasse seines Vaters gefunden hatte. Giulio hatte trotz seiner Armut gar keinen Skrupel, die Tochter des reichen Herrn Campireali zu entführen, weil zu jener Zeit die Väter ganz nach ihrem Belieben über ihr Gut verfügten, und sehr leicht war es möglich, daß Herr von Campireali seiner Tochter nur tausend Taler als einziges Erbe hinterließ. Aber ein andres beschäftigte die Einbildungskraft Giulios aufs tiefste: erstens: in welcher Stadt würde er die junge Helena unterbringen, wenn er sie ihrem Vater entführt und geheiratet hatte; zweitens: mit welchem Geld würde er sie leben lassen?

Als ihm Herr Campireali den beißenden Tadel versetzte, der ihn so empfindlich traf, war Giulio zwei Tage hindurch die Beute der Wut und des heftigsten Schmerzes: er konnte sich weder entschließen, den alten Mann zu töten, noch ihn leben zu lassen. Er verbrachte ganze Nächte weinend; endlich entschloß er sich, Ranuccio zu befragen, den einzigen Freund, den er auf der Welt hatte; aber würde dieser Freund ihn verstehen? Vergeblich suchte er im ganzen Wald von La Faggiola nach Ranuccio; er mußte auf der Straße von Neapel noch über Velletri hinaus gehen, wo Ranuccio einen im Hinterhalt liegenden Trupp befehligte. Er lauerte dort mit einer zahlreichen Schar auf den spanischen General Ruiz d'Avalis, welcher zu Land nach Rom reiste, ohne daran zu denken, daß er kürzlich vor vielen Leuten mit Verachtung von den Briganten des Colonna gesprochen hatte. Sein Feldprediger erinnerte ihn gerade noch zur rechten Zeit an diese kleine Begebenheit, und Ruiz d'Avalis zog es vor, ein Schiff rüsten zu lassen und übers Meer nach Rom zu reisen.

Als der Hauptmann Ranuccio Giulios Erzählung gehört hatte, sagte er ihm:

„Beschreibe mir genau diesen Herrn Campireali, damit seine Unklugheit nicht irgend einem guten Bürger Albanos das Leben kostet. Sobald die Sache, die uns hier zurückhält, beendet ist, sei es gut oder schlecht, wirst du dich nach Rom begeben und darauf bedacht sein, dich zu allen Tageszeiten in Gastwirtschaften und an andren öffentlichen Orten zu zeigen, denn man darf nicht, wegen deiner Liebe zur Tochter, gegen dich Verdacht schöpfen können."

Giulio hatte große Mühe, den Zorn des alten Gefährten seines Vaters zu beruhigen. Es blieb ihm nichts übrig, als ärgerlich zu werden:

„Glaubst du, daß ich deinen Degen brauche?" sagte er endlich. „Man sollte meinen, daß ich selbst einen besitze! Ich wünsche einen verständigen Rat von dir."

Ranuccio schloß die ganze Auseinandersetzung mit den Worten:

„Du bist jung, du hast keine Wunde, die Beleidigung war öffentlich; nun, ein entehrter Mann ist selbst bei den Frauen verachtet."

Giulio sagte ihm, daß er mit sich noch darüber zu Rate gehen wolle, wonach ihn gelegentlich verlange, und trotz des Drängens Ranuccios, der durchaus darauf beharrte, daß er an dem Überfall auf den spanischen General teilnehmen möge — wobei man, wie er sagte, Ehren erlangen könne, ganz abgesehen von den Dublonen — kehrte er allein in sein Haus zurück. Dort hatte er am Abend vor dem Tage, wo Herr von Campireali auf ihn schoß, Ranuccio und seinen Korporal empfangen, die auf dem Rückweg aus der Gegend von Velletri waren. Ranuccio hatte Mühe, die kleine eiserne Truhe zu sehen, wo sein Herr, der Hauptmann Branciforte, ehemals die goldenen Ketten und andre Schmucksachen einschloß, wenn es ihm nicht paßte, gleich nach der Expedition ihren Erlös auszuheben. Ranuccio fand zwei Scudi darin.

„Ich rate dir, werde Mönch," sagte er zu Giulio, „du hast alle Tugenden dazu: die Liebe zur Armut, den Beweis haben wir vor Augen; die Demut: du läßt dich auf offener Straße von einem Geldsack aus Albano beschimpfen. Nun fehlen dir bloß noch die Heuchelei und der Bauch."

Ranuccio legte mit Gewalt fünfzig Dublonen in die eiserne Truhe.

„Ich gebe dir mein Wort," sagte er zu Giulio, „wenn binnen eines Monats dieser Herr Campireali nicht mit allen Ehren, die seiner Vornehmheit und seinem Reichtum gebühren, eingescharrt ist, wird mein Korporal, so wahr er hier steht, mit dreißig Mann deine Hütte zerstören und deine armseligen Möbel verbrennen. Es darf nicht sein, daß der Sohn des Hauptmann Branciforte unter dem Vorwand der Liebe eine schlechte Figur in der Welt macht."

Als Herr von Campireali und sein Sohn die beiden Schüsse abfeuerten, hatten Ranuccio und der Korporal unter dem Steinbalkon Stellung genommen und Giulio hatte die größte Mühe, sie zu verhindern, Fabio zu töten oder mindestens zu entführen, als dieser unvorsichtig aus dem Garten trat, wie wir schon erzählt haben. Die Erwägung, welche Ranuccio beruhigte, war folgende: man soll nicht einen jungen Mann, der noch etwas werden und sich nützlich machen kann, töten, während ein alter Sünder dabei ist, mit mehr Schuld und zu nichts mehr gut als zum Begrabenwerden.

Am Morgen nach diesem Abenteuer schlug sich Ranuccio in die Wälder und Giulio reiste nach Rom. Die Freude darüber, daß er sich mit den von Ranuccio geschenkten Dublonen schöne Gewänder kaufen könnte, war durch einen in seinem Jahrhundert ganz ungewöhnlichen Gedanken grausam getrübt, der die hohe Bestimmung ahnen ließ, zu der er später gelangte. Er sagte sich: ‚Helena muß wissen, wer ich bin.‘ Jeder andre junge Mann seines Alters und seiner Zeit hätte nur davon geträumt, sich seiner Liebe zu erfreuen und Helena zu entführen, ohne im geringsten daran zu denken, was in sechs Monaten aus ihr werden würde, und ebensowenig, welche Meinung sie von ihm hegen könnte.

Nach Albano zurückgekehrt, erfuhr Giulio durch seinen Freund, den alten Scotti, am gleichen Nachmittag, da er vor aller Augen in seinen schönen, aus Rom mitgebrachten Gewändern glänzte, daß Fabio zu Pferde die Stadt verlassen habe, um nach einem drei Meilen entfernten Gut zu reiten, das sein Vater in der Ebene an der Küste besaß.

Später sah er, wie Herr Campireali in Begleitung

von zwei Priestern den Weg durch die prächtige grüne Eichenallee einschlug, welche den Rand des Kraters krönt, auf dessen Grund der See von Albano liegt. Zehn Minuten danach drang eine alte Frau dreist in den Palazzo Campireali ein, unter dem Vorwand, schöne Früchte zu verkaufen; die erste Person, die sie traf, war die kleine Kammerzofe Marietta, die intime Vertraute ihrer Herrin Helena. Diese errötete bis ins Weiße der Augen, als sie einen schönen Blumenstrauß empfing. Der in diesem Strauß verborgene Brief war unermeßlich lang: Giulio erzählte alles, was er seit der Nacht der Flintenschüsse erlebt hatte; aber aus einer eigentümlichen Scham heraus wagte er nicht, das, worauf jeder andre junge Mann seiner Zeit stolz gewesen wäre, zu gestehen: daß er der Sohn eines durch seine Abenteuer berühmten Kapitäns war und selbst bereits in mehr als einem Kampf durch seine Tapferkeit erprobt. Er glaubte stets die Betrachtungen zu hören, welche diese Tatsachen dem alten Campireali eingeben würden. Man muß wissen, daß im sechzehnten Jahrhundert die Mädchen — einer gesunden republikanischen Vernunft näher als heute — einen Mann viel mehr seiner Taten wegen schätzten, als wegen der zusammengescharrten Reichtümer oder der berühmten Taten seiner Väter. Aber es waren hauptsächlich die jungen Mädchen aus dem Volk, welche diese Anschauung hatten; die den reichen Klassen oder dem Adel angehörten, hatten Angst vor den Briganten und hielten, wie es sich schließlich versteht, Adel und Reichtum in hoher Achtung. Giulio schloß seinen Brief mit folgenden Worten: „Ich weiß nicht, ob die gefälligen Gewänder, die ich aus Rom gebracht habe, Euch die grausame Beleidigung vergessen ließen, die mir kürzlich jemand wegen meines armsäligen Äußern zugefügt hat, den Ihr verehrt; ich hatte die Möglichkeit, mich schützen zu können, ich hätte es tun müssen, meine Ehre verlangte es: ich habe es wegen der Tränen nicht getan, welche meine Rache Augen gekostet hätte, die ich anbete. Dies kann Euch beweisen, wenn Ihr zu meinem Unglück noch daran zweifeln solltet, daß man sehr arm sein und doch edle Gefühle haben kann. Außerdem muß ich Euch ein schreckliches Geheimnis enthüllen; es würde mir sicher nicht schwer werden, es jeder andren Frau zu sagen; aber ich weiß nicht, warum: ich zittre, wenn ich daran denke, es Euch zu bekennen. Es könnte in einem Augenblick die Liebe, die Ihr zu mir fühlt, zerstören; keine Versicherung von Eurer Seite würde mir genügen. Ich will in Euren Augen die Wirkung lesen, welche dieses Geständnis hervorruft. An einem der nächsten Tage werde ich Euch bei Anbruch der Nacht im Garten hinter dem Palast sehen. Am gleichen Tag werden Fabio und Euer Vater abwesend sein: sobald ich mir die Gewißheit verschafft haben werde, daß sie, trotz ihrer Geringschätzung für einen armen schlecht gekleideten jungen Mann, uns nicht dreiviertel Stunden oder eine Stunde des Beisammenseins zu rauben vermögen, wird vor den Fenstern Eures Palastes ein Mann erscheinen, der den Dorfkindern einen zahmen Fuchs vorführen wird. Später, beim Läuten des Ave Maria, werdet Ihr in der Ferne einen Flintenschuß hören; in diesem Augenblick nähert Euch der Mauer Eures Gartens und wenn Ihr nicht allein seid, singt. Herrscht Schweigen, wird Euer Sklave zitternd vor Euren Füßen erscheinen und Euch Dinge erzählen, die Euch vielleicht entsetzen werden. In Erwartung dieses für mich entscheidenden und schrecklichen Tages, werde ich nicht mehr versuchen,

Euch um Mitternacht einen Strauß zu überreichen; aber gegen zwei Uhr nachts werde ich singend vorübergehen und vielleicht werdet Ihr vom großen Steinbalkon eine Blume fallen lassen, die von Euch aus Eurem Garten gepflückt wurde. Dies sind vielleicht die letzten Zeichen der Neigung, die Ihr dem unglücklichen Giulio geben werdet."

Drei Tage später waren Helenas Vater und Bruder auf das Gut geritten, das sie am Ufer des Meeres besaßen; sie mußten etwas vor Sonnenuntergang fortreiten, um gegen zwei Uhr nachts wieder zu Hause zu sein. Aber, als sie den Heimritt antreten wollten, waren nicht nur ihre beiden Pferde, sondern alle, die noch in der Farm waren, verschwunden. Sehr erstaunt über diesen kühnen Diebstahl suchten sie nach ihren Pferden, die aber erst am nächsten Tag im Hochwald, der ans Meer grenzt, gefunden wurden. Die beiden Campireali, Vater und Sohn, waren genötigt, in einem von Ochsen gezogenen Landfuhrwerk nach Albano zurückzukehren.

Als an diesem Abend Giulio vor Helena kniete, war es beinahe völlig dunkel, und das arme Mädchen war sehr glücklich über diese Finsternis: sie stand zum ersten Male vor dem Mann, den sie zärtlich liebte, der das sehr wohl wußte, aber den sie noch nie gesprochen hatte.

Eine Beobachtung, die sie machte, gab ihr ein wenig Mut: Giulio war noch bleicher und zaghafter als sie. Sie sah ihn zu ihren Füßen: „Ich bin wahrhaftig außerstande, zu sprechen", sagte er ihr. Es folgten einige sehr glückliche Augenblicke; sie sahen sich an, aber konnten kein Wort hervorbringen und waren unbeweglich, wie eine sehr ausdrucksvolle Marmorgruppe. Giulio lag auf den Knien und hielt eine Hand Helenas, sie hatte das Haupt gesenkt und betrachtete ihn mit Aufmerksamkeit.

Giulio wußte wohl, daß er irgend etwas hätte versuchen müssen, wenn er den Ratschlägen seiner Freunde, der jungen Lebemänner Roms, hätte folgen wollen; aber dieser Gedanke entsetzte ihn. Er wurde aus diesem Zustand der Verzückung, vielleicht dem höchsten Glück, das die Liebe geben kann, durch das Bewußtsein aufgeschreckt: die Zeit verfliegt schnell, die beiden Campireali nähern sich ihrem Hause. Er begriff, daß er mit seiner gewissenhaften Seele kein dauerndes Glück finden könne, so lange er nicht seiner Geliebten jenes schreckliche Geständnis gemacht habe, das seinen römischen Freunden als große Dummheit erschienen wäre.

„Ich habe Euch von einem Geständnis gesprochen, welches ich vielleicht nicht machen sollte", sagte er endlich zu Helena.

Giulio wurde ganz bleich, er sprach mühsam und als ob ihm der Atem fehlte, weiter:

„Vielleicht sehe ich jetzt die Gefühle schwinden, deren Hoffnung mein Leben ist. Ihr haltet mich für arm; das ist nicht alles: ich bin Brigant und Sohn eines Briganten."

Bei diesen Worten fühlte Helena, die als Tochter eines reichen Mannes in allen Vorurteilen ihrer Kaste aufgewachsen war, daß ihr übel wurde, sie fürchtete umzusinken; ‚welcher Kummer würde dies für den armen Giulio sein!' dachte sie, ‚er wird sich verachtet glauben.' Er lag vor ihr auf den Knien. Um nicht zu fallen, stützte sie sich auf ihn, und fast im gleichen Augenblick sank sie wie bewußtlos in seine Arme. Wie man sieht, liebte man im sechzehnten Jahrhundert Genauigkeit in Liebesdingen. Dies kam daher, daß nicht der Verstand diese Geschehnisse beurteilte, sondern die Einbildungskraft sie fühlte und die Leidenschaft des Lesers sich an der der Helden entzündete. Die beiden Manuskripte, denen wir folgen, und besonders jenes, das einige dem florentinischen Dialekt eigentümliche Wendungen aufweist, beschreiben mit den kleinsten Einzelheiten alle Zusammenkünfte, welche auf diese folgten. Die Gefahr ließ in dem jungen Mädchen keine Gewissenszweifel aufkommen. Oft war die Gefahr außerordentlich, doch dadurch wurden diese beiden Herzen, welche alle Eindrücke, die mit ihrer Liebe zusammenhingen, als Glück empfanden, nur noch mehr entflammt. Öfters waren Fabio und sein Vater nahe daran, sie zu überraschen. Sie waren wütend, weil sie sich gefoppt fühlten. Der öffentliche Klatsch trug ihnen zu, daß Giulio Helenas Liebhaber sei und sie konnten nichts bemerken. Fabio, heftig und ahnenstolz, schlug seinem Vater vor, Giulio töten zu lassen.

„So lange er auf der Welt ist,“ sagte er, „läuft das Leben meiner Schwester Gefahr. Wer schützt uns davor, daß unsre Ehre uns nicht im ersten Augenblick zwingen wird, unsre Hände in das Blut dieser Eigensinnigen zu tauchen? Sie ist zu solchem Unmaß von Verwegenheit gelangt, daß sie ihre Liebe nicht einmal mehr leugnet; habt Ihr sie auf Eure Vorwürfe anders antworten gehört, als mit einem verbissenen Schweigen? Nun wohl, dieses Schweigen ist das Todesurteil für Giulio Branciforte.“

„Denk daran, was sein Vater war“, antwortete Herr von Campireali. ‚Sicherlich ist es für uns nicht schwer, auf sechs Monate nach Rom zu gehen und während dieser Zeit diesen Branciforte verschwinden zu lassen.

Aber wer sagt uns, daß sein Vater, der trotz all seiner Verbrechen tapfer und freigebig war, — freigebig genug, um viele seiner Soldaten reich zu machen, während er selbst arm blieb — wer sagt uns, daß sein Vater nicht noch Freunde besitzt, sei es in der Schar des Herzogs von Monte Mariano, sei es in der Truppe Colonna, welche oft die Wälder von La Faggiola besetzt, die nur eine halbe Meile von uns entfernt sind? In diesem Fall werden wir alle ohne Erbarmen umgebracht, du, ich und vielleicht auch deine unglückliche Mutter."

Diese oft erneuten Unterhaltungen zwischen Vater und Sohn waren der Mutter Helenas, Vittoria Carafa, nur zum Teil verborgen geblieben und brachten sie zur Verzweiflung. Das Ergebnis der Unterhaltungen zwischen Vater und Sohn war, daß es sich nicht mit ihrer Ehre vertrüge, den Klatsch, der in Albano umging, ruhig dauern zu lassen. Da es nicht klug schien, diesen jungen Branciforte verschwinden zu machen, der täglich unverschämter wurde und jetzt sogar in seinen prächtigen Kleidern die Dreistigkeit so weit trieb, an öffentlichen Orten das Wort an Fabio oder dessen Vater zu richten, erübrigte nichts als einen der beiden folgenden Entschlüsse oder vielleicht alle beide ausführen: die ganze Familie mußte nach Rom gehen, Helena aber im Kloster der Heimsuchung in Castro untergebracht und so lange dort belassen werden, bis eine passende Heirat für sie gefunden war.

Niemals hatte Helena ihrer Mutter ein Geständnis ihrer Liebe gemacht: Mutter und Tochter liebten sich zärtlich, sie verbrachten ihr Leben gemeinsam, und doch war nie ein einziges Wort über diesen Gegenstand gesprochen worden, der sie beide fast in gleichem Maße beschäftigte. Zum erstenmal verriet sich in Worten, was fast ausschließlich Gegenstand ihrer Gedanken war, als die Mutter ihrer Tochter zu verstehen gab, man wolle nach Rom übersiedeln und vielleicht sogar Helena für einige Jahre in das Kloster von Castro schicken.

Diese Unterredung war von Vittoria Carafa unklug und ließ sich nur durch die unsinnige Zärtlichkeit entschuldigen, welche sie für ihre Tochter hegte. Im Übermaß ihrer Liebe wollte Helena ihrem Geliebten beweisen, daß sie sich seiner Armut nicht schämte und daß ihr Vertrauen in seine Ehrenhaftigkeit ohne Grenzen war. „Wer würde es glauben," ruft der florentinische Chronist aus, „daß trotz so vielen gewagten Zusammenkünften, im Garten und ein- oder zweimal sogar in ihrem eigenen Zimmer, für die sie sich einem schrecklichen Tod aussetzten, Helena unberührt war!" Durch ihre Tugend sicher, schlug sie ihrem Geliebten vor, gegen Mitternacht den Palast durch den Garten zu verlassen, und den Rest der Nacht in seinem kleinen, auf den Ruinen Albas erbauten Haus zu verbringen, das mehr als eine halbe Stunde entfernt lag. Sie verkleideten sich als Franziskanermönche. Helena war hoch gewachsen und glich, so gekleidet, einem jungen Novizen von achtzehn oder zwanzig Jahren. Es ist unbegreiflich und zeigt Gottes Finger, daß Giulio und seine Geliebte, als Mönche verkleidet, auf dem engen, in den Felsen gehauenen Weg, der an der Mauer des Kapuzinerklosters entlang führt, Herr von Campireali und seinem Sohn Fabio begegneten, welche, von vier wohlbewaffneten Dienern gefolgt und einem Pagen mit brennender Fackel voran, aus Castel Gandolfo zurückkehrten, einem unweit am Ufer des Sees gelegenen Ort.

Um die Liebenden vorbeizulassen, stellten sich die Campireali und ihre Diener zur Rechten und Linken dieses in den Felsen gehauenen Wegs auf, welcher etwa acht Fuß breit sein mochte. Wieviel besser wäre es für Helena gewesen, wenn man sie in diesem Augenblick erkannt hätte! Sie wäre durch einen Pistolenschuß ihres Vaters oder ihres Bruders getötet worden und ihre Marter hätte nur einen Augenblick gedauert: aber der Himmel hatte es anders beschlossen. Superis aliter visum.

Man fügt dieser sonderbaren Begegnung noch einen Umstand hinzu, welchen die Signora Campireali noch oftmals im höchsten Alter erzählt hat, als fast Hundertjährige in Rom, vor Leuten, die selbst sehr alt waren; sie haben es mir wiedererzählt, als meine große Neugierde sie über diesen Gegenstand und über vieles andre ausforschte.

Fabio von Campireali, der ein junger auf seinen Mut stolzer Mann und hochfahrend war, rief, als er merkte, daß der ältere Mönch weder seinen Vater noch ihn grüßte, trotzdem er so nah an ihnen vorbeiging:

„Das ist ja ein Spitzbube von einem stolzen Mönch! Gott weiß, was er außerhalb des Klosters sucht, er und sein Begleiter, zu so ungehöriger Stunde! Ich weiß nicht, was mich abhält, ihre Kapuzen zu lüften, wir würden sehen, wie sie ausschauen!“

Bei diesen Worten faßte Giulio nach seinem Dolch unter der Mönchskutte und stellte sich zwischen Fabio und Helena. In diesem Augenblick war nicht mehr als ein Fuß breit Raum zwischen ihm und Fabio; aber der Himmel befahl es anders und besänftigte durch ein Wunder den Zorn dieser beiden jungen Leute, die sich bald danach in noch anderer Nähe sehen sollten.

In dem Prozeß, den man in der Folge Helena von Campireali machte, wollte man diesen nächtlichen Ausflug als einen Beweis ihrer Verderbtheit darstellen; doch es war das Delirium eines jungen Herzens, das in ganz unsinniger Liebe entflammt war, denn dies Herz war rein.

III

Die Orsini, die ewigen Nebenbuhler der Colonna und damals in den Dörfern zunächst Rom allmächtig, hatten erst vor kurzem einen reichen Landwirt namens Balthasar Bandini aus La Petrella durch die Gerichte der Regierung zum Tod verurteilen lassen. Es würde zu weit führen, hier die verschiedenen Taten aufzuzählen, welche man dem Bandini zur Last legte: zum größten Teil wären sie heute Verbrechen, aber im Jahre 1559 durften sie nicht in einer so strengen Weise betrachtet werden. Bandini saß in einem den Orsini gehörenden Schloß gefangen, das bei Valmontone im Gebirge lag, sechs Meilen von Albano entfernt. Der Bargello von Rom, von hundertfünfzig seiner Sbirren gefolgt, verbrachte eine Nacht auf der Landstraße; er war gekommen, um Bandini zu holen und ihn nach Rom ins Gefängnis von Tor di Nona zu bringen. Bandini hatte in Rom gegen das Todesurteil Berufung eingelegt. Aber, wie wir schon sagten, war er aus La Petrella gebürtig, einer Feste, die den Colonna gehörte; seine Frau war zu Colonna geeilt, der sich in La Petrella aufhielt, und sagte ihm vor allen Leuten:

„Werdet Ihr einen Eurer treuen Diener sterben lassen?“ Colonna erwiderte:

„Es wäre Gott nicht wohlgefällig, wenn ich die Ehrfurcht verletzte, die ich den Entscheidungen der Gerichte des Papstes, meines Herrn, schulde!“

Sofort erhielten seine Soldaten Befehle, und er ließ allen seinen Anhängern Weisung zukommen, sich bereit zu halten. Der Sammelpunkt wurde bei Valmontone bestimmt, einer kleinen, auf dem Gipfel eines niederen Felsens gelegenen Stadt, die aber einen stufenlosen und fast lotrechten Absturz von sechzig bis achtzig Fuß Tiefe zur Schutzwehr hat. In diese kleine, dem Papst gehörende, Stadt war es den Anhängern der Orsini und den Sbirren der Regierung geglückt, Bandini zu schaffen. Unter die eifrigsten Anhänger dieser Partei rechnete man Herrn von Campireali und seinen Sohn Fabio, die übrigens mit den Orsini weitläufig verwandt waren. Seit jeher waren dagegen Giulio Branciforte und sein Vater Anhänger der Colonna.

Unter Umständen, wo es den Colonna nicht paßte, öffentlich zu handeln, nahmen sie zu einer einfachen Vorsicht ihre Zuflucht: die meisten der reichen römischen Bauern waren damals wie heute Mitglieder irgendwelcher Büßergemeinschaften. Die Büßer erschienen in der Öffentlichkeit nie anders als den Kopf mit einem Stück Leinwand bedeckt, das ihr Gesicht verhüllte und nur zwei Löcher für die Augen frei ließ. Wenn die Colonna sich zu einer Unternehmung nicht bekennen wollten, luden sie ihre Anhänger ein, sich ihnen im Büßerkleid anzuschließen.

Nach langen Vorbereitungen wurde die Überführung Bandinis, welche schon seit vierzehn Tagen das Gespräch der Gegend bildete, auf einen Sonntag festgesetzt. An diesem Tag um zwei Uhr morgens ließ der Bürgermeister von Valmontone in allen Dörfern des Waldes von La Faggiola die Sturmglocken läuten. Man sah aus jedem Ort Bauern in ziemlich großer Anzahl ausrücken. Die Sitten der mittelalterlichen Republiken, als man sich noch schlug, um irgendeine Sache, die man wünschte, zu erlangen, hatten in den Herzen der Landleute sehr viel Tapferkeit erhalten; zu unsrer Zeit würde sich niemand rühren.

An diesem Tag konnte man etwas Sonderbares bemerken: So oft ein kleiner Trupp bewaffneter Bauern aus seinem Dorf heraus in den Wald bog, verringerte er sich um die Hälfte; die Anhänger der Colonna schlugen die Richtung nach dem von Fabrizio bezeichneten Treffpunkt ein. Ihre Anführer schienen überzeugt, daß man sich an diesem Tage nicht schlagen würde: sie hatten morgens Befehl erhalten, dieses Gerücht zu verbreiten. Fabrizio durcheilte den Wald mit der Auslese seiner Anhänger, die mit halbwüchsigen jungen Pferden seines Gestüts beritten waren. Er hielt eine Art Heerschau über die verschiedenen Bauerntrupps ab; aber er sprach nichts zu ihnen; weil jedes Wort bloßstellen konnte. Fabrizio war ein großer, magerer Mann von unglaublicher Gewandheit und Kraft; obwohl er kaum fünfundvierzig Jahre zählte, waren seine Haare und sein Schnurrbart von blendender Weiße, was ihm sehr unangenehm war. Denn an diesem Merkmal konnte man ihn auch an Orten erkennen, wo er lieber unerkannt geblieben wäre. Sobald die Bauern ihn sahen, riefen sie: Evviva Colonna! und zogen ihre Leinenkapuzen über. Der Fürst selbst hatte seine Kapuze auf der Brust hängen, um sie überziehen zu können, sobald sich der Feind zeigte.

Dieser ließ nicht auf sich warten. Die Sonne war kaum aufgegangen, als etwa tausend Mann der Orsini-Partei von der Seite von Valmontone her in den Wald eindrangen und in einer Entfernung von etwa dreihundert Schritten an den Anhängern des Colonna vorbeizogen, die sich auf seinen Befehl zur Erde geworfen hatten. Einige Minuten, nachdem die letzten dieser Vorhut der Orsini vorbei waren, setzte der Fürst seine Leute in Bewegung; er hatte beschlossen, das Geleit des Bandini anzugreifen, wenn eine Viertelstunde vorbei sein würde, nachdem es den Wald betreten hatte. An dieser Stelle ist der Wald mit kleinen Felsen von fünfzehn oder zwanzig Fuß Höhe übersät; das sind mehr oder weniger alte Lavaflüsse, auf denen die Kastanien wunderbar wachsen und fast ganz den Tag verhüllen. Weil diese Lavablöcke, die mehr oder weniger von der Zeit angegriffen sind, den Boden sehr uneben machen und um der Landstraße eine Anzahl kleiner unnützer Auf- und Abstiege zu ersparen, hat man den Weg in die Lava eingesenkt, und er liegt jetzt oft drei oder vier Fuß tiefer als der Wald.

An der Stelle, wo Fabrizio den Angriff vorgesehen hatte, befand sich eine mit Gras bedeckte Lichtung, die an einem Ende von der Landstraße überquert wurde. Dann trat die Straße wieder in den Wald ein, der an dieser Stelle voll von Brombeerbüschen und zwischen Baumstümpfen wuchernder Stauden ganz undurchdringlich war. Fabrizio hatte hier seine Fußtruppen etwa hundert Schritt tief im Walde und zu beiden Seiten der Straße aufgestellt. Auf ein Zeichen Colonnas setzte jeder der Bauern seine Kapuze auf und nahm mit seiner Büchse hinter einem Kastanienbaum Stellung; die Soldaten des Fürsten stellten sich hinter die Bäume zunächst der Straße. Die Bauern hatten strengen Befehl, erst nach den Soldaten zu schießen und diese durften erst Feuer geben, wenn der Feind auf zwanzig Schritt nahe sein würde. Fabrizio ließ in Eile einige zwanzig Bäume fällen, welche mit ihren Zweigen auf die

Straße gestürzt sie vollständig sperrten; die Straße war an dieser Stelle sehr eng und lag um drei Fuß tiefer. Hauptmann Ranuccio mit fünfhundert Mann folgte der Vorhut; er hatte Befehl, erst anzugreifen, wenn er die ersten Flintenschüsse hören würde, die vom Holzverhau abgegeben werden sollten, der die Straße versperrte. Als Fabrizio Colonna seine Soldaten und seine Anhänger jeder hinter seinem Baum wohl aufgestellt und voll Entschlossenheit sah, ritt er im Galopp mit seinen Berittenen weiter, unter denen sich auch Giulio Branciforte befand. Der Fürst schlug einen Pfad zur Rechten der Landstraße ein, welcher zum entgegengesetzten Ende der Lichtung führte.

Colonna war kaum einige Minuten davon, als man auf der Straße von Valmontone von weitem eine große Schar Berittener nahen sah; das waren die Sbirren und ihr Bargello, die Bandini geleiteten, und alle Herren, die zu den Orsini hielten. In ihrer Mitte befand sich Balthasar Bandini, von vier rotgekleideten Scharfrichtern umringt; sie hatten Befehl, das Urteil der ersten Instanz zu vollstrecken und Bandini sofort zu töten, wenn die Anhänger der Colonna daran wären, ihn zu befreien.

Die Reiter Colonnas waren kaum am andern Ende der Lichtung angelangt, als man die ersten Flintenschüsse aus dem Hinterhalt beim Holzverhau auf der Straße hörte. Sogleich setzte er seine Reiter in Galopp und richtete seinen Angriff auf die vier rotgekleideten Henker, die Bandini umgaben.

Wer werden nicht im genauen Verlauf diesem kleinen Handstreich folgen, der nicht einmal dreiviertel Stunden dauerte; überrascht flohen die Anhänger der Orsini nach allen Richtungen, aber bei der Vorhut wurde der tapfere Hauptmann Ranuccio getötet, und dieses Ereignis hatte einen verhängnisvollen Einfluß auf das Schicksal Brancifortes. Kaum hatte dieser einige Säbelhiebe ausgeteilt, um sich an die rotgekleideten Männer heranzuarbeiten, als er sich Fabio Campireali gegenüber befand.

Auf einem schnaubenden Pferd und mit goldenem Kettenhemd bekleidet, schrie Fabio:

„Wer sind diese maskierten Schufte? Laßt uns ihre Masken mit einem Säbelhieb zerschneiden! Seht, wie ich das mache!“

Fast im gleichen Augenblick erhielt Giulio Branciforte von ihm einen Säbelhieb über die Stirn. Dieser Schlag war mit solcher Geschicklichkeit geführt, daß das Leinen, welches sein Gesicht verhüllte, fiel, als seine Augen durch das Blut geblendet wurden, welches aus dieser übrigens harmlosen Wunde floß. Giulio ritt abseits, um Zeit zum Aufatmen zu gewinnen und sein Gesicht abzuwischen. Er wollte sich um keinen Preis mit Helenas Bruder schlagen, und sein Pferd war schon einige Schritte von Fabio entfernt; da erhielt er einen wütenden Säbelhieb über die Brust, der dank seinem Kettenhemd nicht durchdrang, aber ihm für einen Augenblick den Atem nahm. Fast gleichzeitig hörte er in seine Ohren schreien:

„Ti conosco, porco! Kanaille, ich kenne dich! So verdienst du also dein Geld, um deine Lumpen abzulegen?“

Giulio, in solcher Weise gereizt, vergaß seinen Vorsatz und stürzte sich wieder auf Fabio:

„Ed in mal ponto tu venisti!“ rief er aus.

Nach einigen heftigen Säbelhieben fiel das Gewand, das ihre Panzerhemden bedeckte, nach allen Seiten. Das

Panzerhemd Fabios war vergoldet und prächtig, das Giulios so gewöhnlich wie nur möglich.

„In welchem Dreck hast du dein Giacco aufgelesen?“ schrie Fabio.

Im gleichen Augenblick fand Giulio die Gelegenheit, die er seit einer halben Minute suchte. Das stolze Panzerhemd Fabios deckte den Hals nicht genug, und Giulio führte nach dieser kleinen ungedeckten Stelle des Halses einen Stoß, der saß. Giulios Schwert drang einen halben Fuß weit in die Gurgel Fabios und ließ einen mächtigen Blutstrahl hervorspringen.

„Unverschämter“, schrie Giulio dabei und galoppierte auf die Rotgekleideten zu, von denen zwei, hundert Schritte von ihm entfernt, noch zu Pferd waren; als er sich näherte, fiel der dritte Henker, aber im Augenblick, wo Giulio dem vierten schon ganz nahe war, drückte dieser, da er sich von mehr als zehn Reitern umzingelt sah, gegen den unglücklichen Bandini eine Pistole aus nächster Nähe los, so daß er zu Boden fiel.

„Meine werten Herrn, wir haben hier nichts mehr zu tun!“ rief Branciforte, „machen wir diese Schurken von Sbirren nieder, die nach allen Seiten davonlaufen.“

Alles folgte ihm.

Als Giulio eine halbe Stunde später in die Nähe Fabrizio Colonnas zurückkehrte, richtete dieser große Herr zum erstenmal das Wort an ihn. Giulio fand ihn trunken vor Zorn, während er geglaubt hatte, ihn vor Freude entzückt zu finden; denn der Sieg war vollständig gewesen und gänzlich seinen guten Anordnungen zu verdanken; denn die Orsini hatten nahezu dreitausend Mann und Fabrizio hatte für diese Sache nicht mehr als fünfzehnhundert aufgeboten.

„Wir haben unsern tapfren Freund Ranuccio verloren," sagte der Fürst zu Giulio, „ich komme eben von seiner Leiche, er ist schon kalt. Und der arme Balthasar Bandini ist tödlich verwundet. Also haben wir im Grunde nicht gesiegt. Doch der Schatten des tapfren Kapitäns Ranuccio wird wohl begleitet vor Pluto erscheinen. Ich habe Befehl gegeben, alle diese gefangenen Schurken an die Bäume zu knüpfen. Versäumt das nicht, meine Herren!" rief er mit erhobener Stimme.

Und er ritt im Galopp zu der Stelle, wo der Kampf der Vorhut stattgefunden hatte. Giulio kommandierte als Vertreter Ranuccios dessen Abteilung; er folgte dem Fürsten, welcher bei dem Leichnam dieses tapfren Soldaten, der von mehr als fünfzig gefallenen Feinden umgeben war, zum zweitenmal vom Pferd stieg, um die Hand Ranuccios zu drücken. Giulio tat weinend das gleiche.

„Du bist noch sehr jung," sagte der Fürst zu Giulio, „aber ich sehe dich vom Blut bedeckt und dein Vater war ein tapfrer Mann, der mehr als zwanzig Wunden im Dienst der Colonna erhalten hatte. Übernimm die Führung derer, die von Ranuccios Abteilung übrig sind und geleite seine Leiche in unsre Kirche in La Petrella; vergiß aber nicht, daß du unterwegs angegriffen werden kannst."

Giulio wurde nicht angegriffen, aber er tötete mit einem Degenhieb einen seiner Soldaten, der ihm sagte, daß er zu jung wäre, um zu befehlen. Diese Unklugheit hatte Erfolg, weil Giulio noch von Fabios Blut bedeckt war. Die ganze Straße entlang fand er die Bäume mit Männern beladen, welche man aufgehängt hatte. Dieses gräßliche Schauspiel, verbunden mit Ranuccios und besonders mit Fabios Tod, machten ihn fast wahnsinnig.

Seine einzige Hoffnung war, daß man nicht den Namen von Fabios Besieger wußte.

Wir übergehen die militärischen Einzelheiten. Drei Tage nach dem Kampf konnte Giulio wieder einige Stunden in Albano verbringen; er erzählte seinen Bekannten, ein heftiges Fieber habe ihn in Rom zurückgehalten und ihn gezwungen, die ganze Woche über das Bett zu hüten.

Aber man behandelte ihn überall mit einem sichtlich zur Schau getragenen Respekt; die angesehensten Leute der Stadt grüßten ihn zuerst; einige Unvorsichtige gingen sogar so weit, ihn mit Herr Hauptmann anzureden. Er war mehrmals am Palazzo Campireali vorbeigegangen, hatte ihn aber fest verschlossen gefunden, und da der neue Hauptmann sehr schüchtern war, wenn es galt, sich nach gewissen Personen zu erkundigen, vermochte er erst gegen Mittag über sich zu gewinnen, den alten Scotti, der ihn stets mit Güte behandelt hatte, zu fragen:

„Aber wo sind denn die Campireali? Ich sehe ihren Palast geschlossen."

„Mein Freund," antwortete Scotti mit plötzlicher Traurigkeit, „das ist ein Name, den du niemals aussprechen solltest. Deine Freunde sind wohl davon überzeugt, daß er es war, der herausgefordert hat und sagen es überall; aber schließlich: war er nicht das Haupthindernis deiner Heirat? Und macht sein Tod nicht seine Schwester unermeßlich reich? Und bist es nicht du, den sie liebt? Man kann sogar hinzufügen — und in diesem Fall wird die Unverschämtheit zur Tugend —, daß sie dich genug liebt, um dich nachts in deinem kleinen Haus in Alba zu besuchen. Daher kann man in deinem Interesse sagen, daß Ihr schon vor dem verhängnisvollen Kampf bei Ciampi Mann und Frau wart."

Der Greis unterbrach sich, weil er bemerkte, daß Giulio die Tränen nicht beherrschen konnte.

„Gehn wir zum Gasthaus hinauf", sagte Giulio.

Scotti folgte ihm; man gab ihnen ein Zimmer, worin sie sich einschlossen und Giulio bat den Greis, ihm alles, was sich seit acht Tagen ereignet hatte, erzählen zu dürfen. Nach Beendigung dieser langen Erzählung sagte der Alte:

„Ich sehe wohl an deinen Tränen, daß nichts, was geschehen ist, in deiner Absicht lag, aber Fabios Tod ist deshalb kein weniger böses Ereignis für dich. Es ist dringend nötig, daß Helena ihrer Mutter erklärt, du seiest schon seit langem ihr Gatte."

Giulio antwortete nicht und der Greis schrieb dies einer lobenswerten Diskretion zu. In schweres Sinnen versunken, fragte sich Giulio, ob Helena, verletzt durch den Tod eines Bruders, seinem Zartgefühl noch gerecht werden würde; jetzt bereute er, was er damals versäumt hatte. Darauf bat er den Alten, ihm alles, was sich am Tage des Kampfes in Albano zugetragen hatte, frei zu erzählen. Fabio war gegen halb sieben Uhr morgens getötet worden, mehr als sechs Meilen von Albano entfernt und — so unglaublich es klingt! — schon um neun Uhr wurde von diesem Tod zu sprechen begonnen. Gegen Mittag hatte man gesehen, wie sich der alte Campireali, tränenüberströmt und auf seine Diener gestützt, in das Kapuzinerkloster begab. Kurz darauf hatten drei dieser ehrwürdigen Väter, auf den besten Rossen der Campireali und von vielen Dienstleuten gefolgt, den Weg nach dem Dorf Ciampi eingeschlagen, in dessen Nähe der Kampf ausgefochten worden war. Der alte Campireali wollte durchaus mit, aber man hatte ihn davon abgebracht, indem man ihm vorstellte, daß

Fabrizio Colonna wütend sei (warum, wußte man allerdings nicht recht) und ihm übel mitspielen könnte, wenn er gefangen genommen würde.

Nachts gegen die zwölfte Stunde schien der Wald von La Faggiola in Flammen zu stehen: das waren alle Mönche und alle Armen von Albano, die — jeder eine große brennende Wachskerze in der Hand — dem Leichnam des jungen Fabio entgegengingen.

„Ich will dir nicht verhehlen," fügte der Greis hinzu, die Stimme senkend, als fürchte er, gehört zu werden, „daß die Straße, welche nach Valmontone und nach Ciampi führt..."

„Nun was?" sagte Giulio.

„Nun wohl, diese Straße führt an deinem Haus vorbei und man sagt, daß das Blut aus der schrecklichen Halswunde wieder zu fließen begann, als Fabios Leichnam dort vorbeikam."

„Wie entsetzlich!" rief Giulio und erhob sich.

„Beruhige dich, mein Freund", sagte der Greis. „Du siehst wohl ein, wie es nötig ist, daß du alles weißt. Und jetzt muß ich dir sagen, daß deine Anwesenheit hier heute ein wenig verfrüht erscheint. Wenn Ihr mir die Ehre erweisen wollt, mich um Rat zu fragen, Kapitän, möchte ich hinzufügen, daß es nicht passend ist, daß Ihr Euch früher als nach einem Monat in Albano zeigt. Es ist wohl nicht notwendig, Euch aufmerksam zu machen, daß es unvorsichtig wäre, nach Rom zu gehen. Man weiß noch nicht, wie sich der Heilige Vater zu den Colonna stellen wird, man denkt zwar, daß er der Erklärung Fabrizios Glauben schenken wird, der vorgibt, von dem Kampf bei Ciampi nicht früher als durch das öffentliche Gerede gehört zu haben; aber der Gouverneur von Rom, der ein treuer Orsini ist, wütet und würde entzückt sein, einige der tapfren Soldaten Fabrizios hängen zu lassen, und dieser könnte sich nicht einmal öffentlich beschweren, weil er schwört, beim Kampf nicht dabei gewesen zu sein. Ich werde noch weiter gehen, und, obwohl Ihr mich nicht danach fragt, mir die Freiheit nehmen, Euch einen militärischen Rat zu geben: Ihr seid in Albano beliebt, sonst wäret Ihr hier nicht in Sicherheit. Aber bedenkt, daß Ihr seit mehreren Stunden in der Stadt umhergeht, daß einer der Anhänger der Orsini sich herausgefordert fühlen könnte, oder mindestens an die Leichtigkeit, eine schöne Belohnung zu gewinnen, denken kann. Der alte Campireali hat tausendmal wiederholt, daß er seine schönste Besitzung dem schenkt, der Euch tötet. Ihr hättet einige der Soldaten aus Eurem Haus nach Albano herunternehmen sollen.

„Ich habe nicht einen Soldaten in meinem Haus.“

„In diesem Fall seid Ihr ein Narr, Kapitän. Diese Herberge hat einen Garten; wir werden uns durch den Garten machen und über die Weinberge flüchten. Ich werde Euch begleiten; ich bin alt und ohne Waffen; aber wenn wir Übelgesinnten begegnen, werde ich mit Ihnen sprechen; Ihr werdet wenigstens Zeit gewinnen.“

Giulios Seele war zerrissen. Sollen wir zu erzählen wagen, wie weit seine Narrheit ging? Sowie er gehört hatte, daß der Palast Campireali geschlossen war und alle seine Bewohner nach Rom abgereist seien, faßte er den Plan, den Garten wiederzusehen, wo er so oft mit Helena zusammengekommen war. Er hoffte sogar, ihr Zimmer wiederzusehen, wo sie ihn empfangen hatte, wenn ihre Mutter abwesend war. Er hatte das Bedürfnis, sich durch den Anblick der Orte, wo sie so zärtlich zu ihm gewesen war, gegen ihren Zorn zu wappnen.

Branciforte und der edelmütige Alte hatten keine unangenehme Begegnung, während sie den kleinen Pfaden folgten, die durch die Weinberge zum See ansteigen. Giulio ließ sich von neuem die Einzelheiten des Begräbnisses des jungen Fabio erzählen. Die Leiche dieses tapfren jungen Mannes war von vielen Priestern begleitet nach Rom überführt und in der Familiengruft im Kloster San Onofrio am Gianicolo beigesetzt worden. Man hatte als einen sehr auffallenden Umstand vermerkt, daß Helena am Vorabend der Zeremonie von ihrem Vater nach dem Kloster der Heimsuchung in Castro zurückgebracht worden war; dies hatte das umlaufende Gerücht verstärkt, daß sie heimlich mit dem Wegelagerer vermählt sei, der das Unglück gehabt hätte, ihren Bruder zu töten.

Als er bei seinem Haus ankam, fand Giulio den Korporal seiner Kampagnie mit vieren seiner Soldaten; sie sagten ihm, daß ihr früherer Hauptmann nie den Wald verlassen hätte, ohne einige seiner Leute bei sich zu haben. Der Fürst hatte öfters geäußert, daß jeder, bevor er sich aus Unvorsichtigkeit töten lasse, vorher seinen Abschied nehmen möge, damit er die Rache für einen solchen Tod nicht ihm aufbürde.

Giulio Branciforte verstand die Berechtigung solcher Gedanken, die ihm bisher völlig fremd gewesen waren. Er hatte, ähnlich, wie es die Naturvölker tun, geglaubt, daß der Krieg in nichts bestünde, als sich tapfer zu schlagen. Er fügte sich auf der Stelle den Wünschen des Fürsten und nahm sich nur noch die Zeit, den weisen Alten zu umarmen, der so edelmütig gewesen war, ihn nach Haus zu begleiten.

Aber einige Tage später kehrte Giulio halb verrückt vor Schwermut zurück, um den Palast Campireali wiederzusehen. Mit Einbruch der Nacht kamen er und seine Soldaten, als neapolitanische Kaufleute verkleidet, nach Albano. Er sprach allein bei Scotti vor und hörte, daß Helena noch immer im Kloster von Castro verbannt sei. Ihr Vater, der sie mit dem vermählt glaubte, den er den Mörder seines Sohnes nannte, hatte geschworen, sie nie wiederzusehen. Selbst als er sie ins Kloster brachte, hatte er sie nicht angesehen. Die Zärtlichkeit ihrer Mutter dagegen schien sich zu verdoppeln und oft verließ sie Rom, um einen Tag oder zwei bei ihrer Tochter zu verbringen.

IV

‚Wenn ich mich vor Helena nicht rechtfertige', sagte sich Giulio, als er nachts den Standort seiner Kompagnie im Walde wiedergewann, ‚wird sie mich am Ende für einen Mörder halten. Gott weiß, was man ihr alles über diesen unheilvollen Kampf erzählt hat.'

Er ging zum Fürsten in das befestigte Schloß La Petrella, um seine Befehle entgegenzunehmen und bat um die Erlaubnis, nach Castro zu gehen. Fabrizio Colonna verzog die Stirn:

„Die Angelegenheit des kleinen Gefechts ist bei Seiner Heiligkeit noch nicht erledigt. Ihr müßt wissen, daß ich die Wahrheit erklärt habe; versteht: daß ich ganz unbeteiligt an diesem Zusammenstoß war, von dem ich sogar erst am folgenden Tage hier auf meinem Schloß La Petrella gehört habe. Ich habe allen Grund, anzunehmen, daß Seine Heiligkeit schließlich dieser aufrichtigen Vorstellung Glauben schenken wird. Aber die Orsini sind mächtig und alle Welt sagt, daß Ihr Euch in diesem Scharmützel hervorgetan habt. Die Orsini gehen so weit, zu behaupten, daß zahlreiche Gefangene an den Baumästen aufgehängt worden sind. Ihr wißt, wie falsch diese Darstellung ist; aber man kann Repressalien voraussehen."

Das tiefe Erstaunen, das in den kindlichen Blicken des jungen Hauptmanns glänzte, belustigte den Fürsten; jedoch empfand er, daß es angesichts solcher Unschuld geboten sei, deutlicher zu sprechen.

„Ich sehe in Euch", fuhr er fort, „jene vollendete Tapferkeit, die den Namen Branciforte in ganz Italien bekannt gemacht hat. Ich hoffe, daß Ihr für mein Haus die gleiche Treue haben werdet, die mir Euren Vater so teuer gemacht hat; ich habe sie Euch vergelten wollen. Die Losung meiner Mannschaft ist: Niemals die Wahrheit über irgend etwas zu sagen, das sich auf mich oder meine Soldaten bezieht. Wenn Ihr im Augenblick, wo Ihr zu sprechen genötigt seid, irgendeine Unwahrheit als nützlich erkennt, lügt, wie's der Zufall zusammenfügt und hütet Euch, wie vor einer Todsünde, auch nur im kleinsten die Wahrheit zu sagen. Ihr versteht, daß sie im Verein mit andren Auskünften auf die Spur meiner Pläne bringen könnte. Ich weiß übrigens, daß Ihr eine Liebelei im Kloster von Castro habt. Ihr könnt vierzehn Tage in dem Nest totschlagen, wo es den Orsini weder an Freunden, noch selbst an Agenten fehlt. Geht zu meinem Majordomus, der Euch zweihundert Zechinen geben wird. Die Freundschaft, die ich für Euren Vater hegte," fügte der Fürst lachend hinzu, „macht mir Lust, Euch Anleitung über die Art zu geben, wie Ihr dieses Kriegs- und Liebesabenteuer zu gutem Ende führt. Ihr und drei Eurer Soldaten werdet Euch als Kaufleute verkleiden. Ihr dürft dabei nicht verfehlen, immer auf einen Eurer Gefährten erzürnt zu sein, dessen Beruf es ist, immer betrunken zu scheinen und sich viele Freunde zu machen, indem er allen Nichtstuern von Castro den Wein zahlt. „Übrigens", fügte der Fürst in verändertem Ton hinzu, „solltet Ihr von den Orsini gefangen und zum Tode verurteilt werden, so gesteht nie Euren wahren Namen ein und noch weniger, daß Ihr zu mir gehört. Ich habe nicht nötig, Euch anzuempfehlen, daß Ihr alle kleinen Städte erst umgeht und stets durch das Tor eintretet, das der Richtung, aus der Ihr kommt, entgegengesetzt liegt."

Giulio war über diese väterlichen Ratschläge gerührt, die von einem sonst so ernsten Mann kamen. Zuerst lächelte der Fürst über die Tränen, die er in den Augen des jungen Mannes erblickte, dann wurde aber auch seine Stimme bewegt. Er zog einen der zahlreichen Ringe ab, die er an den Fingern trug, und Giulio küßte, als er ihn empfing, die durch so edle Taten berühmte Hand.

„Niemals hätte mein Vater so vorsorglich mit mir gesprochen", rief der junge Mann begeistert aus.

Am übernächsten Morgen, ein wenig vor Anbruch des Tages, zog er in die Mauern des kleinen Städtchens Castro ein, fünf Soldaten folgten ihm, wie er verkleidet; zwei davon gingen für sich und schienen weder ihn noch die drei andren zu kennen. Noch bevor sie in die Stadt eintraten, hatte Giulio das Kloster der Heimsuchung bemerkt, ein großes, von schwarzen Mauern umgebenes Gebäude, das einer Festung glich. Er lief zur Kirche; sie war prächtig. Die Nonnen, die alle adlig und meist aus reichen Häusern waren, wetteiferten untereinander aus Eitelkeit, um diese Kirche reich zu schmücken, die der einzige Teil des Klosters war, welchen die Blicke der Öffentlichkeit erreichten. Es war Gebrauch geworden, daß jene der Damen, die aus einer vom Kardinal-Protektor des Ordens der Heimsuchung dem Papste vorgelegten Liste von drei Nonnen zur Äbtissin erwählt wurde, eine ansehnliche Gabe darbrachte, die dazu diente, ihren Namen zu verewigen. Diejenige, deren Gabe geringer war als das Geschenk der letzten Äbtissin, verfiel samt ihrer Familie der Verachtung.

Giulio trat zitternd in dieses prächtige Gebäude, das von Marmor und Vergoldung strahlte. In Wahrheit dachte er kaum an den Marmor und die Goldverzierungen; es schien ihm, daß er unter Helenas Augen sei. Der Hochaltar hatte, wie man ihm sagte, mehr als achthunderttausend Francs gekostet; aber seine Blicke übersahen die Schätze des Hochaltars und hefteten sich auf ein vergoldetes Gitter, das fast vierzig Fuß hoch und durch zwei Marmorpfeiler in drei Abteilungen geteilt war. Dieses Gitter, dem seine mächtige Größe etwas Schreckliches verlieh, erhob sich hinter dem Hochaltar und trennte den Chor der Nonnen von der allen Gläubigen zugänglichen Kirche.

Giulio sagte sich, daß Nonnen und Pensionärinnen sich während des Gottesdienstes hinter diesem goldenen Gitter befanden. In diesen inneren Teil der Kirche konnte sich eine Nonne oder eine Pensionärin zu jeder Tageszeit begeben, wenn sie Bedürfnis hatte, zu beten: Auf diesen aller Welt bekannten Umstand gründeten sich die Hoffnungen des armen Liebhabers. Allerdings deckte ein mächtiger schwarzer Schleier das Gitter auf der Innenseite. ‚Aber dieser Schleier', überlegte Giulio, ‚kann kaum den Blick der Pensionärinnen hindern, wenn sie in die öffentliche Kirche schauen, denn ich — stellte er fest — der ich mich nur auf einige Entfernung nähern kann, bemerke doch durch den Schleier die Fenster, die dem Chor Licht geben, sehr gut; ja, ich kann sogar die geringsten Einzelheiten ihrer Architektur unterscheiden.‘ Jeder Stab dieses prächtig vergoldeten Gitters trug eine scharfe, gegen die sich ihm Nähernden gerichtete Spitze.

Giulio wählte einen sehr sichtbaren Platz an der hellsten Stelle, dem linken Teil des Gitters gegenüber. Dort verbrachte er seine Tage damit, die Messen zu hören. Da er sich hier nur von Bauern umgeben sah, konnte er hoffen, selbst durch den schwarzen Schleier hindurch bemerkt zu werden. Zum ersten Mal in seinem Leben trachtete der schlichte junge Mann aufzufallen: sein Auftreten war gesucht; er gab zahlreiche Almosen beim Eintritt und beim Verlassen der Kirche. Seine Leute und er behandelten die kleinen Lieferanten und Arbeiter, die Verbindung mit dem Kloster hatten, mit den größten Aufmerksamkeiten. Doch erst am dritten Tage hatte er endlich Aussicht, einen Brief an Helena gelangen lassen zu können. Auf seinen Befehl folgte man beständig den beiden Laienschwestern, die Vorräte für das Kloster einzukaufen hatten; eine von ihnen hatte Beziehungen zu einem Krämer. Einer der Soldaten Giulios, der Mönch gewesen war, gewann die Freundschaft des Kaufmanns und versprach ihm eine Zechine für jeden Brief, welcher der Pensionärin Helena Campireali zugestellt würde.

„Was!“ sagte der Kaufmann bei der ersten Andeutung, die man ihm über diese Sache machte, „einen Brief an die Frau des Briganten?“

Dieser Name war schon in Castro eingebürgert und doch war Helena erst vor vierzehn Tagen dort angekommen; so schnell läuft alles, was der Einbildungskraft Stoff gibt bei diesem Volk, das leidenschaftlich alle genauen Einzelheiten liebt.

Der kleine Kaufmann fügte hinzu:

„Diese wenigstens ist verheiratet, aber wie viele unsrer Damen haben solche Entschuldigung nicht und empfangen von draußen ganz andres als Briefe."

In diesem ersten Brief erzählte Giulio mit unzähligen Einzelheiten alles, was an jenem unheilvollen Todestag Fabios vor sich gegangen war. „Hassest Du mich?" fragte er am Ende.

Helena antwortete nur eine Zeile, worin sie sagte, daß sie niemanden hasse und den Rest ihres Lebens dazu verwenden wolle, den zu vergessen, der ihren Bruder getötet hatte.

Giulio beeilte sich, zu antworten; nach Anklagen gegen das Schicksal, die Platon nachahmten und damals in Mode waren, fuhr er fort:

„Du willst also das Wort Gottes, das er in der Heiligen Schrift für uns niedergelegt hat, vergessen? Gott sagt: die Frau soll ihre Familie und ihre Eltern verlassen, um ihrem Gatten zu folgen. Wagst du zu behaupten, daß du nicht meine Frau bist? Erinnere dich an die Nacht von San Pietro. Als die Morgenröte schon hinter dem Monte Cave aufstieg, warfst du dich mir zu Füßen; ich wollte dich schonen; du gehörtest mir, wenn ich es gewollt hätte; du konntest der Liebe, die du damals für mich fühltest, nicht widerstehen. Ich hatte dir schon oft gesagt, daß ich dir mein Leben und alles, was mir auf der Welt teuer ist, darbringe; aber plötzlich schien mir, daß du mir auch antworten könntest — wenn du es selbst niemals tätest — daß alle diese durch keine äußere Tat erhärteten Opfer vielleicht nur Einbildung sind. Ein gegen mich grausamer, aber im Grunde richtiger Gedanke erleuchtete mich. Ich dachte, daß nicht ohne Grund der Zufall mir jetzt die Gelegenheit gebe, in deinem Interesse auf das höchste Glück zu verzichten, das ich mir je hatte träumen lassen. Du warst in meinen Armen und schon ohne Widerstand, erinnere dich, selbst dein Mund wagte nicht zu verweigern. In diesem Augenblick ertönte das morgendliche Ave Maria im Kloster von Monte Cave und durch einen wundersamen Zufall drang dieser Ton bis zu uns. Du riefst mir zu: Bring dieses Opfer der heiligen Madonna, der Mutter aller Reinheit. Ich hatte schon seit einem Augenblick die Idee dieses Opfers, des einzigen, das ich dir je zu bringen Gelegenheit haben würde. Ich fand es unerhört, daß auch dir der gleiche Gedanke gekommen war. Der ferne Klang dieses Ave Maria rührte mich, ich gestehe es; ich erfüllte deine Bitte. Das Opfer war jedoch nicht ganz allein für dich gebracht; ich glaubte, unsre zukünftige Vereinigung unter den Schutz der Mutter Gottes zu stellen. Damals dachte ich nicht daran, daß von dir, Treulose, wohl aber, daß von deiner reichen und vornehmen Familie Hindernisse kommen könnten. Wie hätte dieses Angelus von so weit her, durch den halben Wald über die Gipfel der im Morgenwind bewegten Bäume ohne übernatürliche Einwirkung bis zu uns dringen können? Da fielst du vor mir auf die Knie, erinnerst du dich? Ich stand auf, zog aus meiner Brust das Kreuz, das ich dort trage, und du schwurst auf dieses Kreuz, das hier vor mir liegt, und bei deiner ewigen Verdammnis, wo du je sein würdest und was immer auch geschehen möge, würdest du, sobald ich dir den Befehl zukommen lasse, wieder ganz mein Eigen sein, wie du es in dem Augenblick warst, als das Ave Maria von Monte Cave von so weit her an dein Ohr rührte. Dann sagten wir fromm zwei Ave und zwei Paternoster. Nun wohl, bei der Liebe, die du damals für mich fühltest oder wenn du sie — wie ich fürchte — vergessen hast, bei deiner ewigen Verdammnis befehle ich dir, mich heute Nacht in deinem Zimmer oder im Garten zu empfangen."

Der italienische Autor bringt seltsamerweise noch viele lange Briefe Giulio Brancifortes, welche nach diesem geschrieben sind; aber er gibt nur Auszüge aus den Antworten Helena Campirealis. Jetzt, einige hundert Jahre später, stehen wir den Gefühlen der Liebe und der Religion, welche diese Briefe erfüllen, so fremd gegenüber, daß ich fürchte, sie könnten zu lang sein.

Aus diesen Briefen geht hervor, daß Helena endlich dem Befehl gehorchte, der in dem von uns gekürzt wiedergegebenen Schreiben enthalten war. Giulio fand ein Mittel, ins Kloster einzudringen; man vermöchte aus einem Wort anzunehmen, daß er sich als Frau verkleidete. Helena empfing ihn, aber nur hinter dem Gitter eines Erdgeschoßfensters, das auf den Garten ging. Zu seinem unbeschreiblichen Schmerz erkannte Giulio, daß dieses einst so zärtliche und sogar leidenschaftliche Mädchen zu einer Fremden geworden war; sie behandelte ihn fast mit ausgesuchter Höflichkeit. Als sie ihn in den Garten einließ, hatte sie fast ausschließlich der heiligen Pflicht des Eides gehorcht. Die Begegnung war kurz: schon nach einigen Minuten gewann der Stolz Giulios, der vielleicht durch die Ereignisse der letzten vierzehn Tage ein wenig gereizt war, die Oberhand.

‚Ich sehe nichts vor mir', sagte er zu sich, ‚als den Schatten jener Helena, die sich mir in Albano für das ganze Leben hingab.‘ Nun war es die Hauptsache für Giulio, die Tränen zu verbergen, die bei den höflichen Wendungen, mit denen Helena das Wort an ihn richtete, sein Gesicht überströmten. Als sie aufgehört hatte, zu sprechen und die — wie sie sagte — nach dem Tode eines Bruders so natürliche Veränderung zu rechtfertigen, antwortete ihr Giulio, indem er sehr langsam sprach:

„Ihr erfüllt nicht Euer Gelöbnis; Ihr empfangt mich nicht im Garten; Ihr liegt nicht vor mir auf den Knien, wie damals, eine halbe Minute, nachdem wir jenes Ave Maria von Monte Cave hörten. Vergeßt Euren Schwur, wenn Ihr könnt, ich vergesse nichts, Gott stehe Euch bei!“

Mit diesen Worten verließ er das vergitterte Fenster, an dem er gut noch eine Stunde hätte bleiben können. Wer hätte ihm einige Augenblicke zuvor sagen dürfen, daß er diese so herbeigesehnte Zusammenkunft freiwillig abkürzen werde! Dieses Opfer zerriß seine Seele, aber er glaubte, daß er Helenas Verachtung verdienen würde, wenn er auf ihre Förmlichkeit anders als damit antwortete, daß er sie ihrer Reue überließ.

Vor Sonnenaufgang verließ er das Kloster. Er stieg zu Pferde und gab seinen Soldaten Befehl, ihn eine Woche lang in Castro zu erwarten und dann in den Wald zurückzukehren; er war außer sich vor Verzweiflung. Zuerst wandte er sich nach Rom.

‚Was?! Ich entferne mich von ihr!‘ sagte er sich bei jedem Schritt. ‚Wie! Wir sind einander fremd geworden! O Fabio! Wie bist du gerächt!‘

Der Anblick der Menschen, die er auf der Straße antraf, steigerte noch seinen Zorn; er lenkte sein Pferd quer über die Felder und ritt auf den öden verlassenen

Uferstreif zu, der das Meer begleitet. Als er nicht mehr durch die Begegnungen mit diesen ruhigen Bauern gestört wurde, deren Los er beneidete, atmete er auf; der Anblick dieser wilden Gegend war in Einklang mit seiner Verzweiflung und mäßigte seinen Zorn; jetzt konnte er sich der Betrachtung seines traurigen Schicksals hingeben.

‚In meinem Alter', sagte er sich, ‚habe ich eine Hilfe: eine andre Frau zu lieben!'

Bei diesem traurigen Gedanken fühlte er seine Verzweiflung sich verdoppeln; er sah nur zu gut, daß es für ihn nur eine Frau auf der Welt gab. Er stellte sich die Qual vor, die er leiden würde, wenn er das Wort Liebe vor einer andern als Helena ausspräche. Dieser Gedanke zerriß ihn.

Er wurde von einem Anfall bittren Lachens geschüttelt.

‚Ich gleiche hier genau diesen Helden Ariosts,' dachte er, ‚die einsam durch öde Länder ziehen, um zu vergessen, daß sie ihre treulose Geliebte in den Armen eines andren Ritters gefunden haben ... Aber sie ist nicht so schuldig,' sagte er sich, indem er nach diesem tollen Lachen wieder in Tränen ausbrach; ‚ihre Untreue geht nicht so weit, einen andren zu lieben. Diese bewegsame und reine Seele hat sich durch die schrecklichen Dinge irreleiten lassen, die man ihr von mir erzählt hat; ohne Zweifel hat man es ihr so dargestellt, als hätte ich mich an diesem verhängnisvollen Überfall nur in der geheimen Absicht beteiligt, ihren Bruder zu töten. Man wird noch weiter gegangen sein, man wird mir die schmutzige Berechnung unterschoben haben, daß sie die alleinige Erbin eines ungeheuren Vermögens werde, wenn ihr Bruder tot sei ... Und ich, ich habe die Dummheit begangen, sie ganze vierzehn Tage allein der Überredung meiner Feinde als Beute zu überlassen! Man muß zugeben, daß mir, zu allem meinem Unglück, der Himmel auch noch den Verstand versagt hat, mein Leben zu lenken! Ich bin ein verächtliches, bei Gott ein verächtliches Wesen! Mein Leben war niemand nützlich und mir noch weniger als jedem andren.'

In diesem Augenblick hatte der junge Branciforte eine für jene Zeit sehr seltsame Eingebung: sein Pferd schritt am äußersten Uferrand und zuweilen benetzten die Wellen seine Hufe; er hatte den Einfall, es ins Meer zu treiben und so das schreckliche Schicksal zu beenden, dessen Beute er war. Was sollte er fernerhin machen, da das einzige Wesen auf der Welt, das ihn jemals die Möglichkeit eines Glücks hatte fühlen lassen, ihn verließ? Dann hielt ihn plötzlich ein andrer Gedanke zurück.

,Was sind die Qualen, die ich erdulde', sagte er sich, ,im Vergleich mit jenen, die ich leiden würde, nachdem dieses elende Leben beendet ist? Helena wird sich nicht mehr bloß gleichgültig gegen mich verhalten, wie sie es jetzt tut, sondern ich würde sie in den Armen eines Nebenbuhlers sehen, und dieser Rivale wird ein junger römischer Edelmann sein, reich und angesehen; denn die Dämonen werden, wie es ihre Pflicht ist, die grausamsten Bilder suchen, um meine Seele zu zerreißen. So werde ich selbst im Tode Helena nicht vergessen können; ja, weit mehr: meine Leidenschaft für sie wird sich verdoppeln; denn dies ist der sicherste Weg, welchen die ewigen Mächte gehen können, um mich für meine schreckliche Sünde zu bestrafen.'

Um die Versuchung gänzlich zu vertreiben, schickte sich Giulio an, das Ave Maria zu beten. Einst, als er das morgendliche Ave Maria gehört hatte, das der Mutter Gottes geweihte Gebet, war jene Versuchung über ihn gekommen, edelmütig zu handeln, die ihm heute als die größte Torheit seines Lebens erschien. Aber aus Ehrfurcht wagte er es nicht, weiterzugehen und den Gedanken ganz auszudrücken, der sich seines Geistes bemächtigt hatte.

‚Wenn ich durch Eingebung der Madonna in einen verhängnisvollen Irrtum verfallen bin, muß sie da nicht in ihrer unendlichen Gerechtigkeit irgendeinen Umstand schaffen, der mir das Glück wiedergibt?'

Dieser Gedanke an die Gerechtigkeit der Madonna verjagte nach und nach seine Verzweiflung. Er hob den Kopf und sah hinter Albano und dem Wald den von düsterem Grün bedeckten Monte Cave vor sich und das heilige Kloster, dessen Morgenläuten ihn zu dem gebracht hatte, was er jetzt eine schändliche Täuschung nannte, die an ihm verübt worden war. Der unerwartete Anblick dieses heiligen Orts tröstete ihn.

‚Nein,' rief er aus, ‚es ist unmöglich, daß die Madonna mich im Stich läßt. Wäre Helena meine Frau gewesen, wie ihre Liebe es zuließ und meine Würde als Mann es forderte, so hätte die Erzählung von ihres Bruders Tod in ihrer Seele die Erinnerung an das Band vorgefunden, das sie mit mir verknüpft. Sie hätte sich gesagt, daß sie mir lange angehörte, bevor der unglückliche Zufall mich auf dem Kampfplatz Fabio gegenüberstellte. Er war zwei Jahre älter als ich, er war erfahrener in den Waffen, in jeder Hinsicht gewandter und stärker. Tausend Gründe wären meiner Frau eingefallen, daß nicht ich diesen Kampf gesucht haben könne. Sie würde sich erinnert haben, daß ich nie den mindesten Haß gegen ihren Bruder gehegt habe, selbst damals nicht, als er mit der Büchse nach uns schoß. Ich erinnere mich an unsre erste Zusammenkunft nach meiner Rückkehr aus Rom; ich sagte ihr: ‚Was willst du? die Ehre verlangt es; ich kann einen Bruder nicht tadeln!'‘

Durch sein Gebet zur Madonna der Hoffnung wiedergegeben, spornte Giulio sein Pferd an und gelangte in einigen Stunden zum Standquartier seiner Kompagnie. Er fand sie im Begriff abzumarschieren: man wollte auf die von Neapel über Monte Cassino nach Rom führende Straße gelangen. Der junge Hauptmann wechselte das Pferd und ging mit seinen Leuten. An diesem Tag schlug man sich nicht. Giulio fragte nicht, warum man fortmarschiert sei; es lag ihm wenig daran, es zu wissen. Im Augenblick, als er sich an der Spitze seiner Soldaten sah, erschien ihm sein Schicksal in neuem Licht.

‚Ich bin ganz einfach ein Tor,‘ sagte er sich, ‚ich habe Unrecht getan, Castro zu verlassen; Helena ist wahrscheinlich weniger schuldig, als mein Zorn es mir einbildete. Nein, diese kindlich reine Seele, deren erste Liebesregungen ich entstehen sah, kann nicht aufgehört haben, mir zu gehören! Sie war von Leidenschaft für mich durchdrungen! Hat sie mir nicht mehr als zehnmal angeboten, mit mir, der ich so arm bin, zu fliehen, und uns durch einen Mönch von Monte Cave trauen zu lassen? In Castro hätte ich vor allem eine zweite Zusammenkunft erlangen und ihr Vernunft zusprechen müssen; wahrhaftig, die Leidenschaft macht mich zerfahren wie ein Kind! O Gott, daß ich nicht einen Freund habe, einen Rat zu erflehen! Der gleiche Schritt erscheint mir im Zeitraum von zwei Minuten verwerflich und vortrefflich.‘

Am Abend dieses Tags, als man die Landstraße verließ, um sich wieder in den Wald zu schlagen, näherte sich Giulio dem Fürsten und fragte ihn, ob er noch einige Tage dort, wo er wüßte, bleiben könnte.

„Geh zu allen Teufeln!" rief Fabrizio, „glaubst du, daß jetzt der Augenblick sei, mich mit Kindereien zu unterhalten?"

Eine Stunde später ritt Giulio wieder nach Castro zurück. Er fand dort seine Leute vor; aber er wußte nicht, wie er Helena schreiben solle, nachdem er sie so hochfahrend verlassen hatte. Sein erster Brief enthielt nichts als die Worte: „Wird man mich in der nächsten Nacht empfangen wollen?"

„Man kann kommen", war auch die ganze Antwort.

Nach Giulios Abreise hatte sich Helena für immer verlassen geglaubt. Nun erst hatte sie die ganze Tragweite der Überlegungen des armen unglücklichen jungen Mannes verstanden: sie war seine Frau gewesen, bevor er das Unglück gehabt hatte, ihren Bruder im Kampf zu treffen.

Diesmal wurde Giulio nicht mit den höflichen Wendungen empfangen, die ihm bei der ersten Zusammenkunft so grausam erschienen waren. Helena erschien allerdings wieder nur hinter ihrem vergitterten Fenster, aber sie zitterte, und da der Ton Giulios sehr kühl war und seine Redewendungen fast als ob er mit einer Fremden spräche, war es jetzt an Helena, zu fühlen, wie grausam solch förmlicher Ton, nach der früheren süßen Vertrautheit wirkte. Giulio, der fürchtete, daß seine Seele wieder durch ein kaltherziges Wort Helenas zerrissen werden könnte, hatte den Ton eines Advokaten angenommen, um ihr zu beweisen, daß sie lange vor dem verhängnisvollen Kampf von Ciampi seine Frau gewesen sei. Helena ließ ihn reden, weil sie fürchtete, von Tränen überwältigt zu werden, wenn sie ihm anders als mit kurzen Worten antworte. Am Ende, als sie kaum mehr an sich halten konnte, bat sie ihren Freund, am nächsten Tag wiederzukommen. Es war am Vorabend eines hohen Festes, die Morgenandacht wurde sehr früh gesungen und ihre Zusammenkunft konnte leicht entdeckt werden. Giulio, der wie ein Verliebter dachte, verließ den Garten in tiefstem Nachsinnen: er vermochte nicht zu unterscheiden, ob er gut oder schlecht aufgenommen worden sei, und weil durch den Umgang mit seinen Kameraden ihm soldatische Sitten vertraut geworden waren, sagte er sich:

‚Es wird vielleicht dazu kommen, daß ich Helena entführen muß.“

Und er überlegte die verschiedenen Möglichkeiten, mit Gewalt in den Garten einzudringen. Da das Kloster sehr reich und lohnend zu brandschatzen war, hatte es eine große Anzahl Bediensteter in seinem Sold, die ehemals meist Soldaten gewesen waren; man hatte sie in einer Art Kaserne untergebracht, deren vergitterte Fenster auf einen schmalen Durchlaß sahen, der von dem äußeren Tor, das in der Mitte einer schwarzen, mehr als achtzig Fuß hohen Mauer lag, zu dem inneren führte, welches von der Schwester Pförtnerin bewacht wurde. Zur Linken dieses schmalen Gangs erhob sich die Kaserne, zur Rechten die mehr als dreißig Fuß hohe Mauer des Gartens. Die Fassade des Klosters ward von einer dicken, vom Alter geschwärzten Mauer gebildet, die außer dem äußeren Tor und einem einzigen kleinen Fenster, durch das die Soldaten hinaussehen konnten, keine Öffnungen aufwies. Man kann sich den düstern Eindruck dieser hohen schwarzen Mauer vorstellen, die einzig von einer mit breiten Eisenbändern und ungeheuren Nägeln verstärkten Tür und einem kleinen Fenster von vier Fuß Höhe und achtzehn Zoll Breite unterbrochen war.

Wir begleiten den Chronisten nicht weiter in der langen Schilderung aller folgenden Zusammenkünfte, die Giulio von Helena gewährt wurden. Der Ton der beiden Liebenden war ganz so vertraut geworden wie damals im Garten zu Albano, nur hatte Helena niemals einwilligen gewollt, in den Garten hinabzusteigen. Eines Nachts fand sie Giulio sehr nachdenklich: ihre Mutter war aus Rom gekommen, um sie zu sehen und wollte einige Tage im Kloster bleiben. Diese Mutter war so zärtlich und hatte stets so zartfühlende Rücksicht auf die Neigung, die sie bei ihrer Tochter vermutete, genommen, daß es dieser schwere Gewissenspein bereitete, sie täuschen zu müssen. Könnte sie es aber wagen, ihr zu gestehen, daß sie den Mann empfing, der sie ihres Sohnes beraubt hatte? Helena bekannte schließlich Giulio offen ein, daß sie nicht die Kraft haben würde, dieser Mutter, die so gut war, mit Lügen zu antworten, wenn sie nach der Wahrheit gefragt würde. Giulio fühlte ganz die Gefahr seiner Lage, sein Schicksal hing vom Zufall ab, welcher der Signora di Campireali nur ein Wort einzugeben brauchte. In der folgenden Nacht sagte er deshalb mit entschlossener Miene: „Morgen werde ich früher kommen, ich werde eine der Stangen dieses Gitters ausbrechen, du wirst in den Garten heraussteigen, und ich führe dich in eine Kirche der Stadt, wo ein mir ergebener Priester uns trauen wird. Noch bevor es Tag ist, bist du wieder im Garten. Wenn du erst meine Frau bist, habe ich keine Furcht mehr und werde allem zustimmen, was deine Mutter als Sühne für das schreckliche Unglück verlangen kann, das wir alle beklagen, — wäre es selbst, einige Monate vergehen zu lassen, ohne dich zu sehen."

Da Helena von diesem Vorschlage bestürzt zu sein schien, fügte Giulio hinzu:

„Der Fürst ruft mich zu sich zurück; die Ehre und alle möglichen Gründe verpflichten mich, zu folgen. Mein Vorschlag ist das einzige, was unsre Zukunft sichern kann. Wenn Du mir nicht zustimmst, trennen wir uns für immer, hier, in diesem Augenblick. Ich werde mit Reue wegen meiner Torheit abreisen. Ich habe an Dein Ehrenwort geglaubt, Du bist dem heiligsten Schwur untreu, und ich hoffe, daß die gerechte Verachtung, die mir Deine Leichtfertigkeit einflößen wird, mit der Zeit mich von dieser Liebe heilt, die schon zu lange das Unglück meines Lebens ist.

Helena brach in Tränen aus.

„Großer Gott!" rief sie weinend, „wie entsetzlich für meine Mutter!"

Schließlich willigte sie in den Vorschlag.

„Aber", fügte sie noch hinzu, „man kann uns beim Fortgehen oder beim Wiederkommen entdecken; bedenkt den Skandal, denkt an die schreckliche Lage, in der sich meine Mutter befinden würde; warten wir ihre Abreise ab, die in einigen Tagen stattfinden wird."

„Es ist Euch gelungen, mich an dem zweifeln zu lassen, was für mich das Höchste und Heiligste war: mein Vertrauen in Euer Wort. Morgen Abend werden wir verheiratet sein, oder wir sehen uns in diesem Augenblick, auf dieser Seite des Grabes zum letztenmal."

Die arme Helena konnte nur mit Tränen antworten, besonders schmerzte sie der grausam entschiedene Ton, den Giulio anschlug. Hatte sie denn wirklich seine Verachtung verdient? Das war also der einst so fügsame und zärtliche Geliebte! Endlich stimmte sie seinen Anordnungen zu. Giulio entfernte sich. Von diesem Augenblick an erwartete Helena die kommende Nacht in allen Zuständen der verzweifeltsten Angst. Wenn sie sich auf ihren Tod hätte vorbereiten müssen, wäre ihr Schmerz weniger qualvoll gewesen, sie hätte Mut in dem Gedanken an die Liebe Giulios und an die zärtliche Neigung ihrer Mutter gefunden. Der Rest der Nacht verging in grausamster Unschlüssigkeit. Es gab Augenblicke, wo sie ihrer Mutter alles gestehen wollte. Am nächsten Morgen war sie derart bleich, als sie vor ihr erschien, daß diese, all ihre weisen Vorsätze vergessend, sich in die Arme ihrer Tochter warf und ausrief:

„Was geht vor? Großer Gott! Sage mir, was du getan hast oder auf dem Sprung stehst, zu tun? Wenn du einen Dolch nähmest und mir ins Herz stießest, würdest du mich weniger leiden lassen, als durch das grausame Schweigen, das du gegen mich beobachtest."

Die grenzenlose Zärtlichkeit ihrer Mutter ward Helena so deutlich, sie sah so klar, daß diese den Ausdruck ihrer Gefühle zu dämpfen suchte, statt ihn zu übertreiben, daß endlich die Rührung sie überwältigte; sie fiel ihr zu Füßen. Als ihre Mutter, um das Geheimnis zu ergründen, ausrief, daß Helena ihre Nähe fliehe, antwortete sie: daß sie morgen und alle folgenden Tage ihr Leben bei ihr verbringen würde, aber sie flehentlich bitte, nicht weiter zu fragen.

Dieser verräterischen Äußerung folgte bald ein volles Geständnis. Signora von Campireali hatte es mit Abscheu erfüllt, den Mörder ihres Sohnes so nah zu wissen. Aber diesem Schmerz folgte ein Strom reinster und lebhaftester Freude. Wer könnte sich ihr Entzücken vorstellen, als sie erfuhr, daß ihre Tochter sich nie gegen ihre Pflicht vergangen hatte?

Sofort änderten sich die Pläne dieser klugen Mutter ganz und gar; es schien ihr erlaubt, gegen einen Menschen, der ihr nichts war, zur List zu greifen. Helenas Herz war von den heftigsten Leidenschaften zerrissen: die Aufrichtigkeit ihrer Geständnisse war vollständig; diese gemarterte Seele hatte das Bedürfnis, sich auszuschütten. Signora Campireali, welche jetzt alles für erlaubt hielt, erfand eine Reihe von Vernunftgründen, die zu weit führen würden, wollten wir sie hier wiedergeben. Sie bewies ihrer unglücklichen Tochter ohne Mühe, daß sie statt einer heimlichen Ehe, die immer ein Makel für eine Frau sei, eine öffentliche Trauung in allen Ehren erlangen könne, wenn sie den Akt des Gehorsams, den sie einem so edelmütigen Geliebten schulde, nur um acht Tage hinausschöbe. Sie, die Signora Campireali, würde nach Rom reisen, sie würde ihrem Mann darlegen, daß Helena lange vor dem verhängnisvollen Gefecht von Ciampi mit Giulio verheiratet gewesen sei. Die Trauung sollte in der gleichen Nacht stattgefunden haben, wo sie, als Mönche verkleidet, ihrem Vater und Bruder am Ufer des Sees, auf dem in den Felsen gehauenen Weg begegnet waren, der längs der Mauer des Kapuzinerklosters führt. Die Mutter hütete sich, ihre Tochter während des Tags allein zu lassen, und schließlich schrieb Helena abends ihrem Geliebten einen kindlichen und wie uns scheint sehr rührenden Brief, in welchem sie ihm die Kämpfe, die ihr Herz zerrissen hatten, schilderte. Zum Schluß bat sie ihn kniefällig um einen Aufschub von acht Tagen: „Indem ich diesen Brief schreibe,“ fügte sie hinzu, „auf den ein Bote meiner Mutter wartet, scheint mir, daß ich das größte Unrecht begangen habe, ihr alles zu sagen. Ich glaube, dich erzürnt zu sehen; deine Augen blicken mich mit Haß an; mein Herz ist von den grausamsten Selbstvorwürfen zerrissen. Du wirst sagen, daß ich einen sehr schwachen, sehr verzagten, sehr verächtlichen Charakter habe, ich gebe es zu, mein teurer Engel. Aber stelle dir dies Schauspiel vor: Meine Mutter, in Tränen aufgelöst, lag fast zu meinen Knien. Da war es mir ganz unmöglich, ihr nicht zu gestehen, daß ein bestimmter Grund mir verbiete, ihrer Bitte nachzugeben; und wie ich erst einmal so schwach gewesen war, dieses unvorsichtige Wort auszusprechen, weiß ich nicht, was in mir vorging, aber es ist mir unmöglich vorgekommen, ihr nicht alles zu erzählen, was zwischen uns geschehen ist. Soweit ich mich erinnern kann, scheint mir, daß meine Seele, aller Kraft entblößt, Rat brauchte. Ich hoffte, ihn in den Worten meiner Mutter zu finden... Ich hatte völlig vergessen, mein Freund, daß das Interesse dieser geliebten Mutter dem deinen entgegengesetzt ist. Ich habe meine oberste Pflicht vergessen, welche ist, dir zu gehorchen; und scheinbar bin ich der wahren Liebe nicht fähig, welche über jede Prüfung erhaben sein soll. Verachte mich, mein Giulio, aber im Namen Gottes, höre nicht auf, mich zu lieben. Entführe mich, wenn du willst, aber billige mir zu, daß die schrecklichsten Gefahren, sogar die Schande, daß nichts auf der Welt mich hätte verhindern können, deinem Befehl zu gehorchen, wenn meine Mutter nicht im Kloster gewesen wäre. Doch diese Mutter ist so gut! Sie hat so viel Überredungsgabe! Sie ist so edelmütig! Erinnere dich, als damals mein Vater das Zimmer durchforschte, rettete sie die Briefe, welche ich niemals hätte verbergen können. Dann, als die Gefahr vorüber war, gab sie mir sie zurück, ohne sie gelesen zu haben und ohne ein Wort des Vorwurfs! Sie ist mein ganzes Leben hindurch so zu mir gewesen, wie sie es in diesem höchsten Augenblick war. Du siehst, wie ich sie lieben müßte. Und doch scheint es mir, während ich dir schreibe (wie furchtbar zu sagen), daß ich sie hasse. Sie hat erklärt, daß sie diese Nacht der Hitze wegen im Garten unter einem Zelt verbringen wolle; ich höre die Hammerschläge, man errichtet jetzt das Zelt; es ist unmöglich, daß wir uns heute Nacht sehen. Ich fürchte sogar, daß der Schlafsaal der Pensionärinnen verschlossen wurde, ebenso die beiden Türen der Wendeltreppe, was sonst nie geschah. Diese Vorsichtsmaßregeln würden es mir unmöglich machen, in den Garten hinunterzugehen, wenn ich selbst einen solchen Schritt nötig fände, um deinen Zorn zu beschwören. Ach, wie ich mich dir jetzt ausliefern würde, wenn sich mir ein Mittel böte! Wie ich zu dieser Kirche eilen würde, wo man uns trauen soll!"

Dieser Brief schloß mit zwei Seiten toller Sätze, in welchen ich leidenschaftliche Redewendungen fand, die auf die Ideen Platons zurückzugehen scheinen. Ich habe in dem eben übersetzten Brief mehrere Sätze dieser Art unterdrückt.

Giulio Branciforte war sehr erstaunt, als er abends etwa eine Stunde vor dem Ave Maria dieses Schreiben erhielt; er hatte grade die Abmachung mit dem Priester beendet. Er war außer sich vor Zorn.

‚Sie hat nicht notwendig, mir zu raten, daß ich sie entführe. Dieses schwache, zaghafte Geschöpf!'

Und er brach sogleich nach dem Walde von La Faggiola auf.

Für Signora Campireali stand die Sache folgendermaßen: Ihr Gatte lag auf dem Sterbebett; die Unmöglichkeit, sich an Branciforte zu rächen, brachte ihn langsam zum Grabe. Vergebens hatte er mehrmals den römischen Bravi beträchtliche Summen anbieten lassen; keiner hatte sich an einem der „Korporale", wie sie sagten, des Fürsten Colonna vergreifen wollen; sie waren zu gewiß, samt ihren Familien ausgetilgt zu werden. Es war noch kein Jahr her, daß ein ganzes Dorf zur Strafe für den Tod eines Soldaten des Colonna niedergebrannt wurde, und alle Einwohner, Männer und Frauen, welche in die Campagna zu fliehen suchten, wurden an Händen und Füßen gefesselt in die brennenden Häuser geworfen.

Signora Campireali besaß große Güter im Königreich Neapel; ihr Gatte hatte ihr aufgetragen, von dort Mörder kommen zu lassen; aber sie hatte nur zum Schein zugestimmt, denn sie glaubte ihre Tochter unlöslich an Giulio Branciforte gebunden. In dieser Voraussetzung meinte sie, daß Giulio einen oder zwei Feldzüge in den spanischen Heeren mitmachen solle, welche damals Krieg gegen die Aufständischen in Flandern führten. Fiele er nicht, so sollte dies ein Zeichen sein, daß Gott eine Heirat nicht mißbillige, die sich nicht vermeiden ließ; in diesem Fall würde sie ihrer Tochter die Güter geben, welche sie im Königreich Neapel besaß, Giulio Branciforte würde den Namen einer dieser Besitzungen annehmen und einige Jahre mit seiner Frau in Spanien verbringen. Nach allen diesen Prüfungen würde sie vielleicht den Mut finden, ihn zu sehen. Doch alles war seit dem Geständnis ihrer Tochter anders geworden; die Heirat war keine Notwendigkeit mehr — weit entfernt davon — und während Helena ihrem Geliebten den Brief schrieb, den wir wiedergegeben haben, schrieb Signora Campireali nach Pescara und nach Chieti und gab ihren Pächtern den Auftrag, ihr sichere Männer nach Castro zu senden, die zu einem Handstreich zu gebrauchen wären. Sie verhehlte ihnen nicht, daß es sich darum handelte, den Tod Fabios, ihres jungen Herrn, zu rächen. Der Kurier machte sich mit diesen Briefen noch vor Ende des Tags auf den Weg.

V

Schon am übernächsten Tage war Giulio wieder in Castro, er führte acht seiner Soldaten mit sich, welche ihm freiwillig gefolgt waren, wenn sie sich gleich dem Zorn des Fürsten aussetzten, der einige Male Unternehmungen dieser Art mit dem Tode bestraft hatte. Giulio hatte schon fünf Mann in Castro und acht brachte er hinzu; indessen schienen ihm vierzehn Soldaten, wie tapfer sie auch sein mochten, nicht ausreichend für sein Unternehmen; denn das Kloster glich einer Festung.

Es handelte sich darum, durch das erste Tor des Klosters mit Gewalt oder List zu dringen und dann durch einen Gang von mehr als fünfzig Schritten Länge zu kommen. Linker Hand sollten die vergitterten Fenster einer Art Kaserne liegen, wo die Nonnen dreißig bis vierzig Diener, ehemalige Soldaten, untergebracht hatten. Aus diesen vergitterten Fenstern würde, sobald erst das Kloster alarmiert war, ein ausgiebiges Feuer abgegeben werden.

Die regierende Äbtissin, eine Frau von starkem Verstande, hatte Angst vor den Unternehmungen der Orsini, Colonna, Marco Sciarra und so vieler andrer, welche die umliegende Gegend beherrschten. Wie war es möglich, achthundert entschlossenen Männern Widerstand zu leisten, wenn sie unversehens eine kleine Stadt wie Castro einnahmen, weil sie das Kloster mit Gold gefüllt glaubten?

Gewöhnlich waren im Kloster der Heimsuchung von Castro fünfzehn oder zwanzig Bravi in der Kaserne zur Linken des Ganges, der zur zweiten Klosterpforte führte; zur Rechten dieses Durchlasses lag eine hohe, uneinnehmbare Mauer; an seinem Ende befand sich ein eisernes Tor, das auf eine Säulenhalle führte; nach dieser kam der große Klosterhof, rechts der Garten. Diese eiserne Türe war von der Pförtnerin bewacht.

Als Giulio mit seinen acht Mann sich drei Meilen vor Castro befand, machte er in einem abgelegenen Wirtshaus Halt, um die Stunden der großen Hitze verstreichen zu lassen. Dort erst legte er sein Vorhaben dar; dabei zeichnete er den Plan des Klosters, das er angreifen wollte, in den Sand des Hofs.

„Um neun Uhr", sagte er seinen Leuten, „werden wir außerhalb der Stadt zu Abend essen; um Mitternacht werden wir eintreten. Eure fünf Kameraden erwarten uns in der Nähe des Klosters. Einer von ihnen wird zu Pferde sein und die Rolle eines Kuriers spielen, der aus Rom kommt, um Signora von Campireali zu ihrem Gemahl zu rufen, der im Sterben liegt. Wir werden versuchen, geräuschlos durch die erste Türe des Klosters zu kommen," sagte er, indem er auf den Plan im Sand deutete, „die hier in der Mitte der Kaserne liegt. Wenn wir den Kampf gleich beim ersten Tor beginnen, haben es die Bravi der Nonnen zu leicht, uns Flintenschüsse nachzusenden, während wir auf diesem kleinen Platz da vor dem Kloster sind oder durch den engen Gang zwischen dem ersten und zweiten Tor laufen. Dieses zweite Tor ist von Eisen, aber ich besitze den Schlüssel dazu. Allerdings sind große, mit einem Ende an der Mauer befestigte Eisenbalken oder Sperrstangen da, welche, wenn sie vorgelegt sind, das Öffnen der Torflügel verhindern. Aber da die beiden Eisenstangen zu schwer sind, als daß die Schwester Pförtnerin sie handhaben könnte, habe ich sie nie an ihrem Platz gesehen und bin doch mehr als zehnmal durch das Eisentor gegangen. Ich rechne darauf, auch heute Abend ohne Hindernis hindurchzukommen. Ihr merkt wohl, daß ich Bekanntschaften im Kloster habe. Mein Ziel ist: eine Pensionärin zu entführen, und nicht eine Nonne; wir dürfen erst im äußersten Notfall von den Waffen Gebrauch machen. Wenn wir den Kampf eröffnen, bevor wir an dieser zweiten Tür mit den Eisen angekommen sind, wird die Pförtnerin nicht verfehlen, zwei alte siebzigjährige Gärtner, die im Kloster wohnen, herbeizurufen, und diese Alten würden die Stangen vorlegen. Wenn uns dieser Unglücksfall zustößt, müssen wir erst die Mauer demolieren, um durch die Tür zu kommen, was uns zehn Minuten kosten würde; auf jeden Fall werde ich als erster zur Tür eilen. Einer der Gärtner ist von mir gekauft, aber, wie Ihr Euch denken könnt, habe ich mich gehütet, ihm etwas von meinem Entführungsplan zu erzählen. Wenn man diese zweite Tür hinter sich hat, wendet man sich nach rechts in den Garten, und sind wir erst in diesem Garten, so sprechen die Waffen; man muß alles niedermachen, was sich in den Weg stellt. Ihr werdet natürlicherweise nur Eure Schwerter und Dolche brauchen; ein einziger Flintenschuß würde die ganze Stadt in Aufruhr bringen und man würde uns beim Abzug angreifen. Glaubt nicht, daß ich mich mit dreizehn Mann, wie Ihr seid, nicht stark genug fühle, durch dieses Nest zu kommen: sicher würde niemand wagen, auf die Straße hinabzusteigen; aber mehrere Bürger haben Flinten und sie würden aus den Fenstern schießen. Nebenbei gesagt muß man sich in diesem Fall längs der Häuser halten. Einmal im Garten, sagt Ihr mit leiser Stimme zu jedem, der sich zeigt: Zieh dich zurück! und wenn er nicht augenblicklich gehorcht, tötet Ihr ihn mit dem Dolch. Ich dringe dann mit denen von Euch, die gerade um mich sind, durch die kleine Gartentür ins Kloster ein, und drei Minuten später kehre ich mit einer oder zwei Frauen zurück, die wir auf unsren Armen tragen und nicht selbst gehen lassen werden. Sofort verlassen wir eilig das Kloster und die Stadt. Zwei von Euch werde ich in der Nähe des Tors zurücklassen, sie werden von Minute zu Minute etwa zwanzig Schüsse abgeben, um die Bürger zu schrecken und in Entfernung zu halten."

Giulio wiederholte diese Erklärung zweimal.

„Habt Ihr gut verstanden?" sagte er seinen Leuten. „In der Vorhalle wird es dunkel sein; rechts ist der Garten, links der Hof, man darf sich nicht irren."

„Zählt auf uns!" riefen die Soldaten. Dann gingen sie trinken; der Korporal folgte ihnen nicht und bat um die Erlaubnis, mit dem Kapitän sprechen zu dürfen.

„Nichts ist einfacher", sagte er, „als der Plan Eurer Gnaden. Ich bin schon zweimal in meinem Leben in Klöster eingebrochen; dies wäre das dritte; aber wir sind zu wenig. Wenn der Gegner uns nötigt, die Mauer zu zerstören, welche die Angel der zweiten Tür hält, muß man bedenken, daß die Bravi während dieser langen Arbeit nicht müßig bleiben; sie werden Euch sieben oder acht Mann erschießen und dann kann man uns am Rückweg die Frau wieder abnehmen. Das ist uns in einem Kloster in der Nähe Bolognas passiert:

uns wurden fünf Mann getötet, wir töteten acht, aber der Hauptmann bekam nicht die Frau. Ich schlage Euer Gnaden zweierlei vor: ich kenne vier Bauern aus der Umgebung dieser Herberge, die Sciarra tapfer gedient haben und sich für eine Zechine die ganze Nacht lang wie Löwen schlagen würden. Vielleicht werden sie etwas Silber aus dem Kloster rauben; das kümmert Euch wenig, denn die Sünde ist ihre Sache und Ihr bezahlt sie, um eine Frau zu holen, das ist alles. Mein zweiter Vorschlag ist folgender: Ugone ist ein gescheiter und sehr geschickter Bursche; er war Arzt, als er seinen Schwager tötete und ging in die Macchia. Ihr könnt ihn eine Stunde vor Sonnenuntergang zum Klostertor schicken, er wird um Dienst bitten und wird es so geschickt einrichten, daß man ihn in die Wache einreiht; dann wird er die Knechte der Nonnen betrunken machen, und er ist sogar fähig, die Lunten ihrer Flinten zu durchnässen." Zu seinem Unglück nahm Giulio den Vorschlag des Korporals an. Als dieser sich entfernte, fügte er noch hinzu:

„Wir wollen ein Kloster angreifen. Das ist excommunicatio major und noch mehr: dieses Kloster steht unmittelbar unter dem Schutz der Madonna ..."

„Ich verstehe!" rief Giulio, aufgerüttelt durch dieses Wort. „Bleibt bei mir."

Der Korporal schloß die Tür und kam zurück, um den Rosenkranz mit Giulio zu beten. Diese Andacht dauerte eine volle Stunde. Als es Nacht war, brach man auf.

Wie es Mitternacht schlug, kehrte Giulio, der gegen elf Uhr allein nach Castro gegangen war, zurück, um seine Leute zu holen, die außerhalb des Tores gewartet hatten.

Er trat mit seinen acht Mann, denen sich drei gut bewaffnete Bauern angeschlossen hatten, in die Stadt ein und vereinigte sich mit den fünf Soldaten, welche er schon in der Stadt hatte; so befand er sich an der Spitze von sechzehn entschlossenen Männern; zwei trugen als Diener verkleidet weite Blusen aus schwarzem Leinen, um ihr giacco zu verdecken und ihre Mützen waren nicht mit Federn geschmückt.

Eine halbe Stunde nach Mitternacht kam Giulio, der die Rolle des Kuriers für sich übernommen hatte, im Galopp vor dem Klostertor an; er machte mächtigen Lärm und schrie, daß man unverzüglich einem Kurier öffnen möge, den der Kardinal schicke. Mit Wohlgefallen bemerkte er, daß die Soldaten, die ihm durch das kleine Fenster neben dem Tor antworteten, halb betrunken waren. Der Vorschrift folgend, schrieb er seinen Namen auf ein Stück Papier, ein Soldat überbrachte den Namen der Pförtnerin, die den Schlüssel zur zweiten Tür besaß und die Äbtissin in besondren Fällen zu wecken hatte. Die Antwort ließ endlose dreiviertel Stunden auf sich warten. Während dieser Zeit hatte Giulio viel Mühe, seinen Trupp ruhig zu halten; einige Bürger öffneten schon vorsichtig ihre Fenster; endlich traf eine günstige Antwort von der Äbtissin ein; Giulio wurde, gefolgt von zwei als Diener verkleideten Soldaten, mit Hilfe einer fünf oder sechs Fuß langen Leiter, die man ihm aus dem kleinen Fenster reichte, in die Wachstube eingelassen; die Bravi des Klosters wollten sich nicht die Mühe machen, das große Tor zu öffnen. Als er vom Fenster ins Wachzimmer sprang, begegneten seine Augen dem Blick Ugones; die ganze Wache war, dank seiner Vorsorge, betrunken. Giulio sagte dem Kommandanten, daß drei Diener der Campireali, die er als Soldaten habe ausrüsten lassen, um ihn am Marsch zu schützen, sehr guten Branntwein gekauft hätten und um Einlaß bäten, damit sie sich nicht allein auf dem Platze langweilen müßten. Dem wurde einmütig zugestimmt. Er selbst stieg mit seinen zwei Leuten die Treppe hinunter, welche von der Wachstube in den Gang führte.

„Trachte die große Tür zu öffnen", sagte er zu Ugone.

Dann gelangte er unangefochten zur eisernen Tür. Dort fand er die gute Pförtnerin, welche ihm sagte, daß jetzt, da Mitternacht vorbei sei, wenn er ins Kloster eingelassen würde, die Äbtissin dem Bischof darüber Bericht erstatten müßte. Darum lasse sie ihn bitten, seine Nachrichten der jungen Schwester zu übergeben, welche die Äbtissin zu diesem Zweck schicke. Worauf Giulio antwortete, wegen der Bestürzung, welche durch die unerwartete Agonie des Signor von Campireali hervorgerufen worden sei, hätte man ihm nur ein einfaches vom Arzt ausgefertigtes Beglaubigungsschreiben mitgegeben; alle Einzelheiten sollte er mündlich der Frau und Tochter des Kranken berichten, wenn diese Damen noch im Kloster wären und in jedem Fall auch der Frau Äbtissin. Die Pförtnerin ging, diese Botschaft zu überbringen. Niemand blieb an der Tür als die junge Schwester, welche die Äbtissin gesandt hatte. Giulio plauderte und scherzte mit ihr, dabei steckte er die Hände durch die dicken Eisenstangen des Tors und versuchte es, immer noch lachend, zu öffnen. Die Schwester war sehr schüchtern, sie hatte Angst und nahm die Scherze übel auf. Da hatte Giulio, der sah, daß beträchtliche Zeit verstrich, die Unvorsichtigkeit, der Schwester eine Handvoll Zechinen anzubieten, mit der Bitte, ihn einzulassen, da er zu müde sei, zu warten. „Er wußte wohl, daß er eine Dummheit beging,“ sagt der Erzähler, „er hätte mit Eisen und nicht mit Gold arbeiten müssen; aber er hatte nicht das Herz dazu; nichts leichter, als sich der Schwester zu bemächtigen, sie war nicht weiter als einen Fuß breit von ihm, auf der andern Seite der Tür. Durch das Angebot der Zechinen wurde das junge Mädchen in Schrecken versetzt. Sie sagte später, daß sie aus der Art wie Giulio zu ihr gesprochen habe, wohl verstanden hätte, daß er kein gewöhnlicher Kurier sei: ‚Das ist der Geliebte einer unsrer Nonnen,‘ dachte sie, ‚der zu einem Stelldichein kommt‘; und sie war fromm. Von Entsetzen ergriffen, begann sie mit aller Kraft die Schnur einer kleinen Glocke zu ziehen, die im großen Hof hing und alsogleich einen Lärm machte, um Tote zu wecken. „Der Krieg beginnt,“ sagte Giulio seinen Leuten, „gebt acht!“

Er nahm seinen Schlüssel, und den Arm zwischen den Eisenstäben durchzwängend, öffnete er die Tür zur größten Verzweiflung der jungen Nonne, die sich über den Kirchenfrevel entsetzt schreiend auf die Knie warf und Ave Maria zu beten begann. Noch in diesem Augenblick hätte Giulio das junge Mädchen zum Schweigen bringen müssen, aber er hatte nicht das Herz dazu; einer seiner Leute ergriff sie und schloß ihr den Mund.

Im selben Augenblick hörte Giulio im Gang hinter sich einen Flintenschuß. Ugone hatte das große Tor geöffnet, die übrigen Soldaten traten ohne Lärm ein, als einer der weniger betrunkenen Bravi der Wache sich einem der vergitterten Fenster näherte und in seinem Erstaunen so viele Leute im Gang zu sehen ihnen fluchend verbot, weiterzugehen. Man hätte nicht antworten und ruhig weiter gegen die eiserne Tür vorgehen sollen, so machten es auch die ersten, aber der letzte der Reihe, einer der am Nachmittag erst angeworbenen Bauern, feuerte einen Pistolenschuß nach dem Klosterknecht, der durchs Fenster rief, und tötete ihn. Dieser Pistolenschuß mitten in der Nacht und das Schreien der Betrunkenen, als sie ihren Kameraden fallen sahen, weckten jene Soldaten, welche diese Nacht in ihren Betten lagen und nicht von Ugones Wein gekostet hatten. Acht oder zehn Bravi des Klosters sprangen halb nackt in den Gang und griffen die Soldaten Branciforte heftig an.

Wie wir bereits gesagt haben, begann dieser Lärm im Augenblick, als Giulio das eiserne Tor geöffnet hatte. Von seinen zwei Soldaten gefolgt, stürzte er in den Garten und lief zu der kleinen Türe, die zur Treppe der Pensionärinnen führte. Aber er wurde von fünf oder sechs Pistolenschüssen empfangen. Seine beiden Soldaten fielen; er selbst bekam eine Kugel in den rechten Arm. Diese Pistolenschüsse waren von den Leuten der Signora von Campireali abgegeben, welche auf ihren Befehl die Nacht im Garten zubrachten, wozu sie die Erlaubnis beim Bischof erwirkt hatte. Giulio lief allein zu der kleinen, ihm so wohlbekannten Tür, welche vom Garten zur Treppe der Pensionärinnen führte. Er tat, was er nur konnte, um sie aufzusprengen, aber sie war fest verschlossen. Er suchte nach seinen Leuten, doch die achteten nicht darauf, ihm zu antworten, denn sie starben; er stieß in der tiefen Dunkelheit auf drei Dienstleute der Signora von Campireali, deren er sich mit Dolchstichen erwehrte.

Er lief in die Vorhalle, gegen die Gittertür, um seine Soldaten zu rufen; er fand diese Türe verschlossen: die beiden schweren Eisenarme waren auf ihrem Platz und mit Schlössern gesichert, welche die alten Gärtner vorgelegt hatten, als sie das Läuten der jungen Schwester weckte.

‚Ich bin abgeschnitten', sagte sich Giulio. Er rief es seinen Leuten zu; vergeblich versuchte er eins dieser Vorlegschlösser mit seinem Degen zu sprengen; wenn ihm das geglückt wäre, hätte er eine der Eisenstangen entfernen und einen Türflügel öffnen können. Sein Degen zerbrach im Ring des Vorlegschlosses; im gleichen Augenblick wurde er durch einen aus dem Garten herbeigeeilten Diener an der Schulter verwundet; er wandte sich um, und gegen die Eisenpforte gelehnt, sah er sich von mehreren Männern angegriffen. Er verteidigte sich mit seinem Dolch; zum Glück, da es völlig dunkel war, trafen fast alle Degenstöße auf sein Panzerhemd. Er wurde schmerzhaft am Knie verwundet, stürzte sich auf einen der Leute, der sich zu weit vorgewagt hatte, um ihm diesen Degenstich zu versetzen, tötete ihn mit einem Dolchstoß ins Gesicht und hatte das Glück, sich seines Degens zu bemächtigen. Nun glaubte er sich gerettet; er stellte sich zur Linken der Tür, an die Seite der Mauer. Seine Leute waren jetzt herbeigeeilt, sie schossen fünf oder sechs Pistolenschüsse durch das Eisengitter hindurch und trieben die Diener in die Flucht. Man sah hier in der Vorhalle nichts, außer beim Aufleuchten der Pistolenschüsse.

„Schießt nicht auf meine Seite", rief Giulio seinen Leuten zu.

„Ihr seid hier wie in einer Mausefalle gefangen", sagte ihm der Korporal mit großer Kaltblütigkeit durch die Eisenstangen hindurch, „und wir haben drei Tote. Wir werden die Türpfosten auf der Euch entgegengesetzten Seite einreißen. Rührt Euch nicht, denn man wird auf uns schießen; es scheint, daß im Garten Feinde sind.“

„Die Schufte von Dienern der Campireali“, sagte Giulio.

Er sprach noch mit dem Korporal, als von der Seite des Vestibüls, die in den Garten führte, Pistolenschüsse, auf das Geräusch gezielt, gegen sie abgefeuert wurden. Giulio verbarg sich in der Loge der Schließerin, zur Linken des Eingangs; zu seiner Freude fand er dort ein kaum wahrnehmbares Lämpchen, das vor dem Bildnis der Madonna brannte; er nahm es mit großer Vorsicht, um es nicht auszulöschen; er bemerkte zu seinem Kummer, daß er zitterte. Er betrachtete seine Wunde am Knie, die ihn sehr schmerzte; das Blut floß in Strömen.

Umhersehend, erkannte er zu seinem Erstaunen in einer ohnmächtig auf einem Holzstuhl lehnenden Frau die kleine Marietta, die vertraute Kämmerin Helenas; er schüttelte sie lebhaft.

„Aber! Signor Giulio,“ rief sie weinend, „wollt Ihr Eure Freundin Marietta töten?“

„Weit davon entfernt! Sag Helena, daß ich sie um Verzeihung bitte, ihre Ruhe gestört zu haben und daß sie des Ave Maria vom Monte Cave gedenken möge. Hier ist ein Blumenstrauß, den ich in ihrem Garten in Albano gepflückt habe; aber er ist ein wenig mit Blut befleckt; wasche es ab, bevor du ihn ihr gibst.“

In diesem Augenblick hörte er eine Flintensalve im Gang; die Bravi der Nonnen griffen seine Leute an.

„Sag mir, wo der Schlüssel der kleinen Tür ist?“ fragte er Marietta.

„Ich sehe ihn nicht, aber hier sind die Schlüssel zu

den Vorlegschlössern der Eisenstangen, welche das große Tor sperren. Ihr könnt hinaus."

Giulio nahm die Schlüssel und stürzte aus der Loge.

„Laßt die Mauer," rief er seinen Soldaten zu, „ich habe endlich den Schlüssel des Tores."

Einen Augenblick, während er versuchte, ein Schloß mit einem der kleinen Schlüssel zu öffnen, herrschte völliges Schweigen; er hatte sich im Schlüssel geirrt und nahm den andern; endlich öffnete er das Schloß: aber im Augenblick, wo er die Eisenstange hob, erhielt er aus allernächster Nähe einen Schuß in den rechten Arm. Sogleich spürte er, daß der Arm den Dienst versagte.

„Hebt den Eisenriegel", schrie er seinen Leuten zu. Er hatte nicht erst nötig, es ihnen zu sagen. Im Licht des Pistolenschusses hatten sie bemerkt, daß das äußerste umgebogene Ende der eisernen Stange schon zur Hälfte aus dem am Tor befestigten Ring herausgehoben war. Sofort lüpften drei oder vier kräftige Arme die eiserne Stange; als das äußerste Ende ganz aus dem Ring war, ließ man sie fallen. Nun konnte man einen der Torflügel ein wenig öffnen; der Korporal trat ein und sagte leise zu Giulio:

„Es ist nichts mehr zu machen, wir sind nur mehr drei oder vier ohne Wunden, fünf sind tot."

„Ich habe Blut verloren," entgegnete Giulio, „ich fühle, daß ich ohnmächtig werde; laßt mich fortbringen."

Während Giulio mit dem tapfren Korporal sprach, gaben die Soldaten der Wache noch drei oder vier Flintenschüsse ab und der Korporal fiel tot zu Boden. Zum Glück hatte Ugone den Befehl Giulios gehört; er rief zwei Soldaten herbei, die den Kapitän forttragen sollten. Da er aber nicht ohnmächtig wurde, befahl er, ihn durch den Garten zu der kleinen Tür zu tragen. Dieser Befehl brachte die Soldaten zum Fluchen, aber sie gehorchten.

„Hundert Zechinen dem, der diese Tür öffnet", rief Giulio aus.

Aber sie widerstand dem Ansturm dreier wütender Männer. Einer der alten Gärtner schoß unaufhörlich von einem Fenster des zweiten Stockwerks mit der Pistole nach ihnen und beleuchtete so ihre Versuche.

Nach den unnützen Anstrengungen, die Tür zu öffnen, wurde Giulio gänzlich bewußtlos; Ugone hieß den Soldaten, den Kapitän eiligst fortzutragen. Er selbst ging in die Loge der Schwester Pförtnerin und warf die kleine Marietta hinaus, indem es ihr mit drohender Stimme befahl, fortzugehen und niemals zu verraten, wer sie wiedererkannt habe. Er zog das Stroh aus dem Bett, zerbrach einige Stühle und steckte das Zimmer in Brand. Als das Feuer gut brannte, lief er so schnell er konnte, mitten durch die Flintenschüsse der Bravi des Klosters davon.

Etwa hundertfünfzig Schritt von der Heimsuchung entfernt, fand er den ganz bewußtlosen Kapitän, den man eiligst davontrug. Nach einigen Minuten war man außerhalb der Stadt. Ugone ließ halten: er hatte nur noch vier Soldaten bei sich; er schickte zwei in die Stadt zurück mit dem Befehl, von fünf zu fünf Minuten Flintenschüsse abzufeuern.

„Versucht Eure verwundeten Kameraden wiederzufinden," sagte er ihnen, „verlaßt die Stadt vor Tag, wir folgen dem Fußweg über Croce rossa. Wenn Ihr irgendwo Feuer anlegen könnt, verabsäumt es nicht."

Als Giulio das Bewußtsein wieder erlangte, befand

man sich drei Meilen von der Stadt entfernt und die Sonne stand schon hoch am Himmel. Ugone erstattete Bericht.

„Euer Trupp besteht nur mehr aus fünf Mann, wovon drei verwundet sind. Den beiden überlebenden Bauern habe ich je zwei Zechinen Entschädigung gegeben und sie sind davongelaufen. Die beiden nicht verwundeten Männer habe ich in den nächsten Marktflecken geschickt, um einen Wundarzt zu holen."

Der Wundarzt, ein zittriger Alter, kam bald auf einem prächtigen Esel angeritten; man hatte ihm drohen müssen, sein Haus in Brand zu stecken, um ihn zum Mitgehen zu bewegen. Es war nötig, ihn erst etwas Branntwein trinken zu lassen, um ihn zu seiner Arbeit instand zu setzen, so groß war seine Furcht. Endlich machte er sich ans Werk; er sagte Giulio, daß seine Wunden ohne Bedeutung seien. „Die am Knie ist nicht gefährlich," fügte er hinzu, „aber Ihr werdet zeitlebens hinkend bleiben, wenn Ihr Euch nicht zwei bis drei Wochen vollkommen ruhig verhaltet."

Der Wundarzt verband die verletzten Soldaten. Ugone gab Giulio einen Wink mit den Augen, man entlohnte den Wundarzt, der sich vor Dank gar nicht fassen konnte, mit zwei Zechinen; dann gab man ihm unter dem Vorwand der Erkenntlichkeit eine solche Menge Branntwein zu trinken, daß er fest einschlief. Das war es, was man wollte. Man trug ihn ins nächste Feld, man wickelte vier Zechinen in ein Stück Papier, das man ihm in die Tasche steckte. Das war der Preis für seinen Esel, auf welchen man Giulio und einen der am Bein verletzten Soldaten setzte. Man verbrachte die Stunden der größten Hitze in einer antiken Ruine am Ufer eines Weihers; man marschierte die ganze Nacht hindurch und vermied die Dörfer, die auf diesem Weg nicht zahlreich waren; endlich am übernächsten Morgen bei Sonnenaufgang erwachte Giulio, als er tief im Walde von La Faggiola von seinen Leuten in die Köhlerhütte getragen wurde, die sein Hauptquartier war.

VI

Am Morgen nach dem Kampf fanden die Nonnen zu ihrem Entsetzen neun Leichen in ihrem Garten und in dem Gang, der vom äußeren Tor zu dem mit den Eisenriegeln führte; acht ihrer Bravi waren verwundet. Niemals hatte es eine solche Angst im Kloster gegeben; man hatte wohl öfters Flintenschüsse vom Platze her gehört, aber nie solche Menge von Schüssen, noch dazu im Garten, inmitten der Gebäude und unter den Fenstern der Nonnen. Das hatte gut anderthalb Stunden gedauert und während dieser Zeit herrschte die allergrößte Kopflosigkeit im Innern des Klosters. Wäre Giulio Branciforte nur ein wenig im Einverständnis mit einer der Nonnen oder der Pensionärinnen gewesen, wäre es ihm geglückt: es hätte genügt, daß man ihm eine der zahlreichen, in den Garten führenden Türen geöffnet hätte; aber ganz außer sich vor Entrüstung und voll Wut über das, was er den Meineid der jungen Helena nannte, wollte er alles durch eigne Kraft erreichen. Es ging gegen seinen Stolz, sein Vorhaben irgend jemandem anzuvertrauen. Indessen hätte ein einziges Wort an die kleine Marietta den Erfolg verbürgt: sie hätte eine der Türen, die zum Garten führten, geöffnet und — unterstützt durch die schreckliche Begleitung der Flintenschüsse von draußen — hätte auch ein einziger Mann, der in den Schlafsälen erschien, sich unbedingten Gehorsam verschafft. Vom ersten Schuß an hatte Helena für das Leben ihres Geliebten gezittert und an nichts andres gedacht, als mit ihm zu fliehen.

Wie soll man ihre Verzweiflung schildern, als die kleine Marietta ihr die entsetzliche Verwundung beschrieb, die Giulio am Knie erhalten hatte und aus der sie das Blut hatte in Strömen fließen sehen? Helena verabscheute jetzt ihre Feigheit und Zaghaftigkeit: „Ich habe die Schwäche gehabt, meiner Mutter ein Wort zu sagen und Giulios Blut ist geflossen, er konnte bei diesem bewundernswerten Angriff, wo sein Mut vor nichts zurückschreckte, sein Leben lassen."

Die Bravi wurden ins Sprechzimmer zugelassen und berichteten den lüstern zuhörenden Nonnen, daß sie nie in ihrem Leben Zeugen einer Tapferkeit gewesen seien, die sich mit der des jungen, als Kurier verkleideten Mannes, der die Angriffe der Briganten leitete, vergleichen ließe. Wenn diesen Erzählungen schon von allen mit dem größten Interesse zugehört wurde, kann man sich vorstellen, mit welch äußerster Leidenschaft Helena die Bravi nach Einzelheiten über den jungen Anführer der Briganten ausfragte. Nach den ausführlichen Schilderungen, die sie sich von ihnen und von den alten Gärtnern geben ließ, die ganz unparteiische Zeugen waren, schien es ihr, daß sie ihre Mutter nicht im geringsten mehr liebte. Es gab sogar eine erregte Auseinandersetzung zwischen den beiden Frauen, die sich am Vorabend des Kampfes so zärtlich geliebt hatten. Signora Campireali war gereizt durch die Blutflecken auf einem gewissen Blumenstrauß, von dem Helena sich nicht einen Augenblick mehr trennen wollte.

„Man soll diese blutbefleckten Blumen fortwerfen."

„Ich war es, die dieses edle Blut vergossen hat und

es ist geschehen, weil ich die Schwäche hatte, Euch ein Wort zu sagen."

„Ihr liebt also noch den Mörder Eures Bruders?"

„Ich liebe meinen Gatten, der zu meinem ewigen Unheil von meinem Bruder angegriffen worden ist."

Nach dieser Bemerkung wurde während der drei Tage, welche Signora von Campireali noch im Kloster zubrachte, kein einziges Wort mehr zwischen Mutter und Tochter gewechselt.

Am Morgen nach ihrer Abreise gelang es Helena, zu entkommen, indem sie die Verwirrung benützte, die an beiden Klostertoren durch die Anwesenheit zahlreicher Maurer herrschte, welche im Garten neue Befestigungen aufführen sollten. Die kleine Marietta und sie hatten sich als Arbeiter verkleidet. Aber die Bürger hielten an den Toren der Stadt strenge Wacht und Helene war in großer Verlegenheit, wie sie durchkommen solle. Endlich war der kleine Krämer, der ihr schon die Briefe Brancifortes übermittelt hatte, einverstanden, sie als seine Tochter auszugeben und bis Albano zu begleiten. Helena fand dort ein Versteck bei ihrer alten Amme, der es ihre Wohltaten ermöglicht hatten, einen kleinen Laden zu halten. Kaum angelangt, schrieb sie an Branciforte, und die Amme fand, nicht ohne Schwierigkeit, einen Mann, der es wagen wollte, in den Wald von La Faggiola einzudringen, ohne das Losungswort der Leute des Colonna zu wissen.

Nach drei Tagen kam der von Helena abgesandte Bote ganz verstört zurück; erst war es ihm unmöglich gewesen, Branciforte zu finden und seine unaufhörlichen Fragen nach dem jungen Hauptmann hatten ihn verdächtig gemacht, so daß er schließlich gezwungen war, zu flüchten.

‚Man kann nicht zweifeln, der arme Giulio ist tot,' sagte sich Helena, ‚und ich bin es, die ihn getötet hat! Das mußte die Folge meiner elenden Schwäche und meiner Zaghaftigkeit werden; er hätte eine starke Frau lieben sollen, die Tochter irgendeines Hauptmanns des Fürsten Colonna ...'

Die Amme glaubte, daß Helena sterben würde. Sie stieg zum Kapuzinerkloster hinauf, das bei dem in die Felsen gehauenen Weg, wo einstens mitten in der Nacht Fabio und sein Vater den beiden Liebenden begegnet waren, lag. Die Amme sprach lange mit ihrem Beichtvater und unter dem Siegel der Beichte gestand sie ihm, daß die junge Helena von Campireali sich mit Giulio Branciforte, ihrem Gatten, vereinen wolle und daß sie geneigt wäre, dem Kloster eine silberne Lampe im Wert von hundert spanischen Piastern zu stiften.

„Hundert Piaster!" antwortete der Mönch gereizt. „Und was wird aus unsrem Kloster, wenn wir den Haß des Signor von Campireali auf uns ziehen? Es waren nicht hundert Piaster, sondern wohl tausend, ohne die Wachskerzen zu rechnen, die er uns gegeben hat, um den Leichnam seines Sohnes vom Schlachtfeld von Ciampi zurückzubringen."

Man muß zur Ehre des Klosters berichten, wie zwei betagte Mönche, welche genau über die Lage der jungen Helena unterrichtet waren, nach Albano hinabstiegen, um sie durch Zureden oder mit Gewalt zu veranlassen, in den Palast ihrer Familie zurückzukehren; sie wußten, daß Signor von Campireali sie dafür reich belohnen würde. Ganz Albano war von Gerede über die Flucht Helenas und von der Erzählung der glänzenden Versprechungen erfüllt, die ihre Mutter denen ausgesetzt hatte, die ihr Nachrichten über den Aufenthalt der

Tochter geben würden. Aber die beiden Mönche wurden von der Verzweiflung Helenas, die Giulio Branciforte tot glaubte, so gerührt, daß sie, weit davon entfernt, sie zu verraten und ihrer Mutter ihren Zufluchtsort anzuzeigen, sich sogar bereit erklärten, sie bis zur Festung La Petrella zu geleiten. Helena und Marietta begaben sich nachts, wieder als Arbeiter verkleidet, zu Fuß an eine bestimmte Quelle im Wald von La Faggiola, eine Stunde von Albano entfernt. Die Mönche hatten dorthin Maultiere bringen lassen, und als der Tag anbrach, machte man sich auf den Weg. Die Mönche, welche unter dem Schutz des Fürsten standen, wurden von den Soldaten, denen sie im Wald begegneten, mit Respekt gegrüßt, aber nicht so die beiden jungen Bürschchen, welche sie begleiteten: die Soldaten betrachteten sie zuerst mit strengen Blicken und kamen auf sie zu, dann brachen sie in Gelächter aus und machten den Mönchen Komplimente wegen der Reize ihrer Maultiertreiber.

„Schweigt, Gottlose! und wißt, daß alles auf Befehl des Fürsten Colonna geschieht“, antworteten die Mönche im Weiterschreiten.

Aber die arme Helena hatte Unglück; der Fürst war von La Petrella abwesend, und als er ihr drei Tage später, nach seiner Rückkehr, endlich eine Audienz gewährte, behandelte er sie sehr hart.

„Warum kommt Ihr hierher, Fräulein? Was bedeutet dieser unvorsichtige Schritt? Euer Weibergeschwätz hat sieben der tapfersten Männer Italiens ins Verderben gestürzt, und das wird Euch kein verständiger Mensch je vergeben. Auf dieser Welt muß man wollen oder nicht wollen. Ohne Zweifel ist es neuen Klatschereien zu danken, daß Giulio Branciforte der Kirchenschändung angeklagt und verurteilt werden soll, zwei Stunden mit glühenden Zangen gezwickt und dann wie ein Jude verbrannt zu werden, er, einer der besten Christen, die ich kenne! Wie hätte man ohne Euer schändliches Geschwätz diese schreckliche Lüge erfinden können, woher wissen sollen, daß Giulio Branciforte am Tage des Klosterüberfalls in Castro war? Alle meine Leute werden Euch sagen, daß man ihn gerade an diesem Tage hier in La Petrella gesehen hat und daß ich ihn gegen Abend nach Velletri schickte."

„Aber er lebt?" rief die junge Helena zum zehnten Mal, indem sie in Tränen ausbrach. „Für Euch ist er tot," versetzte der Fürst, „Ihr werdet ihn niemals wiedersehen. Ich rate Euch, in Euer Kloster in Castro zurückzukehren und hütet Euch, von neuem zu schwatzen; binnen einer Stunde werdet Ihr La Petrella verlassen haben. Vor allem erzählt niemandem, daß Ihr mich gesehen habt, oder ich werde Euch zu strafen wissen."

Die arme Helena war tief betrübt über einen solchen Empfang von seiten jenes berühmten Fürsten Colonna, den Giulio so verehrte und den sie liebte, weil er ihn liebte.

Was auch der Fürst Colonna daran auszusetzen fand, war dieser Schritt Helenas doch nicht unklug gewesen. Wäre sie drei Tage früher nach La Petrella gekommen, so hätte sie Giulio Branciforte hier gefunden; die Wunde am Knie setzte ihn außerstand, selbst zu gehen, und der Fürst ließ ihn nach dem großen Marktflecken Avezzano im Königreich Neapel transportieren. Bei der ersten Nachricht des schrecklichen durch Signor von Campireali erkauften Haftbefehls gegen Giulio Branciforte, der ihn als Kirchenschänder und Klosterräuber erklärte, hatte der Fürst eingesehen, daß er auf drei

Viertel seiner Leute nicht würde zählen können, wenn es sich darum handeln sollte, Branciforte zu schützen. Das war eine Sünde gegen die Madonna, unter deren besonderem Schutz sich jeder der Briganten fühlte. Wenn einer der barigelli aus Rom kühn genug gewesen wäre, Giulio Branciforte mitten im Walde von La Faggiola zu verhaften, hätte es ihm gelingen können.

Bei seiner Ankunft in Avezzano nannte sich Giulio Fontana, und die Leute, die ihn trugen, waren verschwiegen. Nach La Petrella zurückgekehrt, verkündeten sie traurig, daß Giulio auf der Reise gestorben sei, und von diesem Augenblick an wußte jeder der Soldaten des Fürsten, daß ein Dolchstich ins Herz dem sicher sei, der den verhängnisvollen Namen aussprach.

Es war also vergeblich, daß Helena, nach Albano zurückgekehrt, Brief über Brief schrieb und, um Branciforte Nachricht zukommen zu lassen, ihre ganzen Zechinen ausgab. Die beiden alten Mönche, die ihre Freunde geworden waren — denn, sagt der florentinische Chronist, die wahre Schönheit ermangelt nicht, selbst auf durch niedrigsten Egoismus und Heuchelei verhärtete Herzen eine gewisse Herrschaft auszuüben —, die beiden Mönche, sagten wir, teilten dem armen jungen Mädchen mit, daß jeder Versuch, Branciforte auch nur ein Wort zukommen zu lassen, vergeblich sei: Colonna hatte erklärt, daß er tot wäre und sicher würde Giulio nicht wieder in dieser Welt erscheinen, ehe der Fürst es wollte. Die Amme Helenas kündigte ihr weinend an, daß ihr Mutter endlich ihren Zufluchtsort entdeckt habe und daß die strengsten Befehle ergangen seien, sie, und sei es mit Gewalt, in den Palast Campireali nach Albano zu bringen. Helena begriff, daß ihre Gefangenschaft, wenn sie einmal in diesem Palast war, grenzenlos streng durchgeführt werden könne und daß man ihr jeden Verkehr mit der Außenwelt untersagen würde; dagegen genoß sie im Kloster von Castro die gleiche Freiheit, Briefe zu empfangen und abzusenden, wie alle Nonnen. Überdies, und das entschied ihr Schwanken, war es der Garten dieses Klosters, wo Giulio sein Blut für sie vergossen hatte; sie konnte den hölzernen Sessel der Pförtnerin wiedersehen, auf den er sich einen Augenblick gesetzt hatte, um die Wunde an seinem Knie zu beschauen, es war dort, wo er Marietta die blutbefleckten Blumen gegeben hatte, die sie nicht mehr verließen. Also kehrte sie traurig in das Kloster von Castro zurück, und man könnte ihre Geschichte hier beenden: es wäre gut für sie und vielleicht auch für den Leser. Denn tatsächlich werden wir dem langsamen Sinken einer edlen und reichen Seele zuschauen. Kluge Maßnahmen und gesellschaftliche Lügen, die sie von nun an rings umgaben, verdrängten die aufrichtigen Regungen lebhafter und natürlicher Leidenschaft. Der römische Chronist schaltet hier eine Betrachtung ein, die voll Naivetät ist: Weil sich eine Frau die Mühe gibt, eine schöne Tochter zur Welt zu bringen, glaubt sie das Talent zu besitzen, ihr Leben zu lenken; und weil sie ihr im Alter von sechs Jahren mit Grund sagte: „Mein Fräulein, richtet Euren Kragen“, glaubt sie, wenn diese Tochter achtzehn und sie fünfzig Jahre alt ist, — und diese Tochter ebensoviel oder mehr Geist besitzt als die Mutter —, hingerissen von der Gewohnheit des Herrschens noch immer das Recht zu haben, ihr Leben zu lenken, sei es auch durch Betrug.

Wir werden sehen, daß Vittoria Carafa, die Mutter Helenas durch eine Reihe geschickter und überaus klug kombinierter Mittel den grausamen Tod ihrer so zärtlich geliebten Tochter herbeiführte, nachdem sie durch ihre traurige Herrschsucht zwölf Jahre hindurch ihr Unglück gewesen war.

Bevor er starb, hatte Signor von Campireali noch die Freude, in Rom den Richtspruch bekannt geben zu sehen, durch den Branciforte verurteilt ward, zwei Stunden lang an den Kreuzungen der Hauptstraßen Roms mit glühenden Zangen gezwickt und dann an langsamem Feuer verbrannt zu werden; seine Asche sollte man danach in den Tiber werfen. Die Fresken des Klosters Santa Maria Novella in Florenz zeigen noch heute, wie man diese grausamen Urteile gegen die Kirchenschänder vollstreckte. Gewöhnlich war dabei ein großes Wachaufgebot nötig, um das empörte Volk zurückzuhalten, das sich an Stelle der Henker setzen wollte. Jeder gebärdete sich, als wäre er der vertraute Freund der Madonna. Signor Campireali hatte sich dieses Urteil noch wenige Minuten vor seinem Tode vorlesen lassen und schenkte dem Advokaten, welchem er es verdankte, seinen schönen, zwischen Albano und dem Meer gelegenen Landsitz dafür. Dieser Advokat war nicht ohne Verdienst, denn Branciforte war zu diesem gräßlichen Tod verurteilt worden, obwohl sich kein Zeuge fand, der ihn unter der Verkleidung des jungen, mit soviel Autorität die Bewegungen der Angreifer leitenden Kuriers erkannt haben wollte. Die unerhörte Größe dieser Schenkung brachte alle Intriganten Roms in Aufregung. Damals gab es bei Hof einen bekannten Fratone, einen undurchsichtigen und zu allem fähigen Menschen, — selbst dazu, den Papst zu zwingen, ihm den Hut zu verleihen; er besorgte die geschäftlichen Angelegenheiten des Fürsten Colonna und dieser gefährliche Klient verschaffte ihm großes Ansehen. Als

Signora Campireali ihre Tochter nach Castro zurückgekehrt wußte, ließ sie diesen Fratone rufen.

„Euer Ehrwürden sollen glänzend belohnt werden, wenn Ihr einer höchst einfachen Sache, die ich Euch erklären werde, zum guten Ausgang verhelfet. In wenigen Tagen wird das Urteil, welches Giulio Branciforte zu einem schrecklichen Tod verdammt, auch im Königreich Neapel bekannt gemacht und vollstreckbar werden. Ich ersuche Euer Ehrwürden, diesen Brief des Vize-Königs zu lesen, der weitläufig mit mir verwandt ist und mir diese Neuigkeit zu melden geruht. In welchem Land kann Branciforte Zuflucht suchen? Ich werde dem Fürsten fünfzigtausend Piaster mit der Bitte übersenden, sie ganz oder zum Teil Giulio Branciforte unter der Bedingung zu geben, daß er beim König von Spanien, meinem Herrn, Dienst gegen die Rebellen von Flandern nimmt. Der Vize-König wird Branciforte ein Hauptmannsdiplom geben, und damit das Urteil wegen Gotteslästerung, welches wohl bald auch in Spanien vollstreckbar sein wird, ihn in seiner Laufbahn nicht hindert, wird er sich Baron Lizzara nennen, nach einem kleinen Gut, das mir in den Abruzzen gehört, dessen Besitz ich ihm durch einen Scheinkauf verschaffen werde. Ich glaube, daß Euer Ehrwürden noch nie eine Mutter so den Mörder ihres Sohns behandeln gesehen haben. Mit fünfhundert Piastern hätten wir uns längst dieses hassenswerten Menschen entledigen können: aber wir wollten uns nicht mit Colonna überwerfen. Habt also die Güte, den Fürsten wissen zu lassen, daß meine Achtung vor seinen Rechten mich sechzig- bis achtzigtausend Piaster kostet. Ich will nie wieder von diesem Branciforte sprechen hören — und vor allem versichert dem Fürsten meine Ehrerbietung."

Der Fratone sagte, daß er in drei Tagen eine Wanderung in die Gegend von Ostia machen werde, und Signora Campireali übergab ihm einen Ring im Wert von tausend Piastern.

Einige Tage später erschien der Fratone wieder in Rom und sagte der Signora Campireali, daß er ihren Vorschlag dem Fürsten nicht zur Kenntnis gebracht hätte, aber daß der junge Branciforte sich binnen eines Monats nach Barcelona einschiffen würde, wo sie ihm bei einem der Bankiers dieser Stadt fünfzigtausend Piaster anweisen solle.

Giulio bereitete dem Fürsten große Schwierigkeit, denn trotz der Gefahr, die er von nun ab in Italien lief, mochte sich der junge Verliebte nicht entschließen, dieses Land zu verlassen. Vergebens ließ der Fürst durchblicken, daß Signora Campireali sterben könne, vergebens versprach er ihm, daß er in jedem Fall nach drei Jahren sein Vaterland wiedersehen solle; Giulio vergoß Tränen, aber er stimmte nicht zu. Der Fürst war genötigt, diese Abreise als persönlichen Dienst von ihm zu verlangen; Giulio konnte dem Freund seines Vaters nichts abschlagen; aber vor allem wollte er Helenas Wünsche wissen. Der Fürst geruhte, die Übermittlung eines langen Briefes auf sich zu nehmen; ja er erlaubte Giulio, ihm einmal im Monat aus Flandern zu schreiben. Endlich schiffte sich der verzweifelte Liebhaber nach Barcelona ein. Alle seine Briefe wurden vom Fürsten, der nicht wollte, daß Giulio jemals nach Italien zurückkehre, verbrannt. Wir haben vergessen, zu sagen, daß der Fürst, obgleich seinem Wesen nichts ferner lag als eitle Anmaßung, sich doch, um die Geldgeschichte glücklich zu ordnen, zu der Äußerung verpflichtet glaubte, daß er es gewesen sei, der es für angemessen hielt, dem einzigen Sohn eines der treuesten Diener des Hauses Colonna ein kleines Vermögen von fünfzigtausend Piastern zuzuwenden.

Die arme Helena wurde im Kloster von Castro als Fürstin behandelt. Der Tod ihres Vaters hatte sie in den Besitz eines beträchtlichen Vermögens gesetzt und ein unermeßliches Erbteil kam noch hinzu. Als ihr Vater starb, ließ sie jedem Einwohner von Castro und Umgebung, der erklärte, um Herrn von Campireali Trauer tragen zu wollen, fünf Ellen schwarzen Tuchs schenken. Es war noch in den ersten Tagen, als ihr von gänzlich unbekannter Hand ein Brief Giulios zugestellt wurde. Es wäre schwierig, die Entzückungen zu schildern, mit denen dieser Brief geöffnet wurde; und nicht minder die tiefe Traurigkeit, die über sie kam, nachdem sie ihn gelesen hatte. Und doch war es ohne Zweifel die Handschrift Giulios; sie wurde mit der größten Aufmerksamkeit geprüft, der Brief sprach von Liebe; aber welcher Liebe, großer Gott! Und doch hatte ihn Signora Campireali, die so viel Geist besaß, verfaßt. Ihr Plan war: die Korrespondenz mit sieben oder acht Briefen voll leidenschaftlicher Liebe einzuleiten; so wollte sie auf die späteren vorbereiten, in denen diese Liebe nach und nach erlöschen sollte.

Wir gehen rasch über zehn Jahre eines unglücklichen Lebens hinweg. Helena glaubte sich völlig vergessen; trotzdem wies sie mit Hochmut die Huldigungen der vornehmsten jungen Edelleute Roms zurück. Indessen, als man ihr von dem jungen Ottavio Colonna sprach, dem ältesten Sohn des berühmten Fabrizio, der sie einstens in La Petrella so schlecht empfangen hatte, war sie einen Augenblick unentschieden. Es erschien ihr, wenn sie nun einmal einen Gatten nehmen mußte, um ihrem Besitz im Kirchenstaat und im Königreich Neapel einen Beschützer zu geben, als Linderung, den Namen eines Mannes zu tragen, den Giulio einstmals geliebt hatte. Hätte sie dieser Heirat zugestimmt, dann hätte Helena sehr bald die Wahrheit über Giulio Branciforte erfahren. Der alte Fürst Fabrizio sprach oft und mit Entzücken von der übermenschlichen Tapferkeit des Obersten Lizzara, welcher sich gleich den Helden des alten Roms schlage, und gleich ihnen sich durch große Taten von der unglücklichen Liebe abzulenken versuchte, die ihn für jedes Vergnügen unempfindlich machte. Giulio glaubte, daß Helena längst verheiratet sei: Signora von Campireali hatte nicht nur ihre Tochter mit Lügen umgeben.

Helena hatte sich mit dieser so geschickten Mutter wieder halb versöhnt, deren größter Wunsch war, sie verheiratet zu wissen; die Mutter bat ihren Freund, den alten Kardinal Santi-Quatro, den Protektor der ‚Heimsuchung', der nach Castro reiste, er möge den ältesten Nonnen des Klosters im Vertrauen erzählen, daß seine Reise durch einen Gnadenakt verzögert worden sei: der gute Papst Gregor XIII. habe aus Mitleid für die Seele eines Briganten, namens Giulio Branciforte, der es einst versuchte, ihr Kloster zu schänden, bei der Nachricht von dessen Tode das Urteil der Gotteslästerung aufheben wollen, überzeugt davon, daß er unter der Last einer solchen Verdammung niemals das Fegefeuer wieder verließe; falls Branciforte, der in Mexiko von den Wilden überrascht und niedergemacht worden sei, überhaupt das Glück gehabt habe, nur ins Fegefeuer zu kommen. Diese Neuigkeit versetzte das ganze Kloster von Castro in Aufregung; sie gelangte auch zu Helena, die sich damals allen Torheiten der Eitelkeit hingab, welche der Besitz eines großen Vermögens in einem aufs tiefste gelangweilten Menschen erwecken kann. Von diesem Augenblick an verließ sie nicht mehr ihr Zimmer. Man muß wissen, daß sie das halbe Kloster hatte umbauen lassen, um das kleine Zimmer der Pförtnerin, wo Giulio in jener Nacht einen Augenblick während des Kampfes ausgeruht hatte, bewohnen zu können. Nach unendlichen Mühen war es ihr geglückt, die drei noch lebenden Bravi zu entdecken, von den fünf aus Giulios Gefolge, die damals dem Gefecht in Castro entronnen waren, und sie hatte sie, trotz des schwer zu besänftigenden Skandals, in ihre Dienste genommen. Unter ihnen befand sich Ugone, jetzt alt und von Wunden bedeckt. Der Anblick dieser drei Männer hatte viel Murren erregt, aber schließlich war die Furcht, welche Helenas hochfahrender Charakter dem ganzen Kloster einflößte, größer, und man sah sie täglich in der Livree des Hauses Campireali Helenas Befehle am äußeren Gitter entgegennehmen, und oft weitläufig auf ihre Fragen antworten, die immer dem gleichen Gegenstand galten.

Nach den ersten sechs Monaten der Einschließung in sich selbst und der Abkehr von allen weltlichen Dingen, die der Nachricht von Giulios Tod gefolgt waren, ist das erste Gefühl, welches diese durch einen unheilbaren Schmerz und eine namenlose Langweile bereits gebrochene Seele wieder zum Leben weckte, ein Gefühl der Eitelkeit gewesen.

Vor kurzem war die Äbtissin gestorben. Dem Brauch gemäß, hatte der Kardinal Santi-Quatro, der trotz des hohen Alters von zweiundneunzig Jahren noch Protektor des Klosters zur ‚Heimsuchung' war, die Liste der drei vornehmen Nonnen aufgestellt, aus welchen der

Papst die Äbtissin wählen sollte. Es mußten sehr gewichtige Gründe im Spiel sein, wenn Seine Heiligkeit die beiden letzten Namen der Liste überhaupt las; gewöhnlich begnügte er sich damit, einen Strich mit der Feder durch diese Namen zu ziehen, und die Ernennung war geschehen.

Eines Tages stand Helena am Fenster des ehemaligen Pförtnergemachs, das jetzt den äußersten Flügel des neuen, auf ihren Befehl hergestellten Anbaus bildete. Dieses Fenster lag höchstens zwei Fuß über dem Gang, der ehemals mit Giulios Blut getränkt war und jetzt einen Teil des Gartens bildete. Helena hatte die Augen sinnend auf den Boden geheftet. Die drei Damen, welche man seit einigen Stunden auf der Liste des Kardinals zur Nachfolge der verstorbenen Äbtissin wußte, kamen am Fenster Helenas vorüber. Sie bemerkte sie nicht und konnte sie daher auch nicht grüßen. Eine der Damen wurde dadurch gereizt und sagte laut genug zu den andren:

„Das ist eine nette Art für eine Pensionärin, ihr Zimmer so den Augen aller zur Schau zu stellen."

Durch diese Worte aufgestört, sah Helena auf und begegnete drei boshaften Augenpaaren.

‚Nun wohl,' sagte sie sich, das Fenster ohne Gruß schließend, ‚lange genug bin ich jetzt das Lamm in diesem Kloster gewesen, man muß Wolf sein, wäre es auch nur, um den Neugierigen in der Stadt etwas Abwechslung zu bieten!'

Eine Stunde später brachte einer ihrer Leute folgenden Kurierbrief ihrer Mutter, welche seit zehn Jahren in Rom lebte und verstanden hatte, sich dort großen Einfluß zu verschaffen.

„Hochverehrte Mutter!

Jedes Jahr schenkst Du mir an meinem Namenstage dreihunderttausend Francs, und ich verwende dieses Geld, um hier Torheiten zu begehen; ehrenvolle allerdings, aber doch Torheiten. Obwohl du es mir schon seit langem nicht mehr zu verstehen gibst, weiß ich doch, daß zwei Dinge imstande sind, Dir meine Dankbarkeit für all Deine guten Absichten zu beweisen. Verheiraten werde ich mich nicht mehr, aber ich würde mit Vergnügen Äbtissin dieses Klosters; ich bin auf diesen Einfall gekommen, weil die drei Damen, welche unser Kardinal Santi-Quatro auf die Liste gesetzt hat, die er dem Heiligen Vater vorlegt, meine Feindinnen sind; und welche immer gewählt wird, muß ich Ärger aller Art erwarten. Spende meine Festgabe den Personen, die in Betracht kommen; schaffen wir erst eine Verzögerung von sechs Monaten für die Ernennung; das wird die Priorin des Klosters, die meine intime Freundin ist und gegenwärtig die Zügel der Regierung in Händen hat, vor Freude außer sich bringen. Schon dies wird eine Quelle des Glückes für mich sein und es ist so selten, daß ich dies Wort anwenden kann, wenn ich von Deiner Tochter spreche. Ich finde meinen Einfall toll, aber wenn Du irgendeine Möglichkeit des Erfolgs siehst, werde ich binnen drei Tagen den weißen Schleier nehmen; ich habe das Recht auf Erlaß von sechs Monaten, da ich seit acht Jahren ununterbrochen im Kloster wohne. Der Dispens kostet vierzig Taler und wird nicht verweigert.

Ich verbleibe respektvoll

meine ehrwürdige Mutter usw.“

Dieser Brief bereitete Signora von Campireali die größte Freude. Als sie ihn empfing, hatte sie schon lebhaft bereut, ihrer Tochter den Tod Brancifortes angekündigt zu haben; sie wußte nicht, wie diese tiefe Melancholie, die sie befallen hatte, enden würde; sie sah irgendeinen Gewaltstreich voraus; sie ging so weit, zu fürchten, ihre Tochter könnte nach Mexiko gehen, um den Ort zu suchen, wo, wie man behauptet hatte, Branciforte getötet worden war; in diesem Fall war es leicht möglich, daß sie in Madrid den wahren Namen des Oberst Lizzara erfuhr. Andrerseits war das, was ihre Tochter durch den Kurier verlangte, die schwierigste, und man kann wohl sagen, die absurdeste Sache von der Welt. Ein junges Mädchen, das nicht einmal Nonne war, und außerdem bloß durch die tolle Leidenschaft eines Briganten bekannt war, die sie vielleicht erwidert hatte, sollte an die Spitze eines Klosters gesetzt werden, in dem alle römischen Fürsten Verwandte hatten! ‚Aber', dachte sich Signora von Campireali, ‚man sagt, daß jeder Prozeß geführt und deshalb auch gewonnen werden kann.' In ihrer Antwort machte Vittoria Carafa ihrer Tochter etwas Hoffnung, die gewöhnlich keine andren als absonderliche Wünsche hatte, zum Ausgleich aber sehr leicht den Geschmack daran verlor. Noch im Lauf des Abends unterrichtete sie sich über alles, was in näherer oder weiterer Beziehung zum Kloster von Castro stehen könnte und erfuhr, daß ihr Freund, der Kardinal Santi-Quatro seit mehreren Monaten sehr schlechter Laune sei; er wollte seine Nichte mit Don Ottavio Colonna, dem ältesten Sohn des Fürsten Fabrizio, von dem in dieser Geschichte so oft die Rede war, vermählen. Der Fürst bot ihm seinen zweiten Sohn Don Lorenzo an, denn um seine Vermögensverhältnisse wieder in Ordnung zu bringen, die durch den Krieg äußerst zerrüttete waren, den der König von Neapel und der Papst — endlich einig — gegen die Briganten von La Faggiola geführt hatten, konnte er nicht davon abstehen, daß die Frau seines ältesten Sohnes eine Mitgift von sechshunderttausend Piastern dem Hause Colonna mitbringen müsse. Aber der Kardinal Santi-Quatro, wenn er selbst alle seine andren Verwandten in der anstößigsten Weise enterbte, vermochte höchstens ein Vermögen von dreihundertachtzigtausend oder vierhunderttausend Talern anzubieten.

Vittoria Carafa verbrachte den Abend und einen Teil der Nacht damit, sich diese Tatsachen von allen Freunden des alten Santi-Quatro bestätigen zu lassen. Am nächsten Morgen ließ sie sich schon um sieben Uhr bei dem alten Kardinal melden. „Eminenz," sagte sie ihm, „wir sind alle beide recht alt, es ist unnötig, daß wir uns zu täuschen trachten, indem wir Dingen, die nicht schön sind, schöne Namen geben; ich werde Euch jetzt eine Tollheit vorschlagen: alles, was ich zu ihren Gunsten sagen kann, ist, daß sie nicht niedrig ist; aber ich muß selbst gestehen, daß ich sie über alle Maßen lächerlich finde. Als man wegen der Heirat meiner Tochter Helena mit Don Ottavio Colonna verhandelte, habe ich Freundschaft für diesen jungen Mann gewonnen und am Tage seiner Hochzeit werde ich Euch zweihunderttausend Piaster in Landbesitz oder in Silber geben, mit der Bitte, es ihm zuzuwenden. Aber damit eine arme Witwe wie ich ein so ungeheures Opfer bringen kann, muß meine Tochter Helena, die jetzt siebenundzwanzig Jahre zählt und seit dem Alter von neunzehn Jahren nicht einmal außerhalb des Klosters geschlafen hat, Äbtissin von Castro werden; man muß zu diesem Zweck die Wahl um sechs Monate verzögern; die Sache entspricht dem geltenden Recht."

„Was sagt Ihr, Signora?" rief der alte Kardinal außer sich, „Seine Heiligkeit selbst vermöchte das nicht, was Ihr von einem alten unvermögenden Greise verlangt."

„Ich habe Eurer Eminenz ja auch gesagt, daß die Sache lächerlich sei: die Toren werden sie toll finden, aber Leute, welche wohl über das unterrichtet sind, was bei Hof vor sich geht, werden denken, daß unser ausgezeichneter Fürst, der gute Papst Gregor XIII. die loyalen und langen Dienste Eurer Eminenz belohnen wollte, indem er eine Ehe erleichtert, von der ganz Rom weiß, daß Eure Eminenz sie wünscht. Im übrigen ist die Sache leicht möglich und entspricht vollkommen dem Recht, ich stehe dafür; meine Tochter wird schon morgen den weißen Schleier nehmen."

„Aber die Simonie, Signora!" rief der alte Mann mit schrecklicher Stimme aus.

Signora von Campireali schickte sich an zu gehen.

„Was bedeutet das Papier, das Ihr hier laßt?"

„Das ist die Liste der Güter, die ich im Werte von zweihunderttausend Piastern anbieten würde, wenn man bares Geld nicht wünscht; der Wechsel des Eigentümers könnte lange Zeit geheimgehalten werden; zum Beispiel: das Haus Colonna würde mir Prozesse machen, die ich verlieren würde ..."

„Aber die Simonie, Signora, erschreckliche Simonie!"

„Vorerst muß man die Wahl um sechs Monate hinausschieben, ich werde morgen kommen, um die Anordnungen Eurer Eminenz entgegenzunehmen."

Ich glaube, daß es notwendig ist, Lesern, die nördlich der Alpen geboren sind, den fast offiziellen Ton mehrerer Stellen dieser Unterredung zu erklären; ich erinnere daran, daß in streng katholischen Ländern die meisten Unterredungen über heikle Dinge schließlich zum Beichtstuhl gelangen, und dann ist es durchaus nicht gleichgültig, ob man ein respektvolles Wort gebraucht hat oder eine ironische Wendung.

Im Laufe des nächsten Tages erfuhr Vittoria Carafa, daß die Wahl, zufolge eines großen, sachlichen Irrtums, der in der Liste der drei zur Äbtissin vorgeschlagenen Damen entdeckt worden war, um sechs Monate verschoben wurde: die an zweiter Stelle der Liste angeführte Dame hatte einen Renegaten in der Familie, einer ihrer Großonkel war in Udine zum Protestantismus übergetreten.

Signora von Campireali glaubte einen besonderen Schritt beim Fürsten Fabrizio Colonna unternehmen zu sollen, dessen Hause sie einen so ansehnlichen Vermögenszuwachs angeboten hatte. Nach dreitägigen Anstrengungen gelang es ihr, eine Unterredung in einem Dorf nahe bei Rom zu erreichen; aber sie kehrte ganz erschreckt von dieser Audienz zurück; sie hatte den gewöhnlich so ruhigen Fürsten dermaßen benommen von dem Kriegsruhm des Obersten Lizzara gefunden, daß sie es für ganz zwecklos erachtete, ihn um Stillschweigen über diesen Fall zu ersuchen. Der Oberst war für ihn wie ein Sohn, ja noch mehr: wie ein geliebter Schüler. Der Fürst las gewisse Briefe, die aus Flandern kamen, wieder und immer wieder. Was würde aus dem Lieblingsplan, dem Signora von Campireali seit zehn Jahren schon so viel geopfert hatte, wenn ihre Tochter vom Leben und vom Ruhm des Oberst Lizarra erführe?

Ich glaube, daß es besser ist, viele Umstände stillschweigend zu übergehen, welche wohl die Sitten jener Zeit getreu spiegeln, aber trübselig zu erzählen sind. Der Autor des römischen Manuskripts hat sich unendliche Mühe gegeben, um den genauen Sachverhalt dieser Einzelheiten aufzufinden, die ich unterdrücke.

Zwei Jahre nach der Zusammenkunft der Signora von Campireali mit dem Fürsten Colonna war Helena Äbtissin von Castro, aber der alte Kardinal von Santi-Quatro war vor Gram über diesen argen Akt von Simonie gestorben. Zu dieser Zeit hatte Castro den schönsten Mann des päpstlichen Hofs zum Bischof, Monsignor Francesco Cittadini, aus Mailändischem Geschlecht. Dieser junge Mann, der durch seinen bescheidenen Anstand und seinen Ton voll Würde auffiel, hatte viele Dinge mit der Äbtissin der ‚Heimsuchung' zu erledigen, besonders als sie einen neuen Kreuzgang zur Verschönerung des Klosters erbauen ließ. Dieser junge Bischof Cittadini, der damals neunundzwanzig Jahre alt war, verliebte sich grenzenlos in die schöne Äbtissin. In dem Prozeß, der ein Jahr später stattfand, berichteten viele Nonnen, daß der Bischof so oft wie möglich das Kloster aufsuchte und ihrer Äbtissin sagte: „An andren Orten befehle ich und wie ich zu meiner Schande gestehen muß, es bereitet mir ein gewisses Vergnügen. Euch gehorche ich wie ein Sklave, aber mit einem Genuß, der weit größer ist, als wenn ich anderswo befehle. Ich befinde mich unter dem Einfluß eines höheren Wesens; wenn ich es auch versuchen würde, könnte ich doch keinen andren Willen haben als den seinen und würde lieber in alle Ewigkeit der letzte seiner Sklaven sein, als fern von seinen Augen ein König."

Die Zeugen berichten, daß die Äbtissin ihm oft inmitten solcher eleganter Phrasen befahl, zu schweigen und auf harte Weise, in Ausdrücken, die ihre Verachtung zeigten.

„Um die Wahrheit zu sagen," fährt ein andrer Zeuge fort, „ihre Gnaden behandelte ihn oft wie einen Dienstboten; in solchen Fällen schlug der arme Bischof die Augen nieder und begann zu weinen, aber er ging nicht fort. Er fand jeden Tag neue Vorwände, um wieder im Kloster zu erscheinen, was die Beichtväter der Nonnen und die Feinde der Äbtissin sehr entrüstete. Aber die Frau Äbtissin wurde von der Priorin lebhaft verteidigt, ihrer intimen Freundin, welche unter ihrem unmittelbaren Befehl der inneren Leitung vorstand. „Ihr wißt, meine Schwestern," sagte diese, „daß seit jener vergeblichen Leidenschaft, die unsre Äbtissin in ihrer ersten Jugend für einen Söldner des Glücks gehegt hat, ihr viel bizarre Einfälle zurückgeblieben sind; aber Ihr kennt alle diesen bemerkenswerten Zug ihres Charakters, daß niemals jemand für sie in Betracht kommt, den sie einmal verachtet hat. Nun hat sie vielleicht in ihrem ganzen Leben nicht so viele beleidigende Worte geäußert, wie in unsrer eigenen Gegenwart zu dem armen Monsignor Cittadini: tagtäglich sehen wir ihn eine Behandlung erdulden, die uns für seine hohe Würde erröten läßt."

„Ja," antworteten die aufgebrachten Nonnen, „aber er kommt alle Tage wieder, also wird er wohl im Grunde nicht so schlecht behandelt werden, und in jedem Falle schadet auch der Anschein dieses Abenteuers dem Ansehen des Heiligen Ordens der Heimsuchung."

Der strengste Herr richtet an den ungeschicktesten Diener nicht ein Viertel der Beschimpfungen, mit denen die hochmütige Äbtissin den jungen Bischof samt seiner salbungsvollen Art überhäufte; aber er war verliebt und er hatte aus seiner Heimat den unerschütterlichen Grundsatz mitgebracht, daß man sich bei einer Unternehmung dieser Art, — wenn sie einmal begonnen ist —, nur um das Ziel kümmern darf.

„Am Schluß des Handels", sagte der Bischof zu seinem Vertrauten, Cesare del Bene, „trifft die Verachtung den Liebhaber, der sich vom Angriff vorzeitig zurückzog, ohne durch Eingriffe höherer Gewalt dazu gezwungen worden zu sein."

Jetzt muß sich meine traurige Aufgabe darauf beschränken, einen notgedrungen sehr trockenen Auszug des Prozesses zu geben, in dessen Folge Helena den Tod fand. Die Beschreibung dieses Gerichtsverfahrens, die ich in einer Bibliothek gelesen habe, deren Namen ich verschweigen muß, umfaßt nicht weniger als acht Foliobände. Das Verhör und die Beweisfassung sind in lateinischer Sprache gehalten, die Antworten italienisch. Ich lese darin, daß sich im Monat November 1572, gegen elf Uhr abends, der junge Bischof allein zum Tore der Kirche begab, wo während des Tags die Gläubigen Einlaß finden; die Äbtissin selbst öffnete ihm dieses Tor und erlaubte ihm, ihr zu folgen. Sie empfing ihn in einem Zimmer, wo sie sich oft aufhielt, das durch eine geheime Tür mit den Emporen in Verbindung stand, welche das Kirchenschiff beherrschen.

Eine Stunde mochte kaum verflossen sein, als der Bischof sehr erstaunt wieder nach Hause geschickt wurde; die Äbtissin selbst begleitete ihn zur Kirchentüre zurück und sagte ihm diese verbürgten Worte: „Kehrt in Euren Palast zurück, verlaßt mich schleunigst. Adieu Monsignore, Ihr erregt mir Abscheu; es ist mir, als hätte ich mich einem Lakaien hingegeben."

Indessen kam drei Monate später der Karneval. Die

Bewohner von Castro waren durch die Feste, die sie in dieser Zeit einander gaben, berühmt; die ganze Stadt widerhallte vom Lärm der Maskenscherze. Alles ging an einem kleinen Fenster vorüber, welches einer wohlbekannten Stallung des Klosters einen schwachen Lichtschein gab. Man weiß, daß schon drei Monate vor dem Karneval diese Stallung in einen Salon verwandelt worden war und zur Zeit der Maskeraden niemals leer wurde. Inmitten aller Narrheiten des Volks fuhr der Bischof in seiner Karosse vorüber; die Äbtissin gab ihm ein Zeichen und um ein Uhr der folgenden Nacht verfehlte er nicht, sich an der Kirchentür einzufinden. Er trat ein; aber nach weniger als dreiviertel Stunden wurde er im Zorn fortgeschickt. Seit dem ersten Stelldichein im Monat November kam er so etwa alle acht Tage ins Kloster. Man sah in seinem Gesicht einen leichten Ausdruck von Triumph und Dummheit, der niemandem entging und das Unglück hatte, den stolzen Charakter der jungen Äbtissin außerordentlich zu reizen. Besonders am Ostermontag behandelte sie ihn wie den letzten der Menschen und sagte ihm Worte, die sich der ärmste der Taglöhner des Klosters nicht hätte bieten lassen. Indessen gab sie ihm einige Tage später wieder das Zeichen, dem folgend der schöne Bischof nicht verfehlte, sich um Mitternacht an der Kirchentür einzufinden. Sie hatte ihn kommen lassen, um ihm mitzuteilen, daß sie schwanger sei. Bei dieser Ankündigung, heißt es in den Akten, erbleichte der schöne junge Mann vor Entsetzen und wurde ganz und gar blöde vor Angst. Die Äbtissin hatte Fieber, sie ließ den Arzt rufen und machte ihm gegenüber kein Geheimnis aus ihrem Zustand. Dieser Mann kannte den großmütigen Charakter der Kranken und sicherte ihr zu, ihr aus der Verlegenheit zu helfen. Er begann damit, daß er sie mit einer hübschen jungen Frau aus dem Volk in Verbindung brachte, die nicht den Titel einer Hebamme besaß, aber deren Kunst ausübte. Ihr Mann war Bäcker. Helena war unbefriedigt von der Unterredung mit dieser Frau, die ihr erklärte, daß sie zur Ausführung des Plans, mit dessen Hilfe sie auf Rettung hoffte, zwei Vertraute im Kloster benötige.

„Eine Frau euresgleichen, meinethalben; aber eine aus meinem Stande? Nein. Geht mir aus den Augen."

Die Hebamme zog sich zurück. Aber einige Stunden darauf ließ sie Helena, die es nicht klug fand, sich dem Geschwätz dieser Frau auszusetzen, durch den Arzt ins Kloster zurückholen, wo sie freigebig beschenkt wurde. Diese Frau schwur, daß sie niemals, auch wenn sie nicht zurückgerufen worden wäre, das ihr anvertraute Geheimnis verraten hätte, aber sie erklärte nochmals, daß sie sich auf nichts einlassen könne, wenn sie nicht im Kloster zwei dem Interesse der Äbtissin ergebene Mitwisserinnen hätte. Ohne Zweifel fürchtete sie die Anklage wegen Kindesmord.

Nachdem sie viel darüber nachgedacht hatte, beschloß die Äbtissin, das schreckliche Geheimnis Schwester Vittoria anzuvertrauen, der Priorin des Klosters, aus der vornehmen Familie der Herzöge von C**, und Schwester Bernarda, der Tochter des Marchese P**. Sie ließ sie auf ihr Brevier schwören, niemals ein Wort von dem, was sie ihnen jetzt anvertrauen würde, verlauten zu lassen, nicht einmal vor dem hochnotpeinlichen Gericht. Diese Damen waren vor Schreck verstört. Sie gestanden später beim Verhör, daß sie sich unter dem Eindruck des hochfahrenden Charakters ihrer Äbtissin auf das Geständnis einer Mordtat gefaßt gemacht hätten. Die Äbtissin sagte ihnen einfach und kalt:

„Ich habe mich gegen alle meine Pflichten vergangen, ich bin schwanger."

Schwester Vittoria, die Priorin, war tief bewegt und ganz verwirrt wegen der langjährigen Freundschaft, die sie mit Helena verband, und nicht bloß aus Neugierde rief sie mit Tränen in den Augen aus:

„Wer ist der Unvorsichtige, der dieses Verbrechen begangen hat!"

„Ich habe es selbst meinem Beichtvater nicht gesagt; urteilt also, ob ich es euch sagen werde."

Diese beiden Damen beratschlagten sogleich über die Maßnahmen, um das verhängnisvolle Geheimnis dem übrigen Kloster zu verbergen. Sie entschieden vor allem, daß das Schlafzimmer der Äbtissin, das ganz im Mittelpunkt des Klosters lag, nach der Apotheke verlegt werden müsse, die man im entlegensten Teil des Klosters, im dritten Stock des großen, durch Helenas Freigebigkeit entstandenen Neubaus eingerichtet hatte. An diesem Ort war es, daß die Äbtissin einem Knaben das Leben schenkte. Seit drei Wochen war die Frau des Bäckers in den Gemächern der Priorin versteckt. Als diese Frau dann mit dem Kind schnell durch das Kloster eilte, begann es zu schreien, und die Frau flüchtete sich in ihrem Entsetzen in den Keller. Eine Stunde später gelang es Schwester Bernarda mit Hilfe des Arztes, eine kleine Gartentür zu öffnen, und die Frau des Bäckers verließ hastig das Kloster und bald darauf die Stadt. In die Campagna gelangt und von panischem Schrecken verfolgt, flüchtete sie sich in eine Grotte, die der Zufall sie in einem der Felsen entdecken ließ. Die Äbtissin schrieb an Cesare del Bene, den Vertrauten und ersten

Kammerherrn des Bischofs, der zu der bezeichneten Grotte eilte; er war zu Pferde, er nahm das Kind in seine Arme und ritt im Galopp nach Montefiascone. Das Kind wurde in der Kirche Santa Margherita getauft und empfing den Namen Alessandro. Die Gastwirtin des Orts hatte eine Amme verschafft, der Cesare acht Taler zurückließ; viele Frauen, die sich während der Tauffeierlichkeit um die Kirche angesammelt hatten, hörten nicht auf, Signor Cesare nach dem Vater des Kindes zu fragen.

„Das ist ein großer Herr aus Rom", sagte er ihnen, „der sich erlaubt hat, eine arme Bäuerin wie Ihr zu verführen."

Und er verschwand.

VII

Bis dahin ging alles gut, trotz dieses ungeheuren Klosters, das von mehr als dreihundert neugierigen Frauen bewohnt wurde; niemand hatte etwas gesehen, niemand etwas gehört. Aber die Äbtissin hatte dem Arzt einige Hände voll neuer in der Münze Roms geprägter Zechinen übergeben. Der Arzt gab mehrere dieser Goldstücke der Frau des Bäckers. Diese Frau war hübsch und ihr Mann eifersüchtig; er durchstöberte ihren Koffer und fand diese glänzenden Goldstücke darin; und da er sie für den Preis seiner Schande hielt, setzte er seiner Frau ein Messer an die Kehle und zwang sie zu sagen, woher die Goldstücke stammten. Nach einigen Ausflüchten gestand die Frau die Wahrheit und der Friede wurde geschlossen. Die Eheleute begannen nun über die Verwendung einer so großen Summe zu beratschlagen. Die Bäckerin wollte einige Schulden bezahlen; aber der Mann fand es schöner, ein Maultier zu kaufen, was auch geschah. Dieses Maultier erregte Aufsehen in dem Viertel, wo man die Armut des Ehepaars kannte. Alle Weiber der Stadt, Freundinnen und Feindinnen fragten eine nach der andern die Frau des Bäckers, wer der freigebige Liebhaber gewesen sei, der sie in Stand gesetzt habe, ein Maultier zu kaufen. Diese Frau wurde dadurch so gereizt, daß sie einige Male die Wahrheit antwortete. Eines Tages, als Cesare del Bene das Kind besucht hatte und zur Äbtissin zurückkehrte, um Bericht zu erstatten, schleppte sich diese, obgleich sie sehr unpäßlich war, bis zum Gitter und machte ihm wegen der Unzuverläßlichkeit der von ihm verwendeten Mittelspersonen Vorwürfe. Der Bischof seinerseits wurde krank vor Angst; er schrieb seinen Brüdern in Mailand, um ihnen die ungerechte Anklage, deren Ziel er war, zu erzählen; auch forderte er sie auf, ihm zu Hilfe zu kommen. Obwohl er sich schwer leidend fühlte, faßte er den Entschluß, Castro zu verlassen; aber bevor er es tat, schrieb er der Äbtissin:

„Ihr wißt bereits, daß alles, was vorgefallen ist, bekannt wurde. Wenn Euch deshalb daran liegt, nicht allein meinen Ruf, sondern vielleicht mein Leben zu retten, und um den Skandal zu verkleinern, könnt Ihr Giovanni Battista Doleri beschuldigen, der vor zwei Tagen gestorben ist. Wenn Ihr auf diese Weise auch nicht Eure Ehre wiederherstellen könnt, so läuft wenigstens die meine keine Gefahr mehr."

Der Bischof ließ Don Luigi, den Beichtvater des Klosters von Castro, rufen:

„Gebt dies eigenhändig der Frau Äbtissin", sagte er zu ihm.

Als diese das ehrlose Schreiben gelesen hatte, rief sie laut vor allen, die sich im Zimmer befanden:

„So verdienen die törichten Jungfrauen behandelt zu werden, welche die Schönheit des Leibes über die der Seele stellen!"

Das Gerücht von allem, was in Castro vor sich ging, kam rasch zu Ohren des schrecklichen Kardinals Farnese. Er hatte sich diese Bezeichnung seit einigen Jahren verdient, weil er hoffte, im nächsten Konklave die Unterstützung der Eiferer zu finden. Sogleich gab er der Obrigkeit von Castro den Auftrag, den Bischof Cittadini zu verhaften. Dessen ganze Dienerschaft ergriff aus Furcht vor der Folter die Flucht. Nur Cesare del Bene blieb seinem Herrn treu und schwur ihm, daß er eher auf der Folter sterben, als etwas gestehen würde, was ihm schaden könnte.

Cittadini, der seinen Palast von Wachen umringt sah, schrieb aufs neue seinen Brüdern, die in großer Eile von Mailand ankamen. Sie fanden ihn schon im Gefängnis von Ronciglione eingekerkert.

Ich entnehme aus dem ersten Verhör der Äbtissin, daß sie ihre Schuld offen zugestand, aber leugnete, in Beziehung zu dem Hochwürdigsten Bischof gestanden zu haben, ihr Mitschuldiger sei Gian-Battista Doleri, Advokat des Klosters, gewesen.

Am 9. September 1573 befahl Gregor XIII., daß der Prozeß in aller Strenge und Eile erledigt werde. Ein Kriminalrichter, ein Fiskal und ein Kommissär begaben sich nach Castro und nach Ronciglione. Cesare del Bene, der erste Kammerherr des Bischofs, gestand, bloß ein Kind zu einer Amme gebracht zu haben. Man verhört ihn in Gegenwart der ehrwürdigen Klosterschwestern Vittoria und Bernarda. Man unterwarf ihn zwei Tage hintereinander der Tortur; er litt gräßlich, aber seinem Wort getreu, gestand er nur das, was zu leugnen unmöglich war, und der Fiskal konnte nicht mehr aus ihm herausbringen.

Als die Reihe an die ehrwürdigen Damen Vittoria und Bernarda kam, die Zeugen der Folterung Cesares gewesen waren, gestanden sie alles, was sie getan hatten. Alle Nonnen wurden nach dem Urheber des Verbrechens gefragt, die meisten antworteten, daß es der Hochwürdigste Herr Bischof gewesen sei. Eine der Schließerinnen berichtet die beleidigenden Worte, welche die Äbtissin gebraucht hatte, als sie den Bischof aus der Kirche wies. Sie fügte hinzu: „Wenn man in diesem Ton zueinander spricht, zeigt es an, daß man schon lange ein Liebesverhältnis hat. Der Herr Bischof, der sonst durch übermäßige Selbstgefälligkeit auffiel, hatte ein ganz linkisches Aussehen, als er die Kirche verließ."

Eine Nonne, im Anblick der Folterwerkzeuge verhört, antwortet, daß die Katze Urheber des Verbrechens sein müsse, weil die Äbtissin sie nie aus den Armen läßt und immerzu liebkost. Eine andre Nonne behauptet: der Urheber des Verbrechens müsse der Wind sein, weil die Äbtissin an Tagen, wo der Wind weht, glücklich und guter Laune sei; sie setze sich dem Wind auf einem Belvedere, das sie eigens hatte erbauen lassen, aus, und wenn man an diesem Ort eine Gnade erbitten kam, sei sie niemals verweigert worden. Die Frau des Bäckers, die Amme, die Weiber von Montefiascone bekannten aus Furcht vor den Folterqualen, die sie Cesare hatten erleiden sehen, die Wahrheit.

Der junge Bischof war krank oder spielte in Ronciglione den Kranken, was seinen Brüdern Anlaß gab, durch das Ansehen und den Einfluß der Signora von Campireali unterstützt, sich mehrmals dem Papst zu Füßen zu werfen und von ihm zu erbitten, daß das Verfahren aufgeschoben werde, bis der Bischof seine Gesundheit wiedererlangt habe. Auf dies hin vermehrte der schreckliche Kardinal Farnese die Zahl der Soldaten, die ihn in seinem Gefängnis bewachten. Da der Bischof nicht verhört werden konnte, begannen die Kommissäre in jeder ihrer Sitzungen immer wieder, die Äbtissin einem Verhör zu unterziehen. Eines Tages, als ihre Mutter ihr hatte sagen lassen, sie solle guten Mutes bleiben und fortfahren, alles zu leugnen, gestand sie alles.

„Warum habt Ihr zuerst Gian-Battista Doleri bezichtigt?“

„Aus Mitleid mit der Feigheit des Bischofs, und dann, wenn es ihm gelingt, sein teures Leben zu retten, damit er für meinen Sohn sorgen kann.“

Nach diesem Geständnis schloß man die Äbtissin in eine Zelle des Klosters von Castro ein, deren Wände und Deckenwölbung acht Fuß dick waren; die Nonnen sprachen nur mit Schaudern von diesem Verlies, das unter dem Namen Mönchszelle bekannt war. Die Äbtissin wurde hier ständig von drei Frauen überwacht.

Als sich die Gesundheit des Bischofs ein wenig gebessert hatte, kamen dreihundert Sbirren oder Soldaten, um ihn aus Ronciglione zu holen, und er wurde in einer Sänfte nach Rom geschafft. Dort brachte man ihn in einem Gefängnis unter, das Corte Savella hieß. Wenige Tage später wurden auch die Nonnen nach Rom eingeliefert; die Äbtissin wurde im Kloster Santa Marta untergebracht. Vier Nonnen waren beschuldigt: die ehrwürdigen Schwestern Vittoria und Bernarda, die Schwester, welche an jenem Tage die Aufsicht führte, und die Pförtnerin, welche die beleidigenden Worte gehört hatte, die von der Äbtissin an den Bischof gerichtet wurden.

Der Bischof wurde vom Auditor der päpstlichen Kammer vernommen, einem der höchsten Vertreter des Richterstandes. Man spannte den armen Cesare del Bene von neuem auf die Folter; doch er gestand nichts, ja er sagte sogar Dinge aus, die dem Staatsanwalt peinlich waren, was ihm eine neue Folterung eintrug. Diese Einleitungsmarter mußten auch die ehrwürdigen Schwestern Vittoria und Bernarda erleiden. Der Bischof leugnete alles in dümmster Weise, aber mit einer gefälligen Hartnäckigkeit; er zählte mit den größten Einzelheiten alles auf, was er an den drei offenkundig bei der Äbtissin verbrachten Abenden vorgenommen haben wollte.

Schließlich stellte man die Äbtissin dem Bischof gegenüber, und obgleich sie beständig die Wahrheit gesagt hatte, wurde sie dennoch der Folterung unterworfen. Weil sie auf dem beharrte, was sie auf ihrem ersten Geständnis immer ausgesagt hatte, überhäufte sie der Bischof, seiner Rolle getreu, mit Beleidigungen.

Nach mehreren andren, im Grunde vernünftigen Maßnahmen, die aber von jenem Geist der Grausamkeit befleckt sind, der seit der Regierung Karls V. und Philipps II. zu sehr an den Tribunalen Italiens vorwiegt, wurde der Bischof zu lebenslänglicher Gefangenschaft in der Engelsburg verurteilt. Die Äbtissin wurde verurteilt, ihr ganzes Leben im Kloster von Santa Marta, wo sie sich aufhielt, eingekerkert zu werden. Aber schon hatte es Signora von Campireali unternommen, um ihre Tochter zu retten, einen unterirdischen Gang ausheben zu lassen. Dieser Gang begann bei einer der aus der Herrlichkeit des alten Rom zurückgebliebenen Kloaken und sollte bei dem tiefen Kellergewölbe enden, wo man die sterblichen Reste der Nonnen von Santa Marta beisetzte. Dieser Gang von zwei Fuß Breite hatte Bretterwände, um das Erdreich rechts und links zu stützen und als Deckenwölbung gab man ihm, im Maße man vorwärts kam, zwei wie die Schenkel eines großen A gestellte Bretter.

Man grub diesen unterirdischen Weg in einer Tiefe von etwa dreißig Fuß. Das schwierigste war, ihn in der rechten Richtung weiterzuführen; jeden Augenblick waren die Arbeiter durch antike Brunnen und Grundmauern gezwungen, eine Wendung zu machen. Eine andre große Schwierigkeit bereitete die weggeräumte Erde, mit der man nichts Rechtes anzufangen wußte; es sah aus, als ob man sie nachts in allen Straßen Roms aussäte. Man wunderte sich über diese Menge Erde, die sozusagen vom Himmel fiel.

Wie groß die Summen auch waren, welche Signora von Campireali ausgab, um ihre Tochter zu retten, wäre ihr unterirdischer Gang doch sicher entdeckt worden; aber der Papst Gregor XIII. starb 1585, und die Herrschaft der Unordnung zog mit der Vakanz des Heiligen Stuhls ein.

Helena ging es in Santa Marta sehr schlecht; man kann sich denken, wie sehr die einfachen und armen Nonnen wetteiferten, eine so reiche, eines solchen Verbrechens überführte Äbtissin zu quälen. Helena erwartete mit Ungeduld das Ergebnis der von ihrer Mutter unternommenen Arbeit. Aber plötzlich erfuhr ihr Herz seltsame Bewegung. Schon vor sechs Monaten hatte Fabrizio Colonna, der angesichts des schwankenden Gesundheitszustands Gregors XIII. große Pläne für die Zeit des Interregnums faßte, einen seiner Offiziere zu Giulio Branciforte geschickt, der jetzt in der spanischen Armee unter dem Namen Oberst Lizzara sehr bekannt geworden war. Er rief ihn nach Italien zurück. Giulio brannte darauf, seine Heimat wiederzusehen. Er landete unter einem angenommenen Namen in Pescara, einem kleinen Hafen des Adriatischen Meeres, der unterhalb Chieti in den Abruzzen lag, und kam über das Gebirge nach La Petrella. Die Freude des Fürsten setzte alle Welt in Erstaunen. Er teilte Giulio mit, daß er ihn zurückrufen ließ, um ihn zu seinem Nachfolger zu machen und ihm den Befehl über seine Soldaten zu übergeben. Worauf Branciforte antwortete, daß, militärisch gesprochen, das Unternehmen nichts mehr wert sei, was er leicht beweisen könne; wenn jemals Spanien ernstlich wollte, würde es in sechs Monaten mit geringen Auslagen sämtliche Briganten Italiens vernichten.

„Aber trotz allem," fügte der junge Branciforte hinzu, „wenn Ihr es wollt, bin ich bereit zu marschieren, mein Fürst. Ihr werdet stets in mir den Nachfolger des tapferen, bei Ciampi gefallenen Ranuccio finden."

Vor Giulios Ankunft hatte der Fürst befohlen, so wie er zu befehlen verstand, daß sich niemand in Petrella unterfangen solle, von Castro und von dem Prozeß der Äbtissin zu sprechen; Todesstrafe ohne Nachsicht war auf das geringste Geschwätz gesetzt. Mitten in den Freundschaftsergüssen, mit denen er Branciforte empfing, bat er ihn, niemals ohne ihn nach Albano zu gehen, und seine Art, diese Reise zu machen, bestand darin, daß er die Stadt durch tausend seiner Leute besetzen ließ, und eine Vorhut von zwölfhundert Mann auf der Straße nach Rom aufstellte. Man stelle sich vor, was der arme Giulio empfand, als der Fürst den alten Scotti, welcher noch lebte, in das Haus, wo er sein Hauptquartier aufgeschlagen hatte, holen ließ und ihn in das Zimmer rief, wo er sich mit Giulio aufhielt. Als die beiden Freunde einander umarmt hatten, rief er Giulio zu sich: „Jetzt, mein armer Oberst, mußt du dich auf das Schlimmste gefaßt machen.“

Darauf blies er das Licht aus und verließ das Zimmer, in dem er die beiden Freunde einschloß.

Am nächsten Morgen schickte Giulio, der sein Zimmer nicht verlassen wollte, die Bitte zum Fürsten, nach La Petrella gehen und sich dafür einige Tage beurlauben zu dürfen. Aber man brachte ihm die Meldung, daß der Fürst verschwunden sei samt seinen Truppen.

In der Nacht hatte er den Tod Gregors XIII. erfahren; er hatte seinen Freund Giulio vergessen und war über Land. Bei Giulio waren nur etwa dreißig Mann geblieben, die einst zur Kompanie Ranuccios gehörten. Es ist bekannt genug, daß in jenen Zeiten während der Vakanz des Heiligen Stuhls die Gesetze schwiegen; jeder dachte nur daran, seine Leidenschaften zu befriedigen und es galt nur die Kraft; darum hatte, noch vor dem Ende des Tags, Fürst Colonna schon mehr als fünfzig seiner Feinde aufhängen lassen. Giulio aber, obgleich er nicht vierzig Mann bei sich hatte, wagte es, nach Rom zu marschieren.

Die ganze Dienerschaft der Äbtissin von Castro war ihr treu geblieben; sie hatten sich in den ärmlichen Häusern um das Kloster Santa Marta herum eingemietet. Der Todeskampf Gregors XIII. hatte länger als eine Woche gedauert; Signora von Campireali erwartete ungeduldig die Tage der Verwirrung, die seinem Tod folgen würden, um die letzten fünfzig Schritt ihres unterirdischen Ganges in Angriff zu nehmen. Da man die Keller von mehreren bewohnten Häusern durchqueren mußte, fürchtete sie sehr, das Ziel ihrer Unternehmung nicht länger verbergen zu können.

Schon am übernächsten Tag nach der Ankunft Brancifortes in La Petrella, schienen die drei ehemaligen Bravi Giulios, welche Helena in ihre Dienste genommen hatte, närrisch geworden zu sein. Obgleich jedermann nur zu gut wußte, daß sie in strenger Geheimhaft gehalten und von Nonnen bewacht wurde, die sie haßten, kam doch Ugone, einer der Bravi, zum Klostertor und bat inständigst unter den seltsamsten Vorwänden, daß man ihm erlauben möge, seine Herrin zu sehen, und zwar auf der Stelle. Er wurde abgewiesen und zur Tür hinausgeworfen. In seiner Verzweiflung blieb der Mann aber hier stehn und fing an, jedem der Bediensteten des Hauses, mochte er ein- oder ausgehn, einen Bajocco zu geben, wobei er stets diese gleichen Worte sagte: „Freut Euch mit mir, Signor Giulio Branciforte ist angekommen, er lebt: sagt dies Euren Freunden."

Die beiden Kameraden Ugones verbrachten den Tag damit, ihm Bajocchi zuzutragen, und sie fuhren Tag und Nacht darin fort, sie mit den immer gleichen Worten zu verteilen, bis ihnen nichts mehr blieb. Aber die drei Bravi fuhren, einander ablösend, trotzdem fort, die Wache an der Tür des Klosters Santa Marta zu beziehen und richteten mit tiefen Verbeugungen an alle Aus- und Eintretenden immer die gleichen Worte: „Signor Giulio ist angekommen..."

Der Einfall dieser braven Leute hatte Erfolg: keine sechsunddreißig Stunden nach der Verteilung des ersten Bajocco wußte die arme Helena trotz ihrer Einzelhaft in der Tiefe ihres Kerkers, daß Giulio lebte; dieses Wort versetzte sie in Raserei:

„O meine Mutter," rief sie aus, „habt Ihr mir genug Leid zugefügt?"

Einige Stunden später wurde ihr diese erstaunliche Neuigkeit durch die kleine Marietta bestätigt, die all ihren Goldschmuck für die Erlaubnis geopfert hatte, der Schwester Pförtnerin, die der Gefangenen die Mahlzeiten brachte, zu folgen. Helena warf sich in ihre Arme und weinte vor Freude.

„Das ist sehr schön," sagte sie ihr, „aber ich werde kaum mehr bei dir bleiben."

„Gewiß!" sagte Marietta, „ich denke wohl, daß die Zeit des Konklaves nicht verstreichen wird, ohne daß sich Euer Gefängnis in eine einfache Verbannung verwandelt."

„Ach, meine Teure, Giulio wiedersehen! Und ihn wiedersehen, und ich schuldig!"

In der Mitte der dritten Nacht, die dieser Unterredung folgte, stürzte ein Teil des Fußbodens der Kirche mit großem Getöse ein; die Nonnen von Santa Marta glaubten, daß das Kloster versinke. Äußerste Verwirrung herrschte, alle Welt glaubte an ein Erdbeben. Ungefähr eine Stunde nach dem Einsturz des Marmorfußbodens der Kirche drang Signora von Campireali, ihr voran die drei Bravi aus Helenas Diensten, durch den unterirdischen Gang in den Kerker.

„Sieg, Sieg, Herrin!" riefen die Bravi. Helena befiel Todesangst, sie glaubte, daß Giulio Branciforte mit ihnen käme. Sie beruhigte sich und ihre Züge nahmen den gewohnten strengen Ausdruck an, als sie ihr sagten, daß sie nur Signora von Campireali begleiteten und daß Giulio noch in Albano sei, welches er mit wenigen tausend Mann besetzt hielte.

Nach einigen Minuten Wartens erschien Signora von Campireali; sie ging mit großer Mühe und hatte den Arm ihres Haushofmeisters genommen, der in großem Staat war, mit dem Degen an der Seite; aber sein prächtiges Gewand war ganz mit Erde beschmutzt.

„O meine teure Helena! Ich komme, um dich zu retten!" rief Signora von Campireali.

„Und wer sagt Euch, daß ich gerettet sein will?"

Signora von Campireali war verblüfft; sie sah ihre Tochter mit großen Augen an, sie schien sehr aufgeregt.

„Nun wohl, meine teure Helena," sagte sie endlich, „das Schicksal zwingt mich, dir eine Handlung einzugestehen, die nach dem Unglück, das ehemals unsrer Familie zustieß, vielleicht ganz natürlich war, die ich aber bereue und dich zu verzeihen bitte: Giulio Branciforte ... lebt."

„Und weil er lebt, will ich nicht leben.'

Signora von Campireali verstand erst gar nicht, was ihre Tochter meinte, dann richtete sie die flehentlichsten, zärtlichsten Bitten an sie; aber sie erhielt keine Antwort: Helena hatte sich zu ihrem Kruzifix gewendet und betete, ohne sie zu hören. Es war vergeblich, daß Signora von Campireali eine Stunde lang die äußersten Anstrengungen machte, um ein Wort oder einen Blick zu erlangen. Endlich sagte ihre Tochter ungeduldig:

Unter dem Marmor dieses Kruzifixes waren seine Briefe in meinem kleinen Zimmer in Albano verborgen; es wäre besser gewesen, mich von meinem Vater töten zu lassen! Geht ... und laßt mir Gold zurück."

Als Signora von Campireali trotz der besorgten Zeichen ihres Haushofmeisters noch länger mit ihrer Tochter reden wollte, wurde Helena ärgerlich:

„Laßt mir wenigstens eine Stunde Freiheit. Ihr habt mein Leben vergiftet, wollt Ihr nun auch meinen Tod vergiften?"

„Wir werden über den unterirdischen Gang noch zwei oder drei Stunden verfügen können; ich wage zu hoffen, daß du dich noch eines Besseren besinnen wirst," rief

Signora von Campireali, in Tränen ausbrechend. Und sie nahm den Weg unter die Erde zurück.

„Ugone, bleibe bei mir", sagte Helena zu einem ihrer Bravi, „und sei wohl bewaffnet, mein Bursche, denn vielleicht gilt es, mich zu verteidigen. Laß mich deinen Dolch, dein Schwert, dein Messer sehen!"

Der alte Soldat zeigte ihr seine beruhigend guten Waffen.

„Nun wohl, halte dich dort vor meinem Gefängnis auf, ich werde Giulio einen langen Brief schreiben, den du selbst ihm zustellen wirst; ich will nicht, daß er durch andre Hände als deine geht, da ich nichts habe, um ihn zu schließen. Du kannst alles lesen, was dieser Brief enthält. Nimm das ganze Gold, das meine Mutter hiergelassen hat, in deine Taschen; ich brauche nur noch fünfzig Zechinen für mich, lege sie auf mein Bett."

Nach diesen Worten begann Helena zu schreiben:

„Ich zweifle nicht an Dir, mein teurer Giulio; ich gehe von hinnen, weil ich in Deinen Armen vor Schmerz sterben müßte; ich würde sehen, wie groß mein Glück gewesen wäre, wenn ich nicht einen Fehltritt begangen hätte. Glaub nicht, daß ich jemals nach Dir ein andres Wesen auf der Welt geliebt habe; weit entfernt davon, war mein Herz immer von der lebhaftesten Verachtung für den Mann erfüllt, den ich bei mir einließ. Mein Fehltritt geschah einzig aus Langweile und — wenn man will — aus Leichtfertigkeit. Bedenke, daß mein Geist, der durch den vergeblichen Versuch zu La Petrella so geschwächt war, wo der Fürst, den ich verehrte, weil Du ihn liebtest, mich so grausam empfing — bedenke, sage ich, daß mein so geschwächter Geist zwölf Jahre lang von Lügen umlagert war. Alles, was mich umgab, war falsch und verlogen, und ich wußte es. Ich erhielt anfangs etwa dreißig Briefe von Dir, urteile selbst, mit welchem Entzücken ich die ersten öffnete! Aber indem ich sie las, wurde mein Herz zu Eis. Ich prüfte diese Schrift, ich erkannte die Züge Deiner Hand wieder, aber nicht Dein Herz. Glaub mir, daß diese erste Lüge mein innerstes Leben so zerstört hat, daß ich soweit kam, einen Brief mit Deiner Handschrift ohne Freude zu öffnen! Die verabscheuungswürdige Ankündigung Deines Todes vernichtete vollends alles in mir, was noch aus den glücklichen Zeiten unsrer Jugend übriggeblieben war. Meine erste Absicht war, wie Du wohl verstehen wirst, die Küste Mexikos aufzusuchen und die Stelle mit meinen Händen zu berühren, wo die Wilden Dich, wie man mir sagte, getötet hatten. Wenn ich diesen Gedanken ausgeführt hätte ... würden wir jetzt glücklich sein, denn wie groß auch die Zahl und die Geschicklichkeit der von einer wachsamen Hand um mich gesäten Spione gewesen wäre, hätte ich doch in Madrid alle Seelen, in denen noch Mitleid und Güte lebte, mir günstig gestimmt, und wahrscheinlich hätte ich die Wahrheit erfahren; denn schon, mein Giulio, hatten Deine Heldentaten die Aufmerksamkeit der Welt auf Dich gelenkt und vielleicht wußte irgendwer in Madrid, daß Du Branciforte seist. Willst Du, daß ich Dir sage, was unser Glück verhinderte? Zuerst die Erinnerung an den grausamen und kränkenden Empfang, den mir der Fürst in La Petrella bereitet hatte: welche mächtigen Hindernisse gab es von Castro bis Mexiko zu überwinden! Du siehst, meine Seele hatte schon ihre Kraft verloren. Dann kam mir eine Eingebung der Eitelkeit. Ich hatte große Bauten im Kloster durchführen lassen, um die Loge der Pförtnerin, worin Du in der Kampfnacht Zuflucht fandest, als Zimmer zu nehmen. Eines Tages betrachtete ich den

Boden, den Du ehemals für mich mit Deinem Blut getränkt hattest; da hörte ich ein verächtliches Wort; ich erhob die Augen und sah gehässige Gesichter; um mich zu rächen, wollte ich Äbtissin werden. Meine Mutter, die sehr wohl wußte, daß Du am Leben warst, leistete das Äußerste, um diese ungeheuerliche Ernennung zu erreichen. Diese Stellung war für mich nur eine Quelle von Langweile; durch sie wurde meine Seele vollends erniedrigt. Ich fand Vergnügen daran, meine Macht oft nur im Unglück der andren zu genießen; ich beging Ungerechtigkeiten. Ich sah mich mit dreißig Jahren in den Augen der Welt tugendhaft, reich, angesehen und trotzdem vollkommen unglücklich. Da zeigte sich dieser arme Mensch, der ja die Güte selbst war, aber die Unbedeutendheit in Person. Seine Unbedeutendheit machte, daß ich seine ersten Anträge ertrug. Meine Seele war so unglücklich durch alles, was mich seit Deiner Abreise umgab, daß sie nicht mehr die Kraft hatte, der kleinsten Versuchung zu widerstehen. Soll ich Dir etwas sehr Indezentes gestehen? Aber einer Toten ist alles erlaubt. Wenn Du diese Zeilen lesen wirst, werden die Würmer diese angeblichen Schönheiten verzehren, die nur Dir gehören durften. Endlich muß ich Dir das sagen, was mir schwer wird; ich sah nicht ein, warum ich nicht, wie alle unsre römischen Damen, die Liebe der Sinne versuchen sollte; ich hatte eine Anwandlung von Leichtfertigkeit; aber ich konnte mich nie jenem Menschen hingeben, ohne ein Gefühl des Abscheus und des Ekels zu empfinden, das jedes Vergnügen zerstörte. Ich sah immer Dich an meiner Seite, in unserm Garten in Albano, als die Madonna Dir den edlen Gedanken eingab, der aber dann durch meine Mutter zum Unglück unsres Lebens geworden ist. Du warst nicht drohend, sondern zärtlich und gut, wie Du immer warst; Du sahst mich an und dann empfand ich Wut gegen diesen andren Mann und ich ging soweit, ihn aus aller Kraft zu schlagen. Das ist die ganze Wahrheit, mein teurer Giulio, ich wollte nicht sterben, ohne sie Dir zu sagen — und ich dachte auch, daß diese Zwiesprache mit Dir vielleicht den Gedanken an den Tod von mir nehmen könnte. Ich ersehe aber nur klarer daraus, wie meine Freude gewesen wäre, wenn ich Deiner wert geblieben wäre. Ich befehle Dir zu leben und die militärische Karriere fortzusetzen, die mir solche Freude bereitet hat, als ich von Deinen Erfolgen hörte. Was wäre gewesen, großer Gott! wenn ich Deine Briefe erhalten hätte, besonders nach der Schlacht von Achenne! Lebe und rufe Dir oft Ranuccio ins Gedächtnis zurück, der bei Ciampi fiel, und Helena, die in Santa Marta starb, weil sie in Deinen Augen keinen Vorwurf lesen wollte."

Nachdem sie den Brief beendet hatte, näherte sich Helena dem alten Soldaten, den sie schlafend fand; sie nahm seinen Dolch, ohne daß er es merkte, dann weckte sie ihn.

„Ich bin zu Ende," sagte sie ihm, „ich fürchte, daß sich unsre Feinde des unterirdischen Zugangs bemächtigen. Nimm schnell meinen Brief, der auf dem Tisch liegt und bring ihn Giulio, du selbst bringst ihn, verstehst du? Und gib ihm noch mein Taschentuch, dieses hier; sag ihm, daß ich ihn auch in diesem Augenblick nicht mehr liebe, als ich ihn immer geliebt habe, immer, hörst du wohl!"

Ugone blieb stehen und ging nicht fort.

„Geh doch!"

„Signora, habt Ihr es wohl überlegt? Signor Giulio liebt Euch so sehr!"

„Ich auch, ich liebe ihn, nimm den Brief und übergib ihn selbst.“

„Nun wohl, möge Gott Eure Güte segnen!“

Ugone ging und kehrte schnell zurück. Er fand Helena tot: sie hatte den Dolch im Herzen.

Nachwort

Auf seinem literarischen Weg wird sich Stendhal ziemlich bald bewußt, daß Lektüre allein nicht ausreicht, wenn er aus Destutt de Tracy* den rechten Nutzen ziehen will. Seine ersten persönlichen Arbeiten sind also Versuche zur Anwendung seiner Ideen, Übungen der Beobachtung. Ausgerüstet mit seiner *Logik* und seinen Theorien, beobachtet er seine Umwelt und macht sich Notizen. Fürs erste stellt er eine Art Nomenklatur zusammen über die verschiedenen Spielarten des Menschen, die verschiedenen Leidenschaften, denen er begegnet. Er stellt so etwas wie ein Herbarium her, ein Charakter-Herbarium, und schafft sich damit ein Repertoire von Personen und deren Eigentümlichkeiten, einen Zettelkasten für den Schriftsteller, einen Kartenraum für den Erforscher der großen weiten Welt.

Kaum ist diese Idee geboren, beginnt er auch schon mit Begeisterung zu sammeln. Er schlägt Pauline [seiner Lieblingsschwester] einen Austausch vertraulicher Mitteilungen vor: „Du hilfst mir, etwas über die Frauen

* Schon vor der Lektüre von Destutt de Tracy hatte Stendhal eine Anzahl Anmerkungen von bekannten Autoren (Duclos, Chamfort, Hérault de Séchelles, Laclos, auch La Bruyère, La Rochefoucauld) gesammmelt, über die Art, bei Frauen Erfolg zu haben. Das Memento trägt den Titel *Du Caractère des Femmes françaises* und besteht aus Anmerkungen zur Strategie, die der Entwicklung der Methode vorausgeht.

zu erfahren, ich werde dir sagen, was ich über die Männer weiß." Aber das genügt nicht. Seine Briefe sind ein fortwährendes Suchen: „Ich brauche Beispiele, ich brauche Fakten, viele Fakten." Er insistiert: „Begeben Sie sich ins Labyrinth der Erlebnisse... Studiert man die Menschen, so kommt einem das Lachen." Er hat sich viel vorgenommen. Er will sich in einer Familienpension einnisten, um den menschlichen Stall aus nächster Nähe beobachten zu können. Er hat einen Bekannten, einen Priester, den Abbé Hélie, und er kommt auf den seltsamen Einfall, ihn um eine Dokumentation über seine abgenommenen Beichten zu bitten. Wie günstig wäre es, Beichtvater zu sein! Wie aufregend wäre es, ein Doppelleben zu führen! Er ist auf dem Weg zum großen Wort der Schriftsteller: „Ich möchte der Mann sein, der eben vorübergeht."

Um zu beginnen, werden die Forschungsmethoden ein für allemal festgelegt. Um den Charakter eines Menschen vollständig zu kennen, so präzisiert Stendhal in einer seiner *Pensées* von 1804, müssen folgende drei Punkte der Reihe nach betrachtet werden: „1. seine Ansichten über alles; 2. bis zu welchem Grade er seine Handlungen nach diesen ausgerichtet hat; 3. seine Herzensneigungen, die ihn daran gehindert haben, sich diesen Ansichten mit ganzer Kraft zu widmen." Für jede Person liegt ein Personalbogen bereit, für jede Untersuchung sind die Richtlinien festgelegt. Stendhal braucht sich also nur noch an die Arbeit zu machen, und wieder wendet er sich an seine Freunde. Pauline wird als erste zur Mitarbeit aufgefordert. Sie soll sich in ihrer Umgebung umsehen und sorgsam die Ansichten und das Betragen der originellen Leute notieren, die zu beobachten sie Gelegenheit hat. Diese Arbeit wird für sie nicht ohne Nutzen sein; Stendhal, immer um ihre Erziehung bemüht, glaubt, ihr damit eine gewisse Lebenserfahrung verschaffen zu können. Aber Pauline ist faul. Ihr Beitrag zu dem großen Repertoire läßt auf sich warten. Immer wieder muß sie zur Ordnung gerufen werden. Und so wendet sich Stendhal schließlich an einen ernsthafteren Menschen, an seinen Freund [Louis] Crozet, der gerade mit dem Bau des Gewölbes von Mont-Cenis beschäftigt ist. Man begnügt sich mit den Leuten, die gerade zur Hand sind, Straßen- und Brükkenbau-Ingenieuren, die auf diese Weise zu der Ehre kamen, Stendhals erste Modelle zu sein.

Das Resultat dieser Versuche wurde im Nachlaß in Grenoble wiedergefunden; Henri Martineau hat sie in Band II der *Mélanges de Littérature* unter dem Titel „Caractères" veröffentlicht. Die Porträts der Ingenieure Dausse und Derrien, des Unterpräfekten Jacquet und seiner Frau sowie jenes von Camille Baffet liefern uns reizvolle Details über die Sitten einiger Junggesellen aus der Provinz um 1805. Aber nicht das ist das Wesentliche. In erster Linie ist daraus ersichtlich, daß auch die ausgeklügeltsten Methoden nicht immer leicht anzuwenden sind. Stendhals Vorhaben war zu anspruchsvoll, sein Fragenkatalog zu theoretisch. Um sich eine Vorstellung von einem Wegeaufseher machen zu können, fordert er eine erschöpfende Biographie der Person, so wie er, um einen Akt in Versen zu schreiben, eine enzyklopädische Erläuterung des Universums braucht. Die Wirklichkeit wird ihn lehren, daß auch die genauesten Nachforschungen unvollständig bleiben müssen. Auf den Karteikarten, die ihm Crozet schickt, steht lediglich das Alter der Person, ihr Berufsweg, ihr Temperament, der vorherrschende Charakterzug; alles übrige wird auf diesen Hauptwesenszug bezogen: Es werden charakteristische *Wörter* angeführt, Anekdoten berichtet. Da steht etwa, was ein fleckenloser, aber falscher Diamant der Tugend tut und sagt, der eine empfindsame Ehrbarkeit an den Tag legt und wahrscheinlich Bestechungsgelder von Unternehmern annimmt: Ingenieur Dausse als Beispiel eines Tartuffe der Rechtschaffenheit. Oder es steht da, was irgendein kerngesunder Bursche tut und sagt, ein etwas sanguinischer, eitler, sinnlicher und mittelmäßiger Junggeselle: Braucht man eine solche Figur, eine Art jungen Valenod, hat man dafür die Karte von Ingenieur Derrien. Und so liegen auch das Porträt und die Aussprüche eines farblosen, egoistischen Gecken oder einer törichten, oberflächlichen jungen Frau vor, die das Amt ihres Mannes zu Wohlanständigkeit zwingt. All das zeugt von ausgezeichneter Beobachtungsgabe; und man sieht ohne weiteres, wie bereits diese Übung in praktischer Psychologie einen jungen Schriftsteller formen kann.

Jedoch ist das ganz gewiß nicht die erschöpfende Personenbeschreibung, wie sie Stendhal wollte, und das ist auch gut so. Die Karteikarte ist nur noch ein Bericht. Der Einfluß der Vorbilder ist jetzt kein rein formaler mehr, er wird spürbar in der Methode der Beobachtung. Da sind junge Denker, die gelernt haben, zu sehen und das Abstrakte, das Vage zu meiden; sie sind nun fähig, einen Katalog wesentlicher Elemente zusammenzustellen – Alter, Beschäftigung, Temperament – und Fakten zu sammeln. Diese fast „administrative“ Art der Beschreibung – sie erinnert im Tonfall an die dem Kaiser vorgelegten Tagesberichte der Polizei – ist zu diesem Zeitpunkt eine revolutionäre Art zu *schreiben:* Ein junger Schriftsteller von 1805 ist lediglich bestrebt, die eleganten literarischen Porträts der Madame Riccoboni zu imitieren, die die Kritik noch zwanzig Jahre später als unerreichte Vorbilder hinstellen wird. Diese bezeichnende – und endgültige – Reaktion Stendhals ist äußerst bemerkenswert. Seine Art der Beschreibung ist *wissenschaftlich*. Die Karteikarten, die Crozet ihm schickt, und die, die er selbst herstellt, haben in dieser Epoche nur in der Literatur von gewissen Spezialisten ein Äquivalent: Die Präzision bestimmter Porträts findet sich nur noch bei Cabanis oder bei anderen Medizinern, die Ideologen wie Gall und Lavater nahestehen. So etwa das Porträt der Madame Cossonier *(Il carattere della signora C.)*, das Stendhal 1806 in Marseille entwirft: Die Anmerkungen über Stimme und Tonfall, über den Gang, die Haltung der Hüften, den Glanz der Augen, die Farbe der Hornhaut können nur von Lavater stammen. Sie sind hervorragend, diese Beobachtungsübungen. Für die Zeit Châteaubriands von erstaunlich strenger Exaktheit.*

Die Sammlung von Charakteren war nicht nur eine rein rhetorische Übung. Stendhal wollte sich sehr wohl ein Instrument für sein literarisches Laboratorium schaffen. Die Karteikarten sollten ihm als Nachschlagewerk dienen; die Monographien sollten den Lustspieldichter mit charakteristischen Personen, Situationen, Handlungsweisen versorgen; sie bildeten den unent-

* In den Schriften Stendhals findet sich der Entwurf einer analogen Arbeit über die Leidenschaften; es handelt sich um eine alphabetische Aufstellung. Neben jeder Leidenschaft steht eine theoretische Beschreibung und ein typisches Beispiel aus der Geschichte oder der Literatur. Die Arbeit sollte 200 Seiten umfassen und 20 Monographien, als 10 Seiten pro Leidenschaft, beinhalten. Das Projekt blieb jedoch unausgeführt.

behrlichen Grundstock für sein auf wissenschaftliche Methoden gegründetes literarisches Schaffen. Denn Stendhal, der Mann des Theaters, hatte, um seine Komödien zu schreiben, eine „Methode“ ausgearbeitet, die sich im wesentlichen auf die Vorarbeiten von Stendhal, dem Ideologen, stützte.

Das Grundprinzip dieser Methode ist ein rein mechanisches Vorgehen. Ist ein Charakter einmal auf die genannte Weise festgelegt, wird er kombiniert mit einer bestimmten Leidenschaft. Intensität und Umstände dieser Leidenschaft werden variiert, und so ergeben sich verschiedene mögliche Handlungen und Situationen. Man stellt sich etwa einen verliebten Geizhals vor: dieser kann jung oder alt sein; er kann Verwaltungsbeamter sein, Kaufmann, Industrieller oder ein Mann von Welt; die junge Frau, die er liebt, kann kokett sein, eine Frömmlerin oder eine Kleinbürgerin, sie kann käuflich sein oder einfach eitel oder versnobt. Die Handlung spielt in einer Kleinstadt oder in Paris, im Geschäftsmilieu oder in Literatenkreisen, usw. Es gibt also endlose mögliche Kombinationen. Der vorgegebene Charakter, kombiniert mit der *Variablen* – also einer Leidenschaft –, ist somit Ausgangspunkt einer Serie von Gleichungen; das Resultat jeder einzelnen Gleichung ist dann jeweils eine komische oder tragische Situation. „Die Leidenschaften sind Kräfte, die im Menschen in unzähligen Verbindungen auftreten können. Immer wieder kombiniere ich diese Kräfte in den verschiedensten Proportionen, und es ergeben sich Handlungen daraus. Dann sehe ich, ob diese Handlungen so beschaffen sind, daß sie beim Publikum Gefallen erwecken.“ Der Chemiker vor seinen Reagenzgläsern. Der wissenschaftliche Charakter dieser Kombinationen drängt sich ihm mit solcher Macht auf, daß er bestimmte Vorgänge manchmal wie Gleichungen anlegt, die er entwickelt und denen er in ihrer Entwicklung folgt.

Charakter und Leidenschaften werden ihrerseits wieder von Kräftesystemen beeinflußt. Gesetzgebung und Klima etwa können eine Rolle spielen. Vor allem aber, wie man bei den tragischen Autoren sehen kann, lasten bestimmte Vorurteile auf den Menschen; Stendhal nennt sie *Bindungen* [*liens*], natürliche Bindungen, soziale Bindungen, Bindungen an Gottesvorstellungen; außerdem Wünsche, Gewohnheiten, Ambitionen. Der Mensch ist niemals frei. In jeder Epoche ist er von seinen Vorstellungen abhängig. Je nach Jahrhundert kommen dieselben Leidenschaften in verschiedenen Gesten zum Ausdruck oder in einer ganz unterschiedlichen Tragweite derselben Geste. Die Ächtung des *Geizigen* ergibt im 19. Jahrhundert keinen Sinn mehr. Die Mischung wird nun sehr komplex, die Dosierung ist eine sehr kunstvolle Angelegenheit, und die Vielfalt der Handlungen, die sich aus ein und demselben Fall ergibt, ist unendlich groß. Mit anderen Worten, aus jedem Dramenthema kann sich eine sehr mannigfaltige Folge von neuen Themen ergeben, je nachdem, wie Zeit, Ort, Situation, Ambitionen, Vorteile verändert werden.

Diese Methode, die eines Tages zu einer Methode der Erfindung durch Adaption werden kann, ist für Stendhal vorerst nur eine Methode des reinen Erfindens. Mathematiker verändern den Wert einer Gleichung mechanisch durch die von ihnen so benannte „zirkulare Permutation“: Stendhal sorgt für die Permutation von drei oder vier variablen Elementen um einen vorgegebenen Charakter herum, und aus dieser Permutation sollen sich dann mechanisch unzählige Situationen ergeben. Ein weiterer Vergleich macht das deutlicher. Die Ingenieure haben ein Werkzeug zum Zeichnen von Umkreisen und Rosetten. Es besteht aus einer Scheibe, die sich verschieden schnell drehen kann und auf die eine bestimmte Anzahl von an Kurbelstangen befestigten Graviernadeln ihre Linien eingravieren. Jedesmal wenn die Länge der Stangen, ihre Richtung oder die Drehgeschwindigkeit der Scheibe verändert wird, ändert sich die Zeichnung, und man erhält auf diese Weise eine unendliche Anzahl verschiedener Rosetten. Ebenso geht Stendhal vor. Er geht bei der Skizzierung einer Situation genauso vor wie ein Mechaniker, der ein neues Tapetenmuster braucht. Er arbeitet wie ein Geometer.

Zwei Bemerkungen Stendhals machen deutlich, mit welch strenger Konsequenz er diese methodische und umfassende Ableitung „aller möglichen Handlungsweisen" eines Charakters verfolgt. Das oben gegebene Zitat geht wie folgt weiter. „Dann sehe ich, ob diese Handlungen so beschaffen sind, daß sie beim Publikum Gefallen erwecken. Bei den Kombinationen folge ich erst einmal nur dem Zufall. Es muß nun eine Methode gefunden werden, die sie in eine Anordnung bringt, die man bequem nachvollziehen und *bei der keine Kombination verlorengehen kann.*" An anderer Stelle findet sich folgender kühner Entschluß: „Habe ich einen Plan, dann bei jeder Person nacheinander alle Laster, alle Tugenden durchprobieren." Dies ist bereits mehr als Laboratoriumsarbeit. Die *mechanische* Art des Erfindens erscheint in all ihrer Deutlichkeit. Es handelt sich um eine industrielle Produktion charakteristischer

Handlungsweisen. Eine Leidenschaft, ein lächerlicher Zug, ein Laster, eine Tugend werden aufgepropft, *um etwas herauszufinden.* Das komischste Ergebnis wird beibehalten.*

Man mag diese Methode belächeln. Sie gibt aber der Vorstellungskraft Stendhals unerschöpfliche Geschmeidigkeit und Fruchtbarkeit, und zwar bereits sehr früh. Er hat seine Vorbilder: seine Karteikarten und seine Klassiker. Er hat sein System von Varianten. Er braucht nur noch aus seinen Reserven zu schöpfen: Er verfügt über unzählige Prototypen, an denen er nur ein paar Details zu ändern braucht. Die „Handlungen, die für einen Charakter bezeichnend sind" – ein Ausdruck, der bei Stendhal unablässig wiederkehrt –, bieten sich seinem Geist in großer, vielleicht in zu großer Anzahl an. Bei ihm bringt das Erfinden im Übermaß *charakteristische Handlungen* hervor.

Maurice Bardèche

* Dies liegt Stendhal nicht so fern, wie man annehmen möchte. Wir finden diese Tendenz – wenn auch nicht das Vorgehen – in Werken wie *Lamiel* [*Amiele*], wo es Versuche zum Komischen, Versuche, *etwas herauszufinden*, gibt, die in dieselbe Richtung gehen.

Victor Hugo im Diogenes Verlag

»Man hat diesen Mann viel angegriffen, weil er groß ist und sich Neider gemacht hat. Man war zunächst erstaunt, und dann errötete man, als man ein Genie von der Größe jener vor sich sah, die man seit Jahrhunderten bewundert; denn der menschliche Hochmut liebt es nicht, noch grünen Lorbeer zu achten. Ist Victor Hugo nicht ebenso groß wie Racine, Calderón, Lope de Vega und viele andere, die schon seit langem bewundert werden?«
Gustave Flaubert

»Die französische Literatur besitzt keinen zweiten Dichter, der mit gleicher Gewalt eine solche Fülle von Bildern zusammengezwungen, so mächtige Symbole heraufbeschworen, Klänge und Rhythmen so meisterhaft gehandhabt hat, wie Victor Hugo.« *André Gide*

Der letzte Tag eines Verurteilten
Aus dem Französischen und mit einem
Vorwort von W. Scheu

Der Glöckner von Notre-Dame
Roman. Deutsch von Philipp Wanderer
Nachwort von Arthur von Riha

Das Teufelsschiff
Deutsch von Hans Kauders.
Mit einem Nachwort von Christian Schäfer

● Jack London
Aus dem Amerikanischen von Erwin Magnus. Mit einem Vorwort von Herbert Eisenreich

● Carson McCullers
Ausgewählt von Anton Friedrich. Aus dem Amerikanischen von Elisabeth Schnack

● Katherine Mansfield
Ausgewählt, aus dem Englischen und mit einem Nachwort von Elisabeth Schnack

● W. Somerset Maugham
Ausgewählt von Gerd Haffmans. Aus dem Englischen von Kurt Wagenseil, Tina Haffmans und Mimi Zoff

● Guy de Maupassant
Ausgewählt, aus dem Französischen und mit einem Nachwort von Walter Widmer

● Meistererzählungen aus Amerika
Geschichten von Edgar Allan Poe bis John Irving. Herausgegeben von Gerd Haffmans. Mit einleitenden Essays von Edgar Allan Poe und Ring Lardner, Zeittafel, bio-bibliographischen Notizen und Literaturhinweisen. Erweiterte Neuausgabe 1995

● Meistererzählungen aus Irland
Geschichten von Frank O'Connor bis Bernard Mac Laverty. Herausgegeben von Gerd Haffmans. Mit einem Essay von Frank O'Connor, bio-bibliographischen Notizen und Literaturhinweisen. Erweiterte Neuausgabe 1995

● Herman Melville
Aus dem Amerikanischen von Günther Steinig. Nachwort von Hans-Rüdiger Schwab

● Frank O'Connor
Aus dem Englischen und mit einem Nachwort von Elisabeth Schnack

● Liam O'Flaherty
Aus dem Englischen und mit einem Nachwort von Elisabeth Schnack

● George Orwell
Ausgewählt von Christian Strich. Aus dem Englischen von Felix Gasbarra, Peter Naujack, Alexander Schmitz, Nikolaus Stingl u.a.

● Konstantin Paustowski
Aus dem Russischen von Rebecca Candreia und Hans Luchsinger

● Luigi Pirandello
Ausgewählt und mit einem Nachwort von Lisa Rüdiger. Aus dem Italienischen von Percy Eckstein, Hans Hinterhäuser und Lisa Rüdiger

● Edgar Allan Poe
Ausgewählt und mit einem Vorwort von Mary Hottinger. Aus dem Amerikanischen von Gisela Etzel

● Alexander Puschkin
Aus dem Russischen von André Villard. Mit einem Fragment ›Über Puschkin‹ von Maxim Gorki

● Joachim Ringelnatz
Ausgewählt von Winfried Stephan

● Joseph Roth
Ausgewählt von Daniel Keel. Mit einem Nachwort von Stefan Zweig

● Saki
Aus dem Englischen von Günter Eichel. Mit einem Nachwort von Thomas Bodmer und Zeichnungen von Edward Gorey

● Arthur Schnitzler
Herausgegeben und mit einem Nachwort von Hans Weigel

● Alan Sillitoe
Aus dem Englischen von Hedwig Jolenberg und Wulf Teichmann

● Georges Simenon
Aus dem Französischen von Wolfram Schäfer, Angelika Hildebrandt-Essig, Gisela Stadelmann, Linde Birk und Lislott Pfaff

● Henry Slesar
Aus dem Amerikanischen von Thomas Schlück und Günter Eichel

● Muriel Spark
Aus dem Englischen von Peter Naujack und Elisabeth Schnack

● Stendhal
Aus dem Französischen von Franz Hessel, M. von Musil und Arthur Schurig. Mit einem Nachwort von Maurice Bardèche

● Robert Louis Stevenson
Aus dem Englischen von Marguerite und Curt Thesing. Mit einem Nachwort von Lucien Deprijck

● Adalbert Stifter
Mit einem Nachwort von Julius Stöcker

● Leo Tolstoi
Ausgewählt von Christian Strich. Aus dem Russischen von Arthur Luther, Erich Müller und August Scholz

● B. Traven
Ausgewählt von William Matheson

● Iwan Turgenjew
Herausgegeben, aus dem Russischen übersetzt und mit einem Nachwort versehen von Johannes von Guenther

● Mark Twain
Mit einem Vorwort von N.O. Scarpi

● Jules Verne
Aus dem Französischen von Erich Fivian

● H. G. Wells
Ausgewählt von Antje Stählin. Aus dem Englischen von Gertrud J. Klett, Lena Neumann und Ursula Spinner